마흔 살, 그 많던 친구들은 어디로 사라졌을까

마흔 살,

그 많던 친구들은

빌리 베이커 지음 김목인 옮김

어디로 사라졌을까

일러두기
• 각주는 모두 옮긴이주이다.
• 원서에서 이탤릭으로 강조한 부분은 굵은 글씨로 표시하였다.

내 모든 친구들을 위해

작가의 말

이 책을 마무리하던 무렵, 코로나19가 막 출현했다. 바이러스는 우리를 억지로 떼어 놓음으로써, 왜 우리가 함께하면 더 좋은지를 되새기게 해주었다.

1

나 자신이 이미 한심한 인간이라는 걸 깨달았던 순간에서 이야기를 시작해 보자. 그건 내가 그렇게 될 운명이라는 말을 대강 듣고 난 직후였다.

나는 매거진 편집자의 사무실로 불려 갔다. 언론 출판계의 가장 오래된 거짓말과 함께. 「당신한테 정말 딱 맞을 거라 생각하는 이야기가 하나 있어요.」 이건 편집자들이 우리가 하고 싶어 하지 않는 무언가를 하게 하려고 속임수를 쓸 때 하는 말이다. 이 거짓말이 지금도 널리 쓰이고 있는 것은 정상적인 자아에 잘 먹히기 때문이다.

내가 건물의 반대편 끝까지 구불구불 걸어간 다음 다시 일요판 매거진을 만드는 사람들을 붙들어 둔 곳으로 되돌아오려고, 낡은 『보스턴 글로브』 건물의 지역 뉴스 팀에 있는 책상에서 일어서는 나 자신을 알아차렸던 건 바로 이런 이유였다. 나는 문제의 편집자가 있는 방의 문을 두드린 다음, 그의 책상 건너편

의자에 풀썩 주저앉아 용건을 꺼내 보라고 했다.

「어쩌다가 중년 남성들에게 친구가 없어졌는지, 당신이 좀 써줬으면 해요.」 그가 말했다.

가만, 뭐라고 친구?

그는 대답을 기다리지도 않고 빠르게 본론으로 들어갔다. 책상 위의 서류들과 모니터의 창들을 넘기며 그 주제의 증거를 펼쳤다. 현대의 우정에 위기가 닥쳤으며, 그것이 정신과 육체의 건강에 재앙에 가까운 악영향을 미치고 있다는 것.

나한테는 친구가 충분히 있다고, 이 사람아. 나더러 한심한 놈이라는 거야, 당신 지금?

그리고, 방금, 나한테 중년이라고 한 거야?

그는 내 얼굴이 싸우고 싶은 상태와 울고 싶은 상태로 뚜렷이 갈라졌다는 사실에는 관심을 두지 않은 채 자신의 최후의 결론, 언론 출판 사상 가장 긴 세월을 통해 검증된 거짓말 중 하나에 이르렀다.

「재미있을 겁니다!」 그가 말했다.

마침내 침묵이 흐르고 내가 입을 열 차례라는 신호를 받았지만, 난 그의 권유에 뭐라 대답을 할 수가 없었다. 그저 막 질문을 소화하기 시작했을 뿐이었다.

「생각해 보도록 하죠.」 편집자에게 말했다. 이건 기자들이 하고 싶지 않은 무언가로부터 빠져나와 보려고 할 때 쓰는 말이다.

슬그머니 내 책상으로 돌아와, 나는 재빨리 마음속 출석부를

10

훑었다. 내가 정말 이 외로움에 대한 이야기의 적임자가 아니라는 것을 확인하기 위해.

우선, 내 친구 마크가 있었다. 우리는 고등학교를 함께 다녔고 여전히 늘 대화를 나누었다. 게다가 우리는 항상 만나서 어울리며…….

가만, 우리가 실제로 얼마나 자주 어울려 지냈지? 아마 1년에 네댓 번? 어쩌면 그보다 덜?

그리고 내 또 다른 고교 베스트 프렌드, 로리가 있었다…….

난 정말이지 로리를 언제 마지막으로 봤는지 기억이 안 났다. 1년 전이었나? 그러고도 남았다.

그다음 내 동생 잭이 있었지만, 녀석은 대학 졸업 후 캘리포니아주로 이사 갔고, 우리는 1년에 두 번 보면 운이 좋은 거였다.

나는 계속해서 마음속 목록을 훑어 내려갔다. 내 좋은 친구들과 최고의 친구들, 평생의 친구들, 분명 내 장례식에나 나타나는 게 나을 무리 속을 내달렸다. 그들 대부분이 여전히 내 삶 속에 존재하는 듯 느껴졌는데, 하지만 왜지? 그들의 자녀가 어떻게 생겼는지 페이스북으로 알고 있어서? 그들 대부분을 마지막으로 본 게 수년 전이었다. 몇 명은 수십 년 전. 어떻게 매일매일은 그토록 긴데, 세월은 그리도 짧게 느껴지는 건지?

책상 의자로 돌아왔을 때는 이미 실망의 물결이 날 덮치고 있었고, 나는 곧 화가 밀려오리라는 걸 알았다.

그 편집자 말이 맞았다. 난 정말이지 이 이야기의 적임자였다. 어디가 특별해서가 아니라 뼈아플 만큼 전형적이었던 것

11

이다.

게다가 만약 그 멍청한 편집자가 알고 있던 사실들이 정확한 거라면, 그건 내가 위험한 길로 향하고 있다는 뜻이었다.

나는 한 해 전 마흔 살이 되었다. 아내와 아들 둘이 있었고, 그 무렵 우리는 도시의 북쪽으로 약 한 시간 거리에 있는 조그마한 해안 동네에다 알루미늄 벽널을 댄 꽤나 못난 집을 장만했었다. 진입로에는 낡아 가는 스테이션 왜건 두 대가 있었고, 으깨진 골드피시 크래커 가루들이 바닥 깔개 역할을 하고 있었다. 한밤 중 침실로 가다가 레고 블록이라도 밟으면, 나는 내가 시트콤에 나 나올 법한 아빠가 된 게 귀엽다고 중얼거렸다.

주중의 깨어 있는 시간 대부분은 일을 중심으로 돌아갔다. 혹은 일할 준비로. 혹은 차를 몰고 일하러 가는 것으로. 혹은 일터에서 차를 타고 집으로 돌아오는 것으로. 아내에게 직장에서 집으로 오는데 늦을 것 같다고 알리려 문자를 보내는 것으로.

맞다, 물론 직장에도 친구들이 있었지만 그들은 가까이에서 지내다 보니 우연히 친구가 된 경우였다. 사무실 밖에서는 좀처럼 만날 일이 없었다.

그 외의 시간 대부분은 아이들 위주로 돌아갔다. 나는 아이들에게 양말을 어디에다 뒀는지 묻느라 많은 시간을 보냈고, 아이들은 내게 언제 〈아빠와의 시간〉을 가질 수 있는지 묻느라 많은 시간을 보냈다. 그 말을 들을 때마다 난 심장이 녹아내리며 죄책감으로 마비가 되었는데, 아이들은 꼭 내가 그런 시간을 낼 수 없다는 걸 눈치 챌 때 그런 걸 묻는 경향이 있었기 때문이다. 폰에 도착한 메일 때문에 산만한 상태일 때, 마감에 맞춰 기사 한 편을 쥐어짜느라 손님방에 숨어 있을 때, 혹은 살림을 꾸리기 위한 지속적이고도 지루한 병참 업무를 하고 있을 때.

우린 보통 잠들기 전에 한 시간의 〈아빠와의 시간〉을 짜낼 수 있었다. 대부분 레슬링이나 책 읽기. 매일 한 시간 정도 〈나와의 시간〉을 짜내는 것도 꽤 잘했는데, 그건 보통 아이들의 신발을 찾아 주기 전에 헬스장에 다녀오거나 조깅을 마치기 위해 해 뜨기 전에 일어났다는 뜻이다.

그러나 모든 걸 합산하고 나면, 거기에는 실제로 〈친구와의 시간〉이 남아 있지 않았다. 미처 깨닫지 못한 사이 나 스스로를 한심한 인간으로 만들어 놓은 셈이었다.

「선생님은 이번 이야기를 뭐라도 좀 해보라는 신호로 활용하셔야 합니다.」

리처드 슈워츠Richard Schwartz의 말이다. 그는 심리학자로, 내가 그에게 전화한 것은 내 편집자가 전화를 좀 해보라고 해서였다. 난 안 좋은 얘기를 회피하는 데 있어서는 1차 투표만으로 명예의 전당에 입성할 정도라, 정신과 의사와의 대화는 내가 그 시점에 하고 싶던 일들의 상위권에 있지 않았다. 그러나 슈워츠는 부인인 재클린 올즈Jacqueline Olds 박사와 함께 『외로운 미국인: 21세기에 관계가 소원해진다는 것 The Lonely American: Drifting Apart in the Twenty-First Century』이라는 책을 쓴 보스턴 현지인인 데다, 나는 그 책이 도서관의 〈육체와 영혼〉 분야에 꽂혀 있는 걸 발견했다. 마지못해 그에게 전화를 걸었다.

슈워츠는 좋은 사람 같았고, 금방 나에 대한 두 개의 쉬운 결론에 이르렀다. 내 이야기는 매우 전형적이며, 내 이야기는 매우 위험하다는 것.

그가 말하기를, 사람들은 일과가 많아져도 아이들이나 일에 쓸 시간은 줄이지 않는다고 한다. 아니, 그들은 그들의 우정에 쓸 시간을 줄인다. 「그리고 거기에서 오는 공중 보건상의 위험들은 굉장히 뚜렷합니다.」 슈워츠가 적당한 위엄을 지니고 말했다.

1980년대 초 일련의 연구들은, 친구들로부터 떨어져 사회적으로 고립된 사람들이 — 그들의 가정생활이 얼마나 건강한지와 관계없이 — 방대한 목록의 건강 문제들에 훨씬 더 민감하다는 것, 그리고 같은 기간 동안 사회적으로 연결되어 있던 또래들보다 사망률이 훨씬 더 높다는 것을 보여 주기 시작했다. 더구나 이것은 나이와 젠더, 생활 방식 선택 같은 것들을 보완한 결과였다.

외로움은 치명적이다. 그리고 어떤 합리적 척도로 봐도 21세기에 외로움은 유행병이 되어 버렸다.

〈외로움〉은 주관적인 상태로, 우리가 느끼는 고통은 우리가 욕망하는 사회적 연결망과 실제로 갖고 있는 사회적 연결망이 일치하지 않는 데에서 온다. 그 기준은 그리 높은 게 아니다. 꽤나 내 이야기처럼 들린다. 꽤나 모두의 이야기처럼 들린다.

우리는 혼자일 때 외롭다고 느낄 수 있다. 그러나 군중 속에서도 외롭다고 느낄 수 있다. 외로움이 어떻게 다가오든 그 결과들은 끔찍하다. 우리가 원치 않는 어떤 건강 상태를 댄다 해도 그것과 외로움의 관계를 밝힌 연구는 존재한다. 당뇨. 비만. 알츠하이머. 심장 질환. 암. 한 연구는 건강에 미치는 해로움에 있어 외로움은 하루에 담배 열다섯 개비를 피우는 것과 맞먹는다는 사실을 밝혀냈다.

이번에는 2019년의 한 조사에서 미국인의 61퍼센트가 현저하게 외롭다는 걸 발견했다는 것에 대해 생각해 보자. 이건 수십 년에 걸쳐 황금 표준으로 자리 잡은 〈UCLA 외로움 측정표〉로 얻은 점수를 기초로 한 결과다. 그 비율은 전년도에 비해 7포인트 오른 것이었다. 또한 AARP*가 수행한 방대한 연구에 의하면, 45세 이상 미국인 4천2백만 명 이상이 〈만성적인 외로움〉으로 고통받고 있다고 한다.

갈수록 태산이다. 35년간 350만 명의 인구로부터 수집한 방대한 데이터를 기반으로 한 브리검 영 대학교의 연구는 외로움과 고립으로 고통받은 개인들, 혹은 단순히 혼자 살았던 이들도 조기 사망률이 32퍼센트까지 올라간다는 걸 발견했다.

인류 역사상 그 어느 때보다 많은 이들이 혼자 살고 있다. 미국에서는 27퍼센트의 가구가 단독 가구다. 1970년에 그 숫자는 17퍼센트였다. 노년층으로 가면 숫자는 훨씬 커진다. 65세 이상 인구의 거의 3분의 1이 혼자 산다. 86세의 경우, 그 백분율은 절

* American Association of Retired Persons. 미국 은퇴자 협회.

반으로 뛰었다.

이처럼 외로움은 우리 사회에 거대하고 뚜렷한 문제를 불러오고 있지만, 슈워츠는 내게 말하기를, 그걸 다루기가 극도로 어려운 건 한 가지 단순한 이유 때문이라고 했다. 누구도 자신이 외롭다는 걸 인정하고 싶어 하지 않는다는 것.

「아내와 제가 외로움과 사회적 고립에 대한 글을 써 온 이래, 저희는 외로움을 큰 문제로 안고 있는 상당수의 사람들을 만나오고 있습니다.」 슈워츠가 말했다. 「그러나 외롭다면서 찾아오는 사람은 극히 드물죠. 대부분은 선생님께서 편집자의 사무실에서 겪었던 것과 같은 경험을 지닌 겁니다. 외롭다고 인정하는 걸 마치 패배자임을 인정하는 것처럼 느낀다는 거죠. 정신 의학은 우울증 같은 증상들에 대한 낙인을 지우려고 무척이나 노력해 왔습니다. 많은 부분 성공했고요. 이제 사람들은 우울하다는 얘기는 편안하게 하죠. 그러나 외롭다고 말하는 건 불편해합니다. 뭐랄까, 학교 식당에 혼자 앉아 있는 아이처럼 되는 셈이라 그런 것이죠.」

난 절대 그런 아이가 아니었다. 나는 사교적이고 외향적이다. 친구를 사귀는 데 어려움을 겪어 본 적이 없다. 연락하는 일도 꽤 잘한다. 최소한 그들의 페이스북에 댓글은 남기고, 그들도 나한테 댓글을 남긴다.

아내와 나는 이따금 다른 커플들과 모임을 갖기도 했다. 게다가 나는 아이들을 통해, 혹은 취재나 다른 일로 알게 된 더 최근의 지인들과 몇 번 〈남자들끼리의 모임〉에 나간 적도 있었다. 그러고 보니 대개 한 번 만나고 끝이었던 것 같기는 하다. 우리는 맥주 몇 병을 마시러 가서, 그 몇 병을 우리에게 할 일이 얼마나 많은지, 그동안 이런 자리를 얼마나 시도한 적이 없었는지 등등을 얘기하는 데 쓰곤 했다. 그리고 양쪽 모두 그런 일은 일어나지 않으리라는 걸 알면서도 뭔가 다시 해보자는 막연한 계획을 세우곤 했다. 이것은 그쪽으로 공을 차긴 하지만 절대 골은 넣지 않는, 예의를 갖춘 방식이다. 난 당신이 좋아. 당신은 내가 좋고. 그거면 충분할까? 이게 인생의 이 시기에 우정으로 통하는 무언가일까?

함께 대화하는 동안 슈워츠는 많은 부분들에 대해 확신을 주었지만, 내가 외롭다는 걸 인정하게 하는 데에는 실패했다. 아니, 난 아니었다. 나야말로 모든 지표가 반대쪽을 가리키는데도 우정에 굶주렸다는 걸 인정하지 않으려 하는, 침묵하는 다수의 교과서적인 사례였다.

* * *

전화를 끊기 전 슈워츠는 다시 한번 내게, 이번 일을 행동하라는 신호로 받아들이라고 강조했다. 또한 규칙적인 활동들을 찾아보라고 제안했는데, 왜 그게 이 분야에서 일하는 전문가들이 선호하는 충고인지 이해하는 데에 군이 박사 학위까지 필요하지는 않다. 의사들이야 보통 그렇게들 말하지만, 뭔가 계획하는 것은 정말 최악이다. 계획을 짜려면 자발성이 필요하고, 만

약 우리가 친구를 만날 때마다 자발성을 보여야 한다면, 그 노력 자체가 또 하나의 불필요한 골칫거리로 느껴지기 쉽다. 여럿이 한데 모이는 계획을 짜려고 채팅방에 있어 본 사람이라면 그 짜증스러움이 애초의 의미를 얼마나 빨리 지워 버릴 수 있는지 알 것이다. 대부분, 정말 기쁜 순간은 친구들을 만나는 데에서 오지 않는다. 골칫거리가 끝났다는 데에서 오지.

그러니까 전문가의 추천이란 다소 할아버지스럽다. 볼링 경기에 참가해 보거라. 꼭.

또 다른 충고는 전화를 자주 하라는 건데, 당신이 나 같은 사람이라면, 다시 말해 남성이라면 꽤 문제가 있다. 나는 전화로 얘기하는 걸 싫어한다. 이건 남자들이 전형적으로 느끼는 거부감이자 널리 알려진 우정의 장벽이다. 그러나 여성들에게는 우정을 강화하는 도구다. 슈워츠와 통화한 지 얼마 안 되어 나는 로빈 던바Robin Dunbar라는 옥스퍼드 대학교 교수가 그즈음 했던 어느 인터뷰에 대한 기사를 읽었다. 그가 발표한 한 연구는 여성들 — 그러나 남성들은 아니었다 — 이 전화로 가까운 관계를 유지할 수 있다는 것을 보여 주었다. 내 아내도 자매들이나 친구들과 길게 전화 통화를 할 수 있다. 나는 아내가 부엌을 이리저리 거닐며 통화하는 동안 놀란 눈으로 바라본다. 내가 내 친한 친구 한 명과 나누는 전화 한 통은 아마 둘 중 한 명이「알았어, 내가 나중에 연락할게」라고 말하기 전까지 약 45초쯤 이어지지 않을까 싶다.

남자들에게는 유대감을 위한 어떤 활동이 필요하다. 이 발견은 일련의 연구들을 통해, 아니 고개를 죽 내밀어 주위만 둘러 봐도 증명된다. 남자들이 스포츠나 군 생활, 학창 시절처럼 무언가에 치열하게 참여하는 시기를 겪으며 가장 깊은 우정을 쌓는다는 건 뚜렷한 사실이다. 그건 우리의 유전자에 내장되어 있다. 우리는 함께 사냥하며 수백만 년을 보냈기 때문이다. 무언가를 함께 헤쳐 나가는 것은 남자들에게 유대감을 쌓는 방법일 뿐 아니라 유지하는 방법이기도 했다.

여러분으로 하여금 멀찍이서 지켜보며 고개를 끄덕이게 해줄 토막 정보가 하나 있다(적어도 슈워츠가 우리의 첫 대화에서 그 얘기를 해줬을 때 나는 그랬다). 아마도 심리학자와 사회학자들은 연구를 진행할 때, 몰래 접근해 모르는 이들의 사진을 찍은 다음 그걸 유형별로 분석하는 게 틀림없다. 이제 그들이 서로 교류하는 사람들의 스냅 사진들을 보고 있으면, 남자들과 여자들이 스스로를 상대방과 세상에 적응시켜 온 방법의 뚜렷한 차이가 드러난다.

여자들은 얼굴을 보고 말한다. 남자들은 어깨를 나란히 하고 말하고.

일단 여기에 관심을 갖게 되자 안 보려 해도 안 볼 수가 없었다. 어디든 증거가 넘쳐 난다. 바 의자와 칸막이 좌석들이 이를 고려해 설계되어 있었다. 남자들이 탁자를 사이에 두고 마주 앉는 경우에도 서로를 자연스레 비껴 가도록 각도를 맞추어, 같은 방향을 바라보도록, 함께 세상을 보도록 앉는다는 걸 깨달았다.

이 모든 것에서, 내가 그즈음 한 친구와 해냈던 굵직한 활동한 가지가 떠올랐다. 나는 매트라는 대학 친구와 보스턴 마라톤에 참가하곤 했다. 매트의 집은 시카고 외곽이었지만, 우리는 훈련하는 동안 주기적으로 연락을 해 서로가 얼마나 달리기를 싫어하는지에 대해 얘기했다. 그 대화들은 다른 것들로도 이어져, 정말이지 내가 알아차리기도 전에 우리는 그 어느 때보다 가까운 사이가 되어 있었다. 비록 우리의 가장 긴 대화는 사실상 홉킨턴에서 보스턴까지 가느라 걸린 네 시간 동안이었지만 말이다. 우리는 7개월 뒤 시카고 마라톤 대회에서 이 모든 과정을 반복했고, 친구와 함께 뭔가를 해낸다는 것은 환상적인 일이었다. 함께가 아니었다면 나로서는 결코 해낼 수 없었을 일들이다. 그러나 우리 둘이 그랜트 파크에서 결승선을 통과했던 날 이후, 내가 매트와 연락한 것은 거의 제로였다. 우리는 더 이상 그 무엇도 함께 헤쳐 나가지 않았다.

내가 매트에게 전화를 걸든가 뭐라도 해볼 수도 있었다고 가정해 보지만, 나는 전화가 싫다.

내 삶을 둘러보면 행복할 일은 많았다. 비밀을 나눌 절친한 친구가 필요했다면, 나는 딱 그런 여성과 결혼한 행운아였다. 우리 아이들은 최고였다. 내 원 안에 있는 모두가 건강하고 안정적이었다. 모든 조각들이 제자리에 있었다. 친구들만 빼고. 그들은 할 일 목록에조차 없었다. 게다가 가장 슬픈 부분은 그게 무척이나 평범한 일로 느껴졌다는 점이다.

나는 친구들이 그리웠다. 그리고 그들 역시 나를 그리워할 거라 믿어야 했다. 나는 정말 우리가 은퇴한 뒤 다시 골프장에서 만날 수 있을 때까지 기다려야 했을까? 이 멍청한 임무가 우리의 고립이 슬플뿐더러 꽤나 위험할 수도 있다는 걸 내게 보여주었다. 뭐랄까, 충격적으로 위험하다고. 못이 빽빽이 꽂힌 구덩이로 들어가는 미끄러운 경사로처럼.

그러나 한 가지 아이디어가 있었다. 아니, 좀 더 정확히 말하면, 나는 한 가지 아이디어를 훔칠 예정이었다.

시내에서 케이프 앤으로 이사 오자마자 나는 에식스의 어느 작은 숍에서 운영하는 카약 수업을 들었는데, 그곳에서는 거대한 습지에서 진행하는 〈노 젓기 여행〉도 운영하고 있었다. 오지라는 이름의 남자와 그의 아내 샌디가 주인이었다. 한번은 오지가 〈수요일 밤〉이란 걸 언급하며 초대 제안을 거절하는 소리를 들었다.

우리 모두에게 당연히 〈수요일 밤〉이 있는 줄로만 알았던 나는 그 뜻을 제대로 이해하지 못했는데, 오지의 설명에 의하면 〈수요일 밤〉은 그와 몇몇 친구들이 오래전 했던 약속이고, 그 복무규정에 따르면 그들은 수요일 밤마다 모여 무언가를 한다는 것이었다. 그게 무엇이든.

그 아이디어와 관련된 모든 것이 내게는 완벽해 보였다. 예스러운 것과 심오한 것이 섞여 있는 데다, 바로 그 이름부터가 제대로 된 이름이 아닌 것이 무척이나 남자들이 할 만한 짓이었다. 또한…… 수요일이라. 수요일에는 뭔가 대단할 게 없었다.

그러나 무엇보다 충격이었던 것은 그와 친구들이 그 모임을 수십 년째 이어 오고 있다는 사실이었다. 그걸 설명하는 몸짓에서는 숨은 다정함이 느껴졌는데, 오지는 결코 부드러운 사람이 아니었다. 아니, 이것은 남자 친구들이 깔끔히 인정한 것이었다. 그들은 다른 이유는 없고 그저 친구가 필요하니까 이 멤버들이 필요하다는 것.

그가 그 개념을 나한테 설명하는 순간, 난 내가 그걸 훔칠 것임을 알았다. 그러니까, 내가 좀 더 나이가 들고 그런 것이 필요해질 언젠가에.

그런데 3년 뒤 그 멍청한 기사에 매달려 있을 때, 난 내가 이미 너무 오래 기다렸다는 것을 알게 되었다.

2

언제나 마감은 궁극적인 영감의 원천이라 나는 평소와 같은 일과를 거쳤다. 아침 일찍 일어나 임신이라도 한 사람처럼 수시로 소변을 볼 때까지 커피를 들이붓고, 그러다 내 컴퓨터 화면을 들여다보고 경악하기.

대체 내가 뭘 하고 있던 거지? 이 이야기는 뭐에 대한 거야? 내가 낙오자라는 것? 좋아. 인정하지.

나는 내 불평들을 키보드로 입력하며 편집자를 사기꾼이라고 비난했고, 몇 가지를 한참 찾아보다가 후회 없이 손을 들고 패배를 받아들였다.

솔직히 말해, 타자를 치는 동안 모든 게 뭐랄까, 웃음을 자아냈다. 그건 아마 사이코패스 같은 행동일 것이다. 그러나 내가 그 편집자 방의 의자에서 일어나 그가 틀렸다는 걸 증명하기로 다짐한 이후 그렇게 모든 게 아주 이상한 여정이었다.

틀렸다는 걸 증명하는 대신, 나는 진정 활발하다고 할 만한 친구 관계가 없다는 걸 마지못해 인정하게 되었다. 그야말로 고통스럽게, 내가 중년이라는 사실도 받아들여야 했다.

뭐가 되었든. 적어도 나는 그 멍청한 임무를 마쳤다. 어차피 아무도 그런 이야기를 읽지 않을 터였다. 누가 대체 〈외로움〉에 대해 얘기하고 싶어 한담? 에밀리 디킨슨은 외로움을 〈조사해서는 안 되는 공포〉라 불렀고, 그녀는 침대에 누워 죽음에 대한 시를 썼던 여성이란 말이다.

몇 주 뒤 나는 미국 공영 라디오 스튜디오의 마이크 앞에 앉아 있었다. 이미 미국의 한심한 중년 1위라는 왕좌에 잘 적응한 채 전국에 생중계로 떠들며, 무언가 묵직한 것이 곧 무너져 내릴 듯한 느낌을 받고 있었다.

내 옆에는 슈워츠 박사가 앉아 있었고, 그때까지 우리는 프로그램에서 내 기사에 대해, 내가 얼마나 한심한 인간이었는지에 대해 활발한 토론을 나누었다. 뒤이어 프로그램 진행자가 워싱턴에 있는 미국 의무총감을 연결할 거라고 말했다.

내 헤드폰에 비벡 머시Vivek Murthy 박사의 목소리가 흘러나오기 시작하자 진행자가 곧장 내 견해를 뒷받침해 달라고 당연한 듯이 요구했다. 「선생님께서는 미국의 중년 남성들이 그들의 우정을 놓치고 있다는 이 생각을 어떻게 보시는지요, 또 그건 중차대한 문제일까요?」

나는 그 〈생각〉이라는 단어가 싫었다. 일단 내 뱃속 깊은 곳에서 꾸르륵대던 자기 의심을 완벽히 포착했기 때문이다. 기사가 나가고 내 삶에 광기를 풀어놓은 이후 그 협잡꾼 증후군이 나를 덮쳐 버렸다. 내가 공중 보건에 대해 뭘 알았겠나? 나는 의사가 아니었다. 나는 그저 원치 않는 임무에서 잘 헤쳐 나오려던 어떤 사람이었다. 아마 모든 걸 잘못 해석했겠지. 이야기를 취재하는 대신, 나에게 맞춰 왜곡했을 것이다.

곧 대대적인 바로잡기가 시작될까 두려웠다. 그러나 무슨 일인지 그 선한 의사는 내 편을 들어 주었다. 그의 대답은 온통 긍정과 격려였고, 내가 받고 있는 반응 — 우리가 잠시 후 만나게 될 — 이 이례적인 게 아니라 말 없고 외로운 다수의 거대한 웅성임이었다는 압도적인 인증이었다. 지나친가 싶었던 나의 의심은 사실이었다. 난 너무 멀리 간 게 아니었다. 오히려 충분히 멀리 가지 못한 거였다. 우정은 위기에 처해 있었다. 근원적인 무언가가 망가져 있었다. 무언가를 바로잡아야 할 필요가 있었다.

「그럼요, 그건 단지 중년 남성뿐 아니라 전반적인 인구에서 사실인 것 같습니다.」머시 박사는 진행자의 질문에 그렇게 답변했다. 「저희가 알게 된 한 가지는 외로움이 공중 보건에 대한 위협으로서 정당한 평가를 받고 있지 못하다는 것입니다. 1980년대에는 성인들의 약 20퍼센트가 자신이 외롭다고 말했죠. 현재 그 숫자는 40퍼센트이지만, 저는 그게 현실을 충분히 반영한 숫자가 아니라고 봅니다. 많은 이들이 외로움을 둘러싼 낙인이 두려워 보고를 안 하기 때문이죠. 그래서 우리는 지금 여기에서 주관적인 상태에 대해 얘기하고 있는 것입니다. 여러분에게 열 명이 넘는 친구들과 지인들이 있어도 여전히 외롭다고 느낄 수가 있는 것이죠.」

그는 당시의 나는 믿지 못하던 〈외로움의 결과〉라는 소름 끼치는 목록을 줄줄이 읊은 다음 간단한 결론을 내려 주었다.

「외로움은 여러분의 건강에 독입니다.」

그 이야기는 내가 받아들이기를 주저했던 것만큼이나 무척 확연했다.

우리, 즉 나와 친구들은 외로움이라는 만연한 유행병의 한가운데에 있었고, 그건 우리를 강제로 떼어 놓은 바이러스의 출현으로 그저 더 악화될 예정이었다.

손을 들고 내가 살짝 한심한 인간이었음을 인정함으로써 나는 나 자신이 거세지는 폭풍의 한가운데 서 있다는 걸 깨달았다.

* * *

매거진은 긴 대기 기간이 있어서 내가 기사 초고를 쓴 뒤 발행되기까지 몇 주가 걸렸다. 나는 기사에 대해서는 거의 잊고 지냈다. 아니, 그보다 나는 나에게 한심한 기분만을 남겨 준 〈일-가족-일〉의 고리에 나 자신을 적응시키느라 가까운 친구 대부분을 놓쳤다는 것을 곧 공공연히 인정하게 된다는 사실을 생각하지 않으려 했다는 게 맞겠다.

나는 내 증상들이 내게 내려진 진단들에 얼마나 잘 들어맞는

지를 더 이상 부인할 수가 없었다. 그러나 문제를 파악하는 것과 해결 방안을 아는 건 별개의 문제다. 나의 친구 문제를 바로잡아 보겠다고 생각할 때마다 어떻게 시작해야 할지 단서가 없는 느낌이었다. 내내 안 보고 지내던 친구들에게 무턱대고 전화를 걸어 네가 그리웠노라고 말할 수는 없는 노릇이었다, 안 그런가? 내게는 일종의 중간 다리, 그런 일을 벌일 만한 약간의 명분이 필요했다.

3월 초의 어느 목요일, 나는 우리 집 책상에 앉아 일을 하다가 내 기사에 대한 독자 메일 한 통을 받았다. 직전에 매거진 팀으로부터 기사가 방금 온라인으로 발행되었다고 들은 상태였고, 아직 인쇄판이 가판에 나오기 며칠 전이었다.

메일은 오하이오주에 사는 한 남성이 보낸 근사하고 개인적인 내용으로, 자기도 친구들과 〈수요일 밤〉을 보내곤 했다는 내용이었다. 그들의 경우 그건 〈매월 첫 번째 화요일〉이었다. 그러나 그들이 사십 줄에 접어들자 전통은 희미해져 버렸고, 이제 53세인 그는 다들 어디로 가버린 건지 궁금해하고 있었다.

금방 또 한 통의 메일이 왔다. 그리고 다시 한 통. 또 한 통. 그러더니 그냥 눈덩이처럼 불어나 버렸다. 순식간에 내 메일 함은 흘러넘치고 있었다. 나는 미국 전역의 이들로부터 수천 통, 오스트레일리아와 캐나다 앨버타주, 그 밖의 온갖 곳에 사는 남성들로부터 엄청난 양의 메일을 받았다. 그 기사는 곧 역대 『보스턴 글로브』가 발행한 가장 인기 있는 기사 중 하나가 되었고, 계수기가 수백만 명의 독자들을 세는 동안, 그들 한 명 한 명이 내게 개인적인 이메일을 보내는 느낌이었다. 결국 매거진 팀이 내가 그 홍수를 조절할 수 있도록 도울 인턴 한 명을 붙여 주겠다고 제안하는 지경에 이르렀다.

나는 그 제안을 사양하고, 각각의 진심 어린 메시지들에 얼마나 오래 걸리든 답하기로 했다. 그 메일은 하나하나 누군가 들여다봐 줄 필요가 있는 사람들로부터 온 것이었기 때문이다.

많은 이메일들이 완벽하게 정확했다. 〈이건 나예요.〉〈기자님이 내 뇌 속으로 들어왔던 느낌이에요.〉 다른 이들은 〈이 기사를 친구들에게 보냈고 지금 우리는 다시 친구들을 모으고 있어요〉와 같은 이야기를 들려주었다. 그런 메일들은 언제나 최고로 기분 좋은 것들이었다.

그러나 그보다 훨씬 깊이 들어가는 길고 감정적인 메일도 수백 통 있었다. 천 명의 〈친구들〉이 있지만 전혀 없는 느낌이라고 말하는 젊은 친구들의 이야기를 들었다. 외로움에 대해 내가 절반도 알고 있지 못하다고 말하는 어르신들의 이야기도 들었다. 그리고 내 〈수요일 밤〉에 참석해도 되는지 묻는 절망스러울 만큼 외로운 질문도 들었다.

내 나이 대 사람들 — 중년에 막 접어든 이들 — 의 답장이 가장 많지만 중년의 끄트머리에 있는 이들의 답장도 만만치 않게 많았다. 몇몇은 자신에게 유효했던 비법을 들려주었다. 다른 많은 이들은 이렇게 썼다. 〈이 기사를 20년 전에 읽었더라면.〉 우리 이모는 남편이 걱정이었다는 얘기를 하려고 나를 한쪽으로 끌고 갔다. 자녀들이 크고 나자 함께 경기를 지켜보던 모든

〈경기장 아빠들〉과의 우정도 잃어버렸다는 얘기였다. 우리 어머니는 좀 더 자주 외출하는 시간을 갖기로 하는 솔직한 대화를 아버지와 나누셨다.

광범위한 대화들이 시작되어 내가 생각조차 못한 방식으로 가지를 뻗어 나갔다. 맨 처음 내게 그 임무를 떠안긴 편집자는 내 연배로, 어린 아이들의 아빠였다. 우리는 이 주제를 대롱을 통해 들여다보고 있었지만 그건 어안 렌즈여야 했다.

나는 이혼을 하거나 사별한 뒤 사회적 원이 얼마나 순식간에 사라져 버렸는지 한탄하는 이들의 메일을 받았다. 새로운 곳으로 이사 간 뒤 누구와도 모르는 채 지내는 이들의 메일도 받았고, 주변 세상으로부터 정말 고립되었다고 느끼지만 어떻게 다시 연결해야 할지 모르겠다는 이들의 메일도 받았다. 독자들은 소셜 미디어의 파급력이나 중독의 유행병에 외로움이 미친 역할 같은, 내가 조사해 보지 못한 많은 것들에 대해서도 질문했다. 여러 사람들이 내가 본 적 없는 연구 자료들, 현대 사회의 구석구석으로 확장되고 있는 이 문제의 바큇살들을 드러내는 연구 자료들을 보여 주었다. 한데 모으니 그것은 사회적 관계를 바탕으로 번창했던 한 종 ─ 사회적 동물 ─ 이 우리가 그 핵심으로부터 멀어짐으로써 망가지고 있다는 하나의 주장을 형성했다.

나는 내 기사에서 여성들을 소홀히 한 점 때문에 여성들로부터 이런 메일을 받기도 했다. 〈이봐요, 우리는요?〉 내가 남성에 초점을 맞춘 것은 여러 데이터가 그들이 더 안 좋은 상황에 있음을 보여 주었기 때문이다. 그러나 외로움이 남성에게만 국한된다는 얘기와는 거리가 멀었다. 그리고 솔직히 말하면, 나는 여성들에 대해 쓰는 게 걱정되었다. 내가 여자들에 대해 유일하게 확실히 알고 있는 게 있다면, 그들은 웬 남자가 그녀들이 어떻게 느끼는지 자신들에게 들려주는 걸 바라지 않는다는 점이다. 그러나 그런 추론이야말로 손쉬운 책임 회피였다. 내가 잃어버린 우정에 대해 생각했을 때, 평생의 친구들이라 생각했지만 정확히 똑같은 이유들 ─ 모두들 우정이 포함되지 않은 중요한 약속들에 갇혀 있었다는 것 ─ 로 놓쳐 버린 것은 남자 친구들만이 아니라 많은 여자 친구들이기도 했기 때문이다.

친구들과 어울리는 건 우리가 〈중요한〉 일들을 마친 뒤에 하는 일이었고, 그놈의 일이란 것은 절대로 끝나지 않는다.

미국 노동부의 시간 사용 통계에 따르면, 친구들과 시간을 보내는 것은 우리가 하루하루를 보내는 방법의 목록 중 저 밑에 있어, 우리가 그들의 이름을 아직 기억하는 게 놀라울 정도다. 일이 가장 많은 시간을 잡아먹는다. 충격. 잠이 바짝 2위로 뒤쫓는데, 물론 둘은 영원히 멀어지는 사이이다. 남는 것이 〈여가〉라고 알려진 넓은 범주에 들어가는 하루 약 다섯 시간이다. 여기에 운동과 사교가 들어가지만 슬픈 사실은 그 시간의 절반 이상은 티브이 시청에 쓴다는 것이다. 〈이 나라에서 외로움의 가장 주된 공헌자는 텔레비전이다〉라고 인류학자 애슐리 몬테그가 수십 년 전에 견해를 밝혔다. 〈무슨 일이 일어났느냐 하면, 가족이 홀로 《함께 한다》는 것이다.〉 심지어 2017년에도 원조 스마

트폰 중독자들이라 할 수 있는 15세에서 44세 사이의 사람들이 아직 바보상자와 꼬박 하루 두 시간을 보내고 있었다. 노년층은 훨씬 많이 본다. 사교와 의사소통은 — 여기에는 친구와의 전화 통화부터 파티를 여는 것, 음료 냉각기 앞에서 수다를 떠는 것까지 포함된다 — 하루 중 단 39분을 차지한다. 그 시간의 많은 부분이 사실상 주말에 편중되어 있다. 토요일과 일요일에 우리는 거의 하루를 스스로에게 보상으로 주기 때문이다.

냅킨 뒷면에 잠깐 계산만 해봐도 젠장, 여기에서 뭔가 많이 잘못되었다는 걸 알 수 있다. 그러나 떼를 지어 함께 미끄러지다 보니, 그 점이 기본적으로 내 시야를 막았던 것이다. 이제 나는 그것을 보았기에 굳은 결의로 심장이 뛰었다.

진부하게 들릴지 모르지만, 나는 마음속으로 우정은 우리가 차를 몰고 친구 한 명을 따라갈 때와 같다고 느꼈다. 이따금 멀어질 수도 있겠지만, 우리는 길 저 어딘가에서 그가 우리가 따라잡아 주길 기다리고 있으리라는 걸 안다. 그들은 우리를 잊지 않을 것이다.

그러나 우리는 따라잡을 필요가 있다. 그리고 그들을 다시 시야에서 잃어버리지 않기 위해 할 수 있는 모든 걸 해야 한다.

이제, 그 바보스러운 기사 덕택에, 나는 바로 그렇게 할 명분을 얻었다. 내가 아는 모든 이들이 그 짜증 나는 걸 읽은 듯했고, 누구 하나 기회를 놓치지 않았다. 모두가 내게 관심을 보이며 이렇게 말했다. 「난 네가 한심한 인간이라는 걸 늘 알고 있었지.」

아우우우우. 그들도 내가 그리웠던 모양이다.

나는 답장으로 여러 버전의 〈우리 다시 모여야지〉나 〈너무 오래되었다〉, 〈우리 좀 만나서 어울려야지〉를 보냈다. 또 내게 벌어지고 있던 모든 일을 묘사한 발 빠른 후속 기사를 발행했다. 그것이 또 한 번 나를 파묻어 버릴 만큼 전혀 새로운 한바탕의 독자 투고를 촉발했다. 이 모든 일이 진행되는 동안, 미디어에서는 전체 주제에 대한 뚜렷한 반응들이 있었다. 외로움이 갑자기 핫해진 것이다! 몇 달에 걸쳐 라디오 인터뷰 요청이 들어왔다. 다큐 영화 제작자들도 대화를 하고 싶어 했다. 나는 사우스바이 사우스웨스트* 토론회에서 외로움과 행복에 대한 토론인단으로 섭외되었고, 그 행사는 곧장 매진되어 두 번째 토론회가 추가되었다.

개인적으로 나는 첫 기사에 대해 토론하고 순회를 도는 와중에 이미 나를 여행의 다음 단계로 안내해 줄 퍼즐 조각들을 맞추느라 정신이 딴 데 가 있었다. 왜냐하면 외로움과 그 결과들에 대해 읽은 것들을 정말로 믿었기 때문이다. 내게 메일을 보냈던 이들도 마찬가지였다. 그들이 나에게 암의 더 많은 증거에 대해 묻고 있지 않았던 건 그 때문이었다. 그들은 이제 치료법을 묻고 있었다.

외로움의 과학은 자신의 주장을 입증했다. 이제 우정의 과학이 똑같은 일을 할 수 있을지 볼 차례였다.

* South by Southwest conference. 매년 봄, 미국 텍사스주 오스틴에서 열리는 유명한 축제. 영화, 인터랙티브, 음악, 콘퍼런스 등을 포함한다.

나는 계획들을 세웠다. 거대한 계획들과 터무니없는 계획들, 일부는 실제이고 일부는 내 머릿속에 있었다. 그러나 쉽게 말해 나는 전문가들이 내 우정 문제를 다시 궤도로 돌려놓으려면 해 보라고 충고해 준 단계들을 밟고 있었다. 그리고 그들이 약속한 것처럼 내 정서적 건강에도 즉시 긍정적인 영향을 주고 있었다. 그저 계획만 짰는데도 나는 사람들과 다시 연결되기 시작했다. 비록 우리의 계획들은 꿈꾼 대로 잘 되지 않았지만, 우리가 여전히 서로에게 중요하다는 것, 우리를 연결했던 줄을 똑바로 펴기 위해 뭔가 하고 있다는 느낌은 좋았다.

우리가 그 줄을 주머니에 넣어 두고 잊어버릴 때, 그것들이 얼마나 엉켜 버리는지 놀라울 따름이다.

내가 나의 우정에 있어 영웅이라는 게 드러날지, 아니면 그 우정들을 시들고 썩게 내버려둘지 — 전형적으로 현대인이, 남성들이 할 법한 일 같다 — 이 페이지들이 보여 줄 것이다.

나의 모험이 기다리고 있었다. 그것이 날 어디로 데려갈지는 알 방법이 없었다. 그러나 어디에서 시작할 필요가 있는지는 정확히 알았다. 6천 킬로미터 떨어진, 동유럽의 가장자리.

그 이유는 내가 미국의 한심한 중년 1위가 되었던 바로 그 순간, 머리에 직방으로 충격을 받았기 때문이다.

기사가 온라인으로 발행되자마자 나는 가장 먼저 그걸 고교 단짝 친구들인 마크와 로리에게 보냈다. 나는 그 기사에서 둘을 언급했었다.

〈너희들이 얼마나 형편없는 친구고 내가 얼마나 너희를 그리워하는지에 대한 기사를 썼다고 얘기하는 걸 깜빡했네〉라고 썼다.

마크가 바로 답장을 했다.

〈누구시죠?〉

그게 바로 마크다. 거의 대부분 갈굼으로 의사소통을 한다. 녀석은 오랜 세월 누구와 있든 어떤 상황에서든 스탠딩 개그를 해 왔는데, 내 이름이 나오면 그걸 약간 보여 준다.

「빌리 베이커?」 일단 큰 소리로 묻는다. 「한 번도 좋아한 적 없어.」

그다음은 대화를 다른 어딘가로 이끌며 다시 공식 발표가 내게로 향하기를 기다린다.

나, 네 친구 마크 만났어. 최소한 너의 친구라 생각했지. 그런데 그가 그러던걸, 널 좋아한 적이 전혀 없다고.

그게 녀석이 나를 좋아한다는 걸 보여 주는 방식이다.

로리의 답장은 재미있지 않았다. 〈굉장한 기사야.〉 그는 그렇게 썼다. 〈이런 면에서 나야말로 한심한 녀석이라고 느껴.〉

그런 다음 사과를 했는데, 나에게 무언가, 어떤 중요한 걸 얘기하지 못했기 때문이었다. 그는 이사를 갔던 것이다.

빈으로.

나는 허를 찔린 기분이었다. 그 사실을 삼켜 보려 했지만 목에 딱 걸려 버렸다. 내 베스트 프렌드 중 한 명이 젠장 오스트리아로 이사를 가 버렸는데 나한테는 말조차 안 했던 것이다.

〈여기서 뭔가 끔찍하게 잘못되었군〉이라고 나는 답장했다.

〈끔찍하게 잘못되었지〉라고 답장이 왔다. 〈우리는 이 배가 가라앉기 전에 바로 세워야 해.〉

3

2000년, UCLA의 두 여성 과학자는 〈아하〉 하는 순간을 경험했다. 남성과 여성이 스트레스에 어떻게 반응하는지에 대한 이해를 영원히 바꿔 버릴 획기적 발견으로 이어질 순간이었다. 모든 것은 둘 중 한 명이 연구소를 둘러보고 간단한 질문을 던지며 시작되었다. 젠장, 남자들은 죄다 어디로 사라져 버린 거야?

내가 말투만 좀 바꾼 그녀의 질문에 대한 답은 1915년에 이미 나와 있었다. 하버드의 심리학자 월터 브래드퍼드 캐넌Walter Bradford Cannon은 스트레스와 위험에 대한 동물의 반응을 설명하기 위해 〈싸움 혹은 도망〉이라는 용어를 만들어 냈다. 동물이 위협을 느끼면 교감 신경계가 화학 물질의 범람을 촉발하고 — 상황, 그 폭포와 같은 화학 물질을 받는 기관의 기질, 그리고 먹이 사슬에서의 위치에 달려 있다 — 그것은 공격이나 후퇴로 이어진다. UCLA 연구소가 골치 아픈 시기를 보내고 있었을 때, 남자들은 모두 〈젠장 여기서 도망가자〉 선택지를 골랐다.

그러나 〈싸움 혹은 도망〉의 배경이 된 초기 연구의 대부분, 그리고 캐넌의 이론을 뒷받침했던 이후의 연구들에는 한 가지 커다란 결함이 있었다. 거의 배타적으로 남성들의 스트레스 반응에만 초점을 맞추었다는 것.

「[연구소의] 남자들이 스트레스를 받자 그들은 자기만의 어딘가로 숨어 버렸어요.」당시 UCLA의 과학자였던 로라 코시노 클라인Laura Cousino Klein이 이렇게 말했다. 이건 여성 과학자들에게는 쉬운 관찰이었는데 왜냐하면 — 그리고 이때 〈아하〉 하는 순간이 온다 — 여자들은 그대로 연구소에 있었기 때문이다. 스트레스가 닥쳤을 때 그들은 사라지지 않았다. 대신 「여자들은 들어와 연구실을 청소하고, 커피를 마시고, 서로 어울렸어요」라고 클라인은 언급했다.

그녀의 동료 연구자였던 셸리 테일러Shelley Taylor는 그 주제에 뛰어들어 저 멀리 옥시토신 호르몬까지 추적했는데, 옥시토신은 사랑과 포옹, 무지개, 유니콘과 관련이 있는, 모든 호르몬 중 가장 꼭 안아 주고 싶은 호르몬이다.

여성의 뇌에 스트레스가 닥치면, 뇌하수체, 즉 뇌의 기저에 달린 매우 중요하고 작은 그 콩이 반응하며 옥시토신을 방출해 싸우거나 도망치려는 욕구에 저항한다. 대신 옥시토신은 여성들로 하여금 한데 모이는 일이나 아이들을 돌보는 일처럼 훨씬 더 많은 옥시토신 분비를 촉진하는 활동들을 하도록 북돋아, 어느새 모두가 차분히, 이성적으로 변하고 연구실은 깨끗해진다. 클라인과 테일러는 자신들의 이론을 〈돌보기와 친구 되기〉라 불렀다.

남자들은 그러나, 그냥 남자들이다. 게다가 스트레스에 대한 그들의 반응이란, 그 자체가 몸에 있는 화학 물질 중 가장 얼간이인 것들 간의 경쟁이다. 싸우고 싶어 하는 테스토스테론, 달아나고 싶어 하는 코르티솔. 둘은 우세하고 경쟁적인 행동들을 조정하고, 싸움 혹은 도망 중 승자를 결정하기 위해 서로에게 꾸준히 맞서며 작용한다.

내가 이 모든 얘기를 하는 건 어느 날 부엌에서 아내와 의견이 일치하지 않았던 것을 설명하기 위해서다. 나는 빈으로 로리를 보러 갈지 말지를 결정하고 있었다. 아내는 로리에게는 아마 포옹과 대화 나눌 친구가 필요할 테니 내가 가야 한다고 생각했다. 나는 녀석에게 필요한 건 내게 말 한 마디 없이 동네를 뜬 대가로 뒤통수를 한 대 맞는 거라고 생각했다.

솔직히, 나는 한 남자가 관계를 지켜 내려고 공항을 향해 질주하는 영화 속 장면들에 사족을 못 쓴다는 걸 인정해야겠다. 그 장면들은 다 매한가지이지만, 이 모든 걸 하지 않으면 꽝이다. 미친 듯한 택시 질주, 기사에게 돈 던져 주기, 출국 안내판을 찾아 터미널 안으로 달려가기, 항공편 번호 훑어보기, 〈마지막 탑승〉이란 단어에 줌 인, 그리고 나서…… 질주.

나는 그 질주를 사랑한다. 트래킹 숏. 고조되는 음악. 9.11 테러 이후 이제 공항에서 이 중 어느 것도 하면 안 된다는 사실에 대한 완전한 무시. 아이들과 캐리어들을 뛰어넘고 상하좌우로 몸을 움직이며 군중을 헤치고 나가는 주인공. 마지막 탑승 안내 방송을 하고 있는 게이트 직원으로의 컷. 주인공은 이제 더 많은 아이들과 캐리어들이 나타나는 가운데 온 힘을 다해 전력 질주 하고 있다. 그 순간 여주인공은 탑승교에서 고개를 돌려 마지막 쓸쓸한 눈길을 던지며, 생각에 잠겨 있다 머뭇대며 탑승권을 건네는데, 뒤이어 「기다려요……!!!」 이제 나는 내 친구를 위해 이 모든 걸 할 준비가 되어 있었다.

아니, 준비가 되어 있었을까? 중요한 건 영화 「루저빌」에 나올 법한 이 모든 일이 일어나기에 앞서, 내가 아직 로리의 친구가 맞기는 한 것인지 의문이 들기 시작했다는 것이었다. 우리가 뭔가 이유가 있어 멀어진 게 아니라면. 아마 인생이 변한 것 같았다. 우리가 변한 것 같았다. 어쩌면 우리는 더 이상 가깝게 지낼 운명이 아닌지도 몰랐다. 아마도, 그저 아마도, 〈빈으로 이사 간다고 빌리에게 말하기〉가 그의 짐 싸기 전 할 일 목록에서 누락되었던 무슨 이유가 있었을 것이다.

그러나 줄줄이 그런 생각을 이어 가는 걸 멈춰 세운 한 가지가 있었으니, 그것은 분노였다. 나는 녀석이 작별 인사도 없이 동네를 떴다는 데에 화가 치밀었다. 내가 신경을 안 썼다면 화를 냈을까? 그 전년도 우리의 생일날 일어났던 일을 가지고 그때까지도 화를 냈을까? 우리는 생일이 하루 차이라 언제나 함께 축하를 해왔다. 언제나. 그 전년도에 로리가 〈로리를 저지르며〉 — 이건 녀석의 신조어 중 입증된 용어이다 — 내 마흔 번째 생일 파티를 빼먹기 전까지는. 더 정확히 말하면, 녀석은 밤

11시에 내게 문자를 보내어 〈로리를 저질렀고〉 방금 무슨 무슨 일이 끝났다며 자기 집에서 약 45분 거리인 우리 집으로 오겠다고 했다. 〈친구, 마흔 번째 생일이야.〉 나는 그렇게 답을 보냈다. 〈다 어디 간 거야. 개자식들.〉

그러나 여기 우리가 있었고 — 나는 미국의 한심한 중년 1등으로 눈사태 속에, 내 베스트 프렌드는 세상의 반대편에 — 또 한 번 우리의 생일이 다가와 있었다. 그래서 나는 우리의 관계를 지키러 공항으로 질주했다.

앞서 말했지만, 나는 이런 일이라면 사족을 못 쓴다. 신경을 쓸수록 인생은 더 힘들어지는 법이다.

비행 중에는 『인간은 왜 외로움을 느끼는가*Loneliness: Human Nature and the Need for Social Connection*』라는 책을 읽었는데, 옆 사람에게 대화를 틀 시도를 하지 말라고 확실히 일러 주는 멋진 방법이었다. 『인간은 왜 외로움을 느끼는가』의 공저자 중 한 명인 시카고 대학교의 인지 및 사회 신경학자인 존 T. 카치오포 John T. Cacioppo는 2018년 타계하기 전까지 외로움의 과학과 외로움의 결과들에 관한 세계 최고의 전문가로 통했다. 그의 주장에 의하면 외로움은 흡연이나 비만, 고혈압만큼이나 건강에 나빴다. 그 책은 아마 그의 가장 탁월한 저작인 듯했는데, 과학적으로 뒷받침된 짜증 나는 뉴스들이 빼곡히 들어차 있었다. 거기에는 현대인들이 매 세대마다 점점 더 외로워지는 것 같다는 강력한 한 방도 있었다. 그러나 카치오포는, 칭찬할 만하게도, 사태의 우울한 측면에만 초점을 맞추지는 않았다. 우정과 사회적 연결이 주는 정신적, 육체적 건강의 놀라운 혜택 또한 옹호했다. 나는 책의 그 부분들을 어찌나 즐겼던지 옆 좌석에 앉은 남자에게 거의 말을 걸고 싶은 유혹을 느꼈을 정도였다. 그러나 그건 남성들에게 잘 알려진 금기였다. 비행기, 엘리베이터, 화장실은 다른 남자들과 수다를 떨면 안 되는 금지 구역이다. 그냥 그들이 안 보이는 척하라. (참조 항목: 남자들, 불문율.)

아무튼 나는 정말로 얘기할 분위기는 아니었던 게, 손에 연필을 쥔 채 내 안에서 벌어지고 있는 그 오랜 〈싸움 혹은 도망〉 화학전을 감지하고 있었기 때문이다. 그 페이지로 가고 싶은 것인지 아닌지 생각하며 6페이지로 넘기다 말다 했다. 왜냐하면 그 페이지에 카치오포가 UCLA 외로움 측정표에서 사용된 질문들을 실어 놓았기 때문이다. 1978년에 개발되어 수년 간 두어 차례 개정된 그 측정표는 외로움에 관한 실증적 연구들을 위한 황금 표준으로 통한다. 그 테스트는 20개의 간단한 질문들로 구성되어 있고, 〈얼마나 자주, 자신이 버려졌다고 느낍니까?〉와 〈얼마나 자주, 주위에 사람들이 있지만 함께 있지는 않다고 느낍니까?〉 같은 질문들에 1점부터 4점까지 스스로 점수를 매기면 된다. 그처럼 재미있는 질문들에 말이다. 이제 점수를 다 더하면 우리의 외로움 〈점수〉를 얻게 된다.

누구나 가끔은 외로움을 느낀다. 그건 자연스럽다. 그러나 이제 나의 외로움에 대해 과학적인 측정값을 얻을 수 있다는 생각에 직면하자, 말 그대로 앉은 채로 충격으로 빠져들었다.

기사가 나가고 몇 주 동안 나는 내내 「이야, 외로운 사내 왔다!」라는 합창으로 인사를 받았다. 어찌나 겪을 만큼 겪었던지, 연습된 대답까지 생겼다. 「외롭다고 안 했어요. 친구들이 있는데도 어울리지 않아 한심하다고 했죠.」 그건 내 특기 중 하나인 그럴듯한 비껴 가기였다. 그러나 이번 화제는 도망치기가 쉽지 않았고, 그러니 이제 싸움을 택할 때였다. 싸움의 첫 번째 규칙은 우리가 누굴 상대하고 있는지 아는 것이다. 게다가 내 생일 전날이라, 나는 태양의 여정 끝자락마다 다가오는 희미한 회상의 분위기에 잠겨 있었다. 그래서 나는 내 신제품 연필을 집어 들고 — 그 우아한 블랙윙 602는 우리 아이들이 준비한 조금 이른 41세 생일 선물이었는데, 듣기로는 내가 내 생일에 고급 연필들을 요청해도 될 만큼 나이가 들었다고 판단했기 때문이란다 — 테스트를 해보았다.

나는 각각의 질문들과 함께 밀려오는 감정의 파도를 타며, 스스로에게 굴욕적일 만큼 정직할 것을 강요했다. 몇몇 질문은 행복감을 주었고, 다른 질문들은 낮고 쉰 목소리의 「제에엔장」을 촉발했다.

테스트는 그리 오래 걸리지 않았고, 나는 이제 점수를 더했다. 내 외로움 〈점수〉는 44였다. 그건 우연히도 건강 보험 업체 시그나가 수행한 미국 성인에 대한 최근 연구에서의 평균값에 정확히 일치했다. 그러나 44 자체는 〈평균〉이 아니다. 그것은 그 측정에서 〈심한 외로움〉의 범위에 들어가는 숫자다.

33에서 39점은 스펙트럼의 중간으로 여겨진다. 보통. 건강함.

드문. 밀레니얼들은 평균 45.2점으로, 그건 우리 성인들 중 가장 신세대가 역사상 제일 외롭다는 뜻이다. 약 71퍼센트가 어느 정도든 〈외로운〉 것으로 나타났는데, 비교하자면 베이비붐 세대는 절반만이 외로웠다.

그러나 밀레니얼들은 선두를 오래 지키지 않을 것이다. 그들의 다음 세대, 90년대 중반 이후에 태어난 젊은이들은 사교 생활이 디지털 세상과 융합되어 그들이 친구들과 가장 친하게 지낼 시기에 분명 정점에 이를 그런 시대에 완전히 어른이 되는 첫 세대다.

지금까지는 79퍼센트가 외로운 것으로 나타나고 있다. 그들의 평균 점수는 48.3이다. 이건 진정으로 공포스러운 일이다.

나의 마흔한 번째 생일날 아침 빈의 한 카페에서 로리를 만났을 때, 녀석이 그의 가방에서 뭘 꺼냈는지에 대해 이야기를 하기 전에 — 그건 그 순간 그 개자식이 자기 가방에서 꺼낼 수 있었던 유일하고도 가장 대단한 한 가지였다 — 그때까지의 우리 둘의 역사를 돌아볼 필요가 있다.

로리를 처음 만난 건 7학년 때였고, 함께 고등학교를 다니긴 했지만 서로를 가까운 친구라고 소개하지는 않았던 것 같다. 우리는 누가 누군지 헷갈리는 무리 틈에서 달렸지만, 로리는 다들 그렇게 말했듯 언제나 조금 〈신선했다〉. 모리시*와 시를 좋아했고, 닥터마틴을 신고 플란넬 셔츠를 입었다. 실제로 마크와 나

---

* Steven Patrick Morrissey. 영국의 싱어송라이터. 밴드 〈더 스미스〉의 멤버.

와 하키 팀에서 함께 뛰기도 했는데, 내가 거의 기억하지 못하는 건, 로리는 빙판에서 경기할 기회가 많지 않았고 허세꾼들로 가득한 탈의실에서 뒤쪽에 물러나 있었기 때문이다.

우리의 우정에서 진정한 첫 순간은 졸업 여행의 마지막 새벽, 멕시코의 해변에서 해돋이를 봤을 때 찾아왔다. 그곳에서 우리는 미지근한 코로나 맥주와 함께 미래의 불가능한 꿈들을 나누었다.

여러 연구들은 우리가 동경하는 특징을 지닌 사람을 친구로 선택하는 경향이 있다는 걸 보여 준다. 로리는 문학적인 삶, 즉 책과 음악, 펍의 생맥주잔들로 가득한 그런 삶을 열망했다. 나에게 그것은 갓 불이 켜진 하나의 길이었지만, 그 애는 훨씬 앞서 가 있었고(그 애한테는 쿨한 취향의 형이 있었다), 그래서 나는 시작부터 뭐랄까 그 애의 날개 밑으로 들어갔다. 우리의 삶을 바꿔 버린 그 멕시코에서의 아침이 전부 기억나는 것은 아니다. 오로지 기억나는 건 문학청년으로 위장할 동료를 찾았다고 느꼈던 것과 세상이 싱싱하게 내 것으로 느껴지던 그 젊은이다운 순간으로부터 떨어져 나오던 화염의 색이다.

우리는 대학에서 잭 케루악*과 헌터 S. 톰슨**에 눈을 떴고, 덕분에 기본적으로 어른 노릇을 하려면 해야 하는 모든 계획들을 취소했다. 결국 졸업 후 함께 더블린으로 갔고, 노스사이드의

* Jack Kerouac(1922~1969). 미국의 소설가. 비트 세대의 대표 작가.
** Hunter S. Thompson(1937~2005). 미국의 소설가 겸 저널리스트. 뉴 저널리즘의 대표 작가.

거친 구역에 있는 지저분한 꼭대기 층 공동 주택을 빌려, 한패였던 패트릭과 조와 온 동네를 뛰어다녔다. 함께 있으면 우리는 정말 야심만 있지 아무것도 모르는 젊은 작가 지망생들이었다. 제임스 조이스*를 읽고, 톰 웨이츠**를 듣고, 그 모든 걸 광적으로 믿게 되었다.

귀국한 뒤에도 우리는 하버드 광장에서 길을 따라 가면 나오는 좀 더 지저분한 꼭대기 층 공동 주택에서 그 짓을 이어 갔다. 그곳이 거기였다. 어느 날 밤 내가 잠들어 있던 사이 그녀가 와서 모든 게 바뀌었던 곳. 그녀의 이름을 서세이라고 치자.

로리는 광장에서 바텐더 일을 하고 있었고, 나는 작은 지역 신문에서 일을 하며 케루악이 말하곤 했던, 언제나 막연히 계획만 세우고 실행에 옮기지 못한*** 위대한 미국 소설을 쓸 준비를 하고 있었다. 우리도 모르는 사이 둘 다 20대 중반이 되어 가고 있었지만 아직은 맹렬히 돌진하고 있었는데, 그건 어느 날 밤 로리가 평소의 헛짓거리와 함께 비틀대며 문간에 나타났다는 뜻이었다. 그 헛짓거리란 마지막 주문이 끝난 뒤 술집을 집으로 옮겨 오는 일이었다.

자, 잠시 장면을 확대해 이 특별한 평일 밤 새벽 3시에 일어나 혼자 씨름을 벌이고 있던 24세의 빌리 베이커를 상상해 보자.

---

* James Joyce(1882~1941). 아일랜드의 소설가 겸 시인. 20세기 모더니즘의 대표 작가.

** Tom Waits. 미국의 싱어송라이터.

*** 잭 케루악의 소설 『길 위에서』 도입부 문장. 작품에서는 〈서부로의 여행〉을 의미한다.

몸속에서 테스토스테론과 코르티솔이 다투고 있는 사이, 그는 또 한 번 그 짓거리를 하려는 로리를 죽여 버릴지, 아니면 그냥 일어나 이 작은 축제에 참여해야 할지 판단하고 있었다.

로리의 이 〈영업 시간 이후 카페 에피소드〉에서, 난 파티가 우리 집에 도착하기도 전에 그 소음 때문에 깼다. 그들은 아직 계단의 마지막 층까지 오느라 애를 쓰며 낄낄대고, 쉿쉿거리고, 비틀대다 넘어지는 중이었고, 마침내 문이 열리고 파티가 거실로 발을 들여놓자 그곳은 내가 자고 있던 방과 바로 벽 하나를 둔 반대편이었다. 처음 서세이의 목소리를 들은 게 그때였다.

그녀는 먼저 우리의 거실 장식에 대해 약간 빈정대는 투로 칭찬하기 시작했다. 대학가의 바에서 훔쳐 온 버드라이트 포스터들 앞을 지나치며 우리가 그 정도라도 했다는 점이 인상 깊은 듯했다. 그러고는 우리가 알려지지 않은 출처를 통해 얻은 누군지 모를 두 여인의 유화 초상화에 대해 부탁하지도 않은 비꼬는 분석을 했다. 그러나 자신의 가장 으리으리한 혼잣말은 내가 로리를 설득해 알뜰 상점 구석에서 샀던 암록색 가죽을 씌운 낮은 회전의자를 위해 아껴 두었다. 우리는 그것들을 토크쇼 의자라 불렀는데, 거기에 앉아 있으면 토크쇼에서 인터뷰하고 있는 듯한 기분도 들고 그렇게 행동하게 되었기 때문이다. 우리는 그 의자들을 좋아했다. 모두가 그 의자들을 좋아했다. 서세이는 자기 생각은 다르다는 것을 알려 주었다.

뒤풀이 파티의 다른 멤버들은 부엌을 들이받고 있었지만, 서세이는 토크쇼 의자들을 위해 멀쩡함을 유지하며, 홀 저쪽으로 마실 걸 가지러 간 로리에게 계속 우렁차게 말했다. 그녀는 자신이 했던 여행들과 자신의 예술품에 대해 극찬을 늘어놓았고 — 그녀는 듣자 하니 무슨 예술가라고 했다 — 24세의 빌리 베이커는 엄청나게 얇은 회벽 뒤에서 들려오는 이 얘기를 듣고 있었다. 그의 몸에서 화학전이 벌어지고 있는 통에 하룻밤 잠이 온통 위협에 놓인 상태였다. 이제 당신이 2분 뒤 만나게 될 빌리 베이커, 옷을 대충 걸쳐 입고 다른 토크쇼 의자에 앉은 그를 상상해 보자. 여러분이 콜로뉴 향을 풍기며 「이제 여기서 좀 꺼져줄 시간이야」라고 말하는 재수 없는 놈을 상상하고 있다면, 조금 수정하게 될 것이다. 다음이 내가 서세이를 만났던 방식이다.

부엌으로부터 마실 것들이 도착했다. 나는 우리가 다음에 무슨 이야기를 나누었는지는 기억나지 않지만, 어느 시점에 서세이가 말을 멈추더니 나를 마치 단안경을 끼고 보듯 바라보고는 단언했다. 「왜인지는 모르겠지만, 나는 그냥 그쪽이 싫네요.」

나는 그때도 그랬고 지금도 그렇고, 그녀가 그 말을 먼저 했던 게 극도로 샘이 난다.

그러나 그 직설법이 고마웠다는 말은 해둬야겠다. 이 빠른 기습이 우리의 많은 수고를 덜어 주며 둘 다 똑같이 원하는 대로, 서로를 다시는 보지 않게 해주리라는 확신이 들었기 때문이다.

그런 일은 일어나지 않았다. 아니, 실제로 일어난 일은 그녀와 내 베스트 프렌드 사이에 시작된 연애였다. 15년이 지난 지금, 우리의 관계는 대강 그것이 시작되었던 그 언저리에 머물러

있다.

놀랍게도, 그 둘이 연애를 하다 함께 사업을 하려고 동거를 시작한다고 했을 때, 로리와 나의 관계는 내가 걱정한 것만큼 많이 변하지는 않았다. 그와 나는 여전히 범죄의 공모자였고, 얼마 안 가 로리가 한 우스꽝스러운 취재에 내 〈사진작가〉로 동행하기도 했다. 나는 매사추세츠주의 사우스보스턴 — 〈사우시〉로 알려진 그 신비한 곳 — 에서 자랐는데, 우리는 버지니아주의 사우스보스턴으로 취재 여행을 갔다. 왜 대체 버지니아주에 사우스보스턴이 있는지에 대해 그 사연을 조사하려던 거였다. 나는 결국 답을 찾지 못했고 기사도 쓰지 못했다. 대신 훗날 나의 아내가 될 로리Lori라는 이름의 여성을 발견했다.

로리Lori와 나는 버지니아에서 2년, 그다음 뉴욕에서 2년을 보냈다. 그러나 30대가 되었을 때, 우리가 내 친구 로리와 서세이와 케임브리지의 같은 공동 주택 건물에 살고 있었다는 걸 알게 되었다. 그곳은 〈더 런던〉이란 이름의 특이하고 낡은 건물로 무슨 사연인지 새끼손가락이 없는 불변의 캐릭터가 집주인인 곳이었다. 5년 동안 로리와 서세이는 2층의 한쪽 면에, 아내와 나는 3층의 다른 쪽 면에 살았고, 그 중간의 시기에 아내와 나 사이에 우리의 첫 아들인 찰리가 태어났다.

이 시기에 서세이와 나는 얄팍한 관용을 길게 유지했지만, 결코 서로를 좋아하게 되지는 않았다. 그러나 친구 로리는 서세이와 잘 지내는 것처럼 보였고, 만일 이게 녀석이 원했던 거라면, 나는 그의 길을 막아설 생각이 없었다. 실제로 사생활을 캐물은 적도 없었다. 그런데 그게 큰 실수였음이 드러났다.

왜냐하면 빈의 그 카페에서 녀석이 내 맞은편에 앉아 세 가지 묵직한 일을 빠르게 연달아 얘기했기 때문이다. 몰랐지만 알았어야 했던 일들이었다. 나는 그의 베스트 프렌드여야 했기 때문이다.

첫째, 로리와 서세이는 이혼을 했다.

나는 내심 박수를 쳤을지도 모른다.

둘째, 로리는 우리가 연락이 끊겼던 대부분의 시간 동안 상황이 좋지 않았다고 했다.

나는 박수를 멈추었다.

그리고 마지막, 로리는 내가 무슨 얘기인지 파악하느라 한참을 애먹은 무언가를 얘기했다. 서세이가 그와 함께 빈에 와 있다는 것.

두 사람은 함께 소규모 디자인 회사를 소유하고 있었고, 유럽으로의 이 도피는 이혼 전에 예약되었던 것이라고 로리가 설명했다. 그러나 새로운 곳에 있는 것이 분명 둘 모두에게 꽤 좋았다고 했다. 새 출발을 한 느낌이었다고 했다.

그는 계속해서 자기 인생의 가장 근래에 있던 이야기들을 들려주었다. 내가 끼어 있지 않았던 시기, 내가 잘 지낼 거라고 여겼던 약 1년간. 왜냐하면 누군가를 안 보고 지낼 때는 그렇게 여기니까. 그러나 잘 지낸 게 아니었다.

나는 죄책감으로 가득 찼다. 빈에 오며 난 녀석이야말로 막돼먹은 친구라 한 대 얻어터져야 한다고 생각했었다. 그런데 막돼

먹은 건 오히려 내 쪽이었다.

로리는 그래도 이제는 훨씬 나아졌다고 했고, 나는 그 말을 믿었다. 그리고 그에게 이 모든 걸 진작 얘기하지 않은 데 대해 화가 났었다고, 그 힘겨운 밤들에 내게 전화를 했어야 한다고 말했다.

이건 이론으로 말하기는 쉽지만, 실제로 하려면 미묘하다. 내가 로리의 입장이었다면 전화를 했을지 모르겠다. 전화를 못 했다면, 아마 우리가 소원해졌기 때문이었을 것이다. 어쩌면 남자라면 두려움을 보이지 말라고 배웠기 때문인지도 모른다.

마침내 내가 입을 열 때까지 잠시 침묵이 흘렀다.

「넌 널 잘 몰라.」내가 말했다.

녀석이 웃었다. 그런 다음 두 배로 웃었다. 전형적인 로리의 행동, 비록 두 번의 끽끽 소리에 불과했지만. 그리고 또 한 번 웃었는데, 한바탕의 진짜로 진한〈고마워, 난 그게 필요했어〉의 끽끽거림이었다. 그건 유쾌했다. 온통 심각한 우리를 좀 보라.

로리는 나에게 자기는 모든 것들로부터 변화할 준비가 되었다고 했다. 예전의 로리로 돌아가기. 빌리와 로리로 돌아가기. 열나게 재미있게 놀기. 이 온갖 우울한 것들 좀 그만 얘기하기.

그는 내게 어디 묵고 있냐고 물었고, 내가 빌린 공동 주택이 하필 그가 서세이와 빌려 살고 있던 공동 주택과 바로 안뜰 하나를 사이에 둔 맞은편이라는 게 밝혀졌다. 그건 순전히 우연이었지만, 나는 그런 일이 생기는 걸 사랑한다. 그럴 때면 한 줄기 빛이 손가락 사이로 지나가는 걸 느끼고 있는 기분이다.

51

바로 그때 로리가 자기 가방 안에 손을 넣으며 생일 선물을 교환할 시간이라고 말했고, 녀석이 그 순간 한 일은 그 이상 훌륭할 수 없었다.

나는 눈을 감았고, 다시 뜨니 로리가 두 자루의 탁구채를 들고 있었다.

그가 말했다. 「빈에서 최고로 좋은 건, 무슨 이유인지 젠장, 어딜 가나 공용 탁구대가 있다는 거야.」

로리가 정확히 찾기 힘든 어느 공원을 더듬어 찾아가려 한 바람에, 우리는 사실상 빈 시내를 통과하는 건 생략했다. 낮 시간에 동네를 본 것은 처음이었는데, 미국인의 눈에는 언제나 새로워 보일 그 놀랍고 고풍스러운 유럽의 녹청(綠靑)으로 주변이 온통 반짝였다. 그러나 이 스포츠 경기를 앞두자, 나는 더 이상 떠돌이 여행자가 아닌 중요한 경기의 참가자가 된 느낌이었다. 이 드라마에 대해 얘기하려면 둘러앉는 걸로 충분하다. 녀석이 탁구에 흥분하려고 했다.

우리는 몇 그루의 나무 뒤에 있는 공원 입구를 찾아냈고, 안쪽 한 구석에는 멋진 탁구대가 놓여 있었다. 바로 건너편 모래 상자에서 유아들 몇 명이 외국어로 된 약간 지저분한 욕설들에 흥미를 느낄 준비를 하고 있었다. 욕설은 로리가 내가 정말로 녀석에 대해 몰랐던 무언가를 드러내며 곧장 시작되었다. 그는 자기가 탁구는 짱이라 생각했던 것이다. 그럴 수 없었던 것이, 탁구는 내가 짱이었기 때문이다.

그러나 놀랍게도 그 건방진 나쁜 녀석은 나랑 내내 한 점씩 주고받으며 21점을 넘어 연장전까지 갔고, 땀을 흘리고 비웃고, 매번 득점에 실패할 때마다 욕을 해댔다. 경기가 어찌나 완벽하던지 마치 짠 것처럼 느껴졌다. 어쩌면 역대 최고의 탁구 경기였는지도 몰랐다. 결국 로리가 간신히 깜짝 역전승을 거두며 끝났다. 시차나 뭐 그런 것 때문이었다는 변명은 하지 않으련다. 난 그런 사람이 아니니까.

우리는 시내로 놀러 갔다. 대성당과 궁전들, 모차르트의 석상, 무릎을 꿇고 굳게 다문 아래턱을 내민 채 백성을 흑사병으로부터 구해 달라고 신에게 간청하는 왕의 석상*을 돌아보았다. 우리는 그저 말썽을 피우고, 서로를 따라잡는 어린애들에 불과했고 정말이지 〈주퍼〉**했다. 로리에 의하면 그건 오스트리아인들이 사랑하는 단어다. 〈주퍼.〉 좋은 단어다. 모든 게 주퍼한 상황에서 쓰기 좋다. 그리고 모든 것은 주퍼했다.

이제 우리는 국립 도서관 야외에서 열린 교향곡 콘서트에서 서세이를 만났다. 금방 추워지며 비도 부슬부슬 오고 불편해졌다. 나는 시차 핑계를 대며 일찍 자러 갔다.

그날 밤, 나는 침대에 누워 기자 수첩에다 서세이와 나의 관계에 대해 이런 평가를 적었다. 작동하지 않았음. 늘 작동한 적 없었음. 그러니 그걸 증명하느라 시간을 쓸 이유도 없음.

잠들기 전, 나는 그와 관련해 도대체 뭘 할 수 있거나 해야 하

* 17세기 흑사병의 종식을 기념해 세운 탑인 〈페스트조일레〉의 일부분.
** Super. 독일어로 〈멋진, 최고의〉라는 뜻.

는지 적어 보려다 실패했다.

로리와 나는 매일 아침 새로운 공원에서 커피를 마시고 탁구를 치러 만났고, 승리를 주고받았다. 그 다음 로리가 몇 시간 일을 하러 집으로 향하면 나는 시내를 구경했다. 그와 서세이는 꽤 괜찮은 소규모 사업을 구축해 놓았다. 그녀는 사실 재능 있는 디자이너였는데, 그건 그들을 찾는 고객이 계속 있고 계속해서 모든 것에 진을 빼야 한다는 의미였다. 그건 대개 불만족스러웠다. 두 사람 모두 한때 진짜 예술가가 되려고 했었다. 이제 서세이는 식당 메뉴들을 디자인하며 시간을 보냈고, 로리는 고객들과 〈브랜드〉를 개발하며 시간을 보냈다.

그런 삶은 둘 다 어른이 되면 하고 싶던 일이 아니었다. 어쩌겠나. 나는 지금도 위대한 미국 소설을 쓸 계획을 하고 있다. 나는 결코 위대한 미국 소설을 쓰지 못할 것이다. 중년에 이르니 아주 좋은 점은 스스로에게 거짓말을 하며 거짓말 아닌 척하는 짓 따위는 그만둔다는 것이다.

흥미롭게도 내가 첫 기사를 썼을 때, 많은 사람들이 마흔 살짜리가 스스로를 중년이라 칭하는 데 이의를 제기했다. 날 믿어 달라. 내가 그러기를 간절히 주장한 것도 아니었지만, 내가 중년이 아니면 나는 무인 지대에 놓인 셈이었다. 실제로 삶의 단계에 대한 몇몇 모델들에서는 〈청장년〉이 40세까지 이어지는 것으로, 〈중년〉은 45세에 시작되는 것으로 나온다. 40세에서 45세까지는 기본적으로 주인이 없다. 그렇다면, 내가 그 시기들을 갖겠다. 그 시기는 정직한 시기이다. 우리가 정직해질 만큼 충분히 나이가 드는 시기이다. 우리조차 우리의 헛짓거리에 피로해지는 시기이다.

그래서 로리도 피로감을 느끼고 있었다. 매일 하루가 끝나고 일에서 벗어나면 공동 주택에 서세이와 단 둘이 남겨졌고, 그의 어깨에 윤활유를 좀 쳐주려면 맥주 몇 병이 필요했다. 그는 자유로운 동시에 갇힌 기분이었다. 주택 담보 대출을 받아 사업하는 책임감 있는 어른이라면 그런 느낌이리라. 나는 무슨 말을 해줘야 할지 몰랐다. 만사가 뒤엉켜 있었다. 우리는 한 잔씩 더 시켰다. 다음 날 녀석을 탁구에서 이긴 다음, 나는 조언을 구하기 위해 걸어서 알저그룬트 구역으로 갔다.

* * *

나는 베르크가세 19번지에 도착했다. 전통적인 빈 스타일 공동 주택의 나선형 계단을 따라 3층으로 올라갔고, 〈프로이트 박사, 교수〉라는 명패가 붙은 초인종 달린 문 하나를 발견했다.

나는 접객 담당자가 나를 맞이하며 〈지 독토어〉*께서 내 영혼에 꽂을 고기용 온도계를 들고 나타나실 테니 기다리는 동안 편안한 소파에 불편하게 누워 계세요, 할 것 같은 기대를 품고 버튼을 눌렀다. 나는 지크문트 프로이트에 대해서는 몹시 따뜻한 감정 같은 것을 느껴본 적이 없었다. 그 이유 중에는 대학 독서

* 〈지 박사님〉. 저자가 프로이트의 이름인 지크문트로 만든 농담.

55

과제 중 있었던 논쟁, 「그가 방금 우리 엄마에 대해 뭐라고 한 거죠?」라는 내 질문으로 끝났던 기억에 남을 논쟁도 포함되어 있었다.

이후로 나는 전반적으로 프로이트나 온갖 프로이트주의와 관련된 것들을 피해 왔다. 그러나 빈에 와 있었고, 내가 믿기로 우연이란 없다고 말한 건 프로이트 박사였다. 그래서 나는 한때 그가 아내와 여섯 명의 자녀와 지냈던 사무실 겸 작은 공동 주택을 둘러보려 12유로를 지불했다. 그 투어에는 프로이트의 기이한 인용구들을 읽으며 그가 코카인을 보관했던 단지 사진들을 보고, 그동안 드는 기이한 생각에 무료 접속하는 시간이 함께 제공되었다.

프로이트는 인간관계에 대한 상담도 했었을까? 우정이라는 주제에 대해 그는 어떤 입장이었을까? 아니면 말 나온 김에, 그 자신의 친구 관계는 어땠을까? 나는 그런 부분들까지 읽어 본 적은 없지만, 프로이트와 친구가 된다는 것은 기묘할 거라고 상상할 수밖에 없다. 여러분이라면 그와 그저 농담 따먹기나 할 수 있겠나? 그도 갈구는 농담을 할까? 「어떻게, 거시기는 잘 달려 있으신가, 지기*?」 그러고 보니, 내가 프로이트에 대해 달달 외운 10여 가지 사실 중 한 가지는 그의 가장 유명한 우정이자 비참하게 끝난 우정, 제자이자 유력한 가이 크러시**였던 카를 융과의 우정일 것이다. 이 두 지적 거장들이 결별한 이유에 대

* 역시 지크문트로 만든 애칭.
** 남자들에게 깊은 매력, 존경을 느끼게 하는 남자.

해 차고 넘치는 수백만 가지의 설이 있었다. 그러나 정작 내가 매료된 것은 프로이트 자신의 설명이었다. 그건 그가 융에게 쓴 결별 편지에 직접 적은 말로, 기념품 숍의 책 한 권에 인쇄되어 있는 걸 발견했다.

프로이트는 남성 대 남성 간의 공격 — 그는 그것을 〈원초적 적개심〉이라 불렀다 — 이라는 주제에 사로잡혔고, 그 자신이 이 공격에 능하다는 사실을 결코 숨기지 않았다. 그는 말하자면 그런 공격성을 갖고 있었고, 그의 결별 편지는 자신의 신경증을 인정하지 않는 융에 대한 꽤나 적대적인 〈그건 내가 아니야, 바로 너라고〉 공격이었다. 「비정상적으로 행동하면서 계속 자신이 정상이라고 외치는 이가 있다면, 자신의 병에 대한 성찰이 결여되어 있다는 의혹을 더할 뿐이네. 그러니 나는 우리가 우리의 이 개인적인 관계를 전적으로 포기할 것을 제안하네.」

나 원, 이 사람. 나는 프로이트와는 영영 끝이라고 생각하며 책장에 책을 도로 꽂았는데, 그 순간 근처 작은 통 옆쪽 위에서 펄럭이고 있는, 고무 재질에 파란 비닐로 된 흐느적거리는 띠 하나가 눈에 들어왔다. 집어 들어 편 다음 라벨을 읽어 보니, 〈정신적인 자〉라고 쓰여 있었다. 뭘 측정해야 하는지는 쓰여 있지 않았다. 나는 그걸 산 다음 거기에서 나와 버렸다.

빈에서의 마지막 저녁 풍경 위로 석양이 질 무렵, 나는 로리에게서 7세트를 따냈다. 뽐내려는 게 아니다. 그저 사실을 말하는 것이다. 마지막 시합은 우리의 공동 주택에서 도심을 가로질

러 가야 나오는 맞은편 동네의 근사하고 아담한 도심 공원에서
했는데, 굳이 거기까지 간 건 원래 진짜 탁구 클럽에서 최종전
을 치르려 했기 때문이다. 그런데 정작 그곳에 가보니 정말이지
반쪽짜리 반바지를 입고 독일어로 괴성을 지르는 남자들로 가
득한 후덥지근한 지하실이어서, 우리는 인근 공원의 신선한 공
기 속으로 후퇴했다.

　마지막 경기에서 깨진 뒤, 로리는 자기가 바에서 괴상한 게임
을 했던 동네가 이 동네가 분명하다고 했다. 게임도, 바 이름도
기억하지 못했지만, 끝없이 주변을 헤매고 다닌 끝에 우리는 결
국 그 게임을 찾아냈다. 네일링이란 이름의 게임이었는데, 망치
를 높이 들어 올린 다음 최대한 깊숙이 통나무에다 못을 박아
넣는 게임이었다. 보기보다 훨씬 어려웠다. 특히나 일단 슈납스*
가 끼어드니 더했다. 매번 진 사람이 한 잔을 샀고, 나는 못질은
천성이 아니라는 게 밝혀져, 내 남은 유로를 그 계피 향이 첨가
된 가솔린에다 써버렸다.

　우리는 훌륭한 한 주를 보냈지만, 해 뜨기 전 공항으로 가는
택시를 기다리고 있으려니 그렇게 그냥 떠난다는 게 이상하게
느껴졌다. 나는 비행기에 올라타고, 로리는 타지에서 그의 불행
의 원천과 함께 덩렁 남겨지는 상태로 돌아간다고? 그와 서세
이는 몇 주 뒤 집으로 오기로 되어 있었지만, 이건 광기의 정의
처럼 느껴졌다. 같은 일을 반복하고 반복하며 다른 결과가 나오
기를 기대하는 것. 방금 전의 이 인용구는 종종 앨버트 아인슈

* 독일 등지에서 주로 작은 잔으로 마시는 독한 술.

타인이 한 말로 잘못 전해지지만, 사실 1980년대에 익명의 알 콜 중독자 모임이 인쇄한 한 팸플릿에서 나온 말로 추정된다. 말이 된다. 그들이라면 그런 일에 대해서라면 유용한 것들을 알 고 있었을 테니.

택시가 공항으로 향하는 동안 해가 떠오르기 시작했고, 나는 한 주간 성취한 것들에 감사를 전하는 평화로운 순간을 스스로 에게 허락했다. 예전의 나는 우정에 있어 그렇게 속내를 내보인 적이 없었다. 나는 우정의 궤도에서 미끄러지는 걸 멈추기 위해 지구의 상당 부분을 가로질러 날아온 것이었다. 그건 우리 둘에게 무언가 의미가 있었다. 우리는 좋았다는 것. 아주 좋았다는 것.

나는 남자들이 해서는 안 되는 무언가를 해냈다. 나는 나 자 신을 상처받기 쉬운 위치에 놓았고, 그 일은 보답을 받았다. 예 전의 나라면 집에 들어앉아 태연한 척하며 그저 마크한테 로리 그놈이야말로 개자식이라고 말했을 것이다. 그리고 그 사람은 친구 하나가 더 줄었을지 모른다.

나는 앞으로 밀고 나갈 준비가 되었다. 2단계가 이미 가동 중 이었고, 그건 태연한 척하는 것과는 정반대였다. 솔직히, 고교 시절 중 최고의 하루를 재현해 보겠다고 친구들을 다시 모으는 것처럼 쿨하지 않은 무언가를 생각하기란 힘들었다.

4

빈에서 돌아오고 일주일이 지난 어느 금요일 아침 9시 54분, 나는 소프트볼 경기장 파울 라인에 접의자 하나를 놓고 혼자 똥 줄을 태우며 앉아 있었다. 맥주 한 병을 딴 다음 하늘을 올려다 보며, 누가 듣고 계시든 이제부터는 잘 살겠다고 약속했다.

나는 제발, 하고 기대하며 다시 주차장 쪽을 흘끗 보았고, 벌써 메스꺼울 정도로 창피했다. 세상에서 가장 허술한 위장일 빨간 플라스틱 컵에 맥주를 부었다. 태연하고 편안해 보이려고 최선을 다했기에 스스로에게 뭐라도 주려던 것이었다. 아직은 이른 시간이었다. 나는 오전 10시라고 공지했다. 아무도 굳이 제시간에 오지는 않겠지, 그런 거겠지?

10시 1분이 되자 나는 토할 지경이 되었다. 고교 시절로 돌아가고 싶었다면 이미 소원은 이룬 셈인게, 몸속이 서투름과 자신 없음으로 꽉 찼기 때문이다. 내가 뭔 생각을 하고 있었던 거지? 자, 내가 무슨 생각을 했던 건지, 이것을 좋은 계획이라 생각했던 그 언젠가에 대해 얘기해 주겠다. 무슨 생각이었는지, 나에게는 그게 탁월하고 천재적인 초특급 계획으로 보였다. 그러나 이제 백만 킬로미터쯤 멀게 느껴졌다. 나는 이것이 끔찍한 생각이었음을 완벽하게 확인했다. 내 최악의 생각 중 하나였고, 그 생각이란 것에는 강력한 친구가 있었다.

그러니까 내가 했던 그 생각이란 고교 친구들이 보고 싶다는 것이었으니, 참으로 한심하다. 게다가 나는 여전히 친구로 지내고 있던 이들(비록 정기적으로 그들과 어울리고 있거나 그런 건 아니었지만) 얘기를 하고 있는 게 아니다. 모두를 의미했다. 그 어수선한 전부를. 자, 나는 고등학교가 많은 이들에게 끔찍한 기억들을 떠올리게 한다는 걸 알고 있지만, 나에게는 유난히 좋아하는 그 시절의 추억들이 있다. 아니면 아마 그 압축된 시기 동안 나의 뇌와 몸이 한꺼번에 통과했던 그 온갖 엄청나게 어색한 단계들을 그저 차단해 버린 건지도 모른다.

어느 쪽이든, 이 우정 모험의 모든 것들에서 고교 시절 급우들 생각이 많이 났다. 마음 깊숙한 곳에서 나는 그들에게 둘러싸여 있고 싶은 이상한 욕구를 느꼈다. 그들은 나를 알았다. 오래전의 나, 오랜 기간의 나, 이제 어른이 되었다는 이유로 전혀 달라진 척을 할 필요가 없는 나. 왜냐하면 그들은 10대 시절 불난 쓰레기통* 같았던 나를 알고 있었기 때문이다. 그들은 내 치부를 안다. 나도 그들의 치부를 알고. 그들 모두가 그냥 이런 말만 해도, 나는 태연한 척하기 힘들다. 「여자애들이 너 버스 기둥

* 몹시 참담한 상황을 뜻하는 관용 표현.

에 묶어 놓고 내렸던 거 기억나?」

여러 연구에서 사람들에게 자신의 〈베스트 프렌드〉 이름을 대보라고 하면, 전형적으로 어린 시절이나 고교 시절의 누군가를 고른다. 심지어 이제 거의 볼 일도 없고, 분명 새로 알게 된 친구들과 더 가까이 지내는데도 그들은 이런 선택을 한다. 여기에는 이유가 있다. 「우리에겐 함께한 역사가 있어」라고 말할 수 있다는 것에는 무언가 굳건한 면이 있는 것이다. 나는 오랫동안 그 친구들을 보지 못했지만, 지금도 나를 버스에 묶어 놓았던 그 여자애들이 굉장히 친한 친구처럼 느껴진다. 그 애들은 내 사무실 옆자리에 앉아 매일 나를 보는 이들보다도 나를 더 잘 안다. 그리고 이 시점에 중요하게 느껴졌다. 방어막을 내려놓고 과거로 돌아가, 절대 방어막을 내려놓을 일도 없고 그런 말도 하지 않던 시절에 알고 지냈던 이들에게 여전히 친구로 지내고 싶다고 말하는 것. 만일 내가 우정 문제를 바로잡을 거라면, 밑바닥부터 시작해 무슨 일이 일어나는지 보라는 얘기가 속에서 들려왔다.

그런 생각이 나를 고교 시절만큼 어색한 이 순간, 혼자 학교 식당에 앉아 있는 것처럼 공원에 혼자 앉아 있는 상황으로 이끌었다. 게다가 내가 그 상황에 이른 건 스스로에게 우스꽝스러운 질문을 던졌기 때문이다. 만일 내가 고교 시절 중 하루를 다시 살아 볼 수 있다면, 그리고 그날이 우리 모두가 어른들의 세계에 맞서 한패였던 청소년 특유의 똘똘 뭉친 그 느낌이 드는 하루라면 어느 날일까? 대답은 매우 명확했다. 졸업반 학생들 땡땡이치는 날.

　나는 모든 졸업반은 하루쯤 자체적으로 땡땡이를 치거나 최소한 시도해 보리라고 장담한다. 그것은 가짜 반항의 제도화된 행동이고, 고교 졸업반만큼 스스로가 반항적이라고 생각하는 이들은 없다. 특히 학년 말의 그 시기에 우리는 학교 당국이 우리의 〈영구적인 기록〉에 대해 할 수 있는 모든 것들에서 벗어났다고 생각한다. 모두가 자신의 졸업반이 10대 역사상 가장 진정으로 반항적인 집단이라고 믿는다. 어른들이 그런 것을 수백만 번은 보았고, 신경조차 안 쓴다는 걸 깨닫는 건 오로지 더 나이가 들어서다. 대신 어른들은 반항의 까다로운 측면, 즉 반항에 필요한 대상을 제공해 주려고 마지못해 엄격하게 행동한다. 교사만큼 학년을 끝낼 준비가 되어 있는 사람은 어디에도 없다. 여름 방학 첫 주를 보내고 있는 교사를 본 적이 있는지? 젠장, 지구상에서 가장 행복한 사람이다.

　한 명의 어른이 된 상황에서 집단 반항 흉내의 그 말랑하고 바보스러운 느낌을 되찾기란 힘들지만, 나는 내가 그걸 발견했다고 확신했다. 그래서 빈으로 떠나는 비행기를 타기 전날, 약점을 내보이기로 작정한 데서 나오는 낙관주의의 구덩이로 이미 자신이 미끄러져 들어가는 걸 느꼈다. 그리고 스스로에게 「일어날 수 있는 최악의 일은 뭐지?」라고 물었다. 그 다음 나는 내 고교 시절의 같은 반 친구들이 모여 있는 페이스북 페이지로 바짝 다가앉았다. 약 87회의 깊은 숨을 몰아쉬고 방 안을 서성인 다음, 앉아서 달려들었다.

〈93년도 졸업반을 위한 땡땡이 날이 돌아온다! 데이지 필드. 금요일. 5월 19일. 오전 10시. 맞다, 금요일이다. 그것이 핵심이다. 땡땡이를 쳐야 한다. 그저 좆까라고 말하고 땡땡이치는 기분이 얼마나 신났는지 기억하는가?〉 나는 정말로 〈좆까〉를 대문자로 썼다. 이미 말하지 않았나? 난 한심한 녀석이라고.

144명이 그 게시글을 보았는데, 내 졸업반의 약 절반이었다. 몇몇은 댓글을 남겼고, 몇몇은 〈좋아요〉를 눌렀다. 〈아마도 꼭〉이 많았다. 이제 할 말이 다 나오고 끝이 나자, 나에게는 그들 중 한 명이라도 실제로 올지 확인할 단서가 없었다.

오전 10시 8분, 나는 또 맥주 한 병을 땄다. 주차장에는 어떤 움직임의 기미도 보이지 않았다. 개를 산책시키는 사람들이나 조깅하는 이들 하나하나가 내 영혼을 들어 올린 다음 짓이겨 놓았다. 잠깐 동안은 그저 충격받은 게 아니라 뭐라도 하는 것처럼 보이려고 기자 수첩에 뭘 써보기도 했는데, 날씨가 완벽하다고 적었다. 뉴잉글랜드의 5월은 그때까지 아주 11월의 흉내를 잘 내고 있었지만, 이날은 약 27도의 기온에, 새들은 푸득거리고 꽃들은 피어오르고, 나는 1년의 대부분을 꼬박 꽁꽁 얼어붙는 곳에서 지내며 살아남으려면 필요한 봄의 기억 상실증을 느끼고 있었다. 〈오늘은《사무실에서 나 좀 빼내 줘의 날》이군〉이라고 긍정적으로 적었다. 달리 적을 게 없었기 때문이다. 〈오늘이 비명을 지른다,《제껴》라고.〉

오전 10:15. 아무도. 변신은 고통스러운 법이다, 그렇지?

오전 10:21. 어디 건물 하나가 점프라도 했나 지평선 훑어

65

보기.

오전 10:25. 잠깐, 가만. 운동장 저편에서 누군가 날 향해 걸어오고 있다. 나는 너무 흥분하지는 않으려 했지만, 그 걸음걸이에는 뭔가가 있었다. 어색하고 긴장한 듯 보였는데, 평소 어떻게 걸었는지를 기억하려 하고 있는 것처럼 보였다. 나는 평소 내 손으로 뭘 했었는지 기억이 안 났지만 평상시처럼 행동하려고 했고, 그래서 손은 포기하고 큰 키에 빨간 머리의 여성이 시야에 들어올 때까지 눈을 가늘게 뜨고 필드 건너편을 바라보았다. 저건……? 맞다. 맞았다.

나는 의자에서 벌떡 일어났고, 엄밀히 말해 고교 시절 가까운 친구는 아니었지만 그 순간 세계 제일의 친구가 된 이 여자애와 너무도 열정적으로 부둥켜안았다. 우리는 더듬거리며 온갖 긴장된 인사치레를 해나갔고 —「이렇게 보니까 정말 좋다」,「얼굴 좋아 보이는데」,「요즘은 뭐하고 지내?」— 또 다른 한 명이 운동장 저편에서 걸어오기 시작했다. 그리고 곧 또 한 명, 그리고 또 한 명. 솔직히 말해, 다들 첫 타자로 나서는 게 내키지 않아 어디 풀숲에 숨어 있던 게 분명했다. 정말이지 금세 한 무리로 불어나 있었다. 먼지가 가라앉고, 인사치레가 끝나고, 긴장된 에너지가 내 손끝으로 빠져나가자 20여 명의 책임감 있는 어른들, 그 시간 수업을 하고 있었어야 할 두 명까지 모두 좆까를 외친 다음, 우리가 반나절씩 말썽을 피우러 가곤 했던 그 공원에서 땡땡이를 치고 맥주나 한두 병 마시기로 결정했다.

그 자리가 더욱 특별했던 건 참석했던 한 명 한 명이 속내를 내보이려 애썼다는 것이다. 운동장을 가로질러 와 자신도 이런 걸 즐길 거라고 선언했다. 그들은 세상에다 「너무 오랜만이야!」라고 선언했다. 그들은 의향을 보여 주었고, 의향은 이 모험에서 단순하고도 중요한 요소로서 점점 더 그 모습을 드러내고 있었다. 여러 연구들에 의하면, 우리는 상대가 우리를 좋아한다는 걸 알 때 그들을 더 좋아한다고 한다. 고교 시절 친구들과 놀러 가려고 삶을 내버려두고 온다는 것은 이 관계들이 그들의 역사에서, 어쩌면 그들의 현재에도 중요하다는 걸 증명한다.

일단 우리 모두가 느슨해지고, 긴장도 흩어지고, 하루도 예정했던 대로 자리를 잡고 나자 몇 명이 내 기사 얘기를 꺼냈다. 「우리는 네가 정말 학교 식당에 혼자 앉아 있던 한심한 애였다는 걸 알잖아.」여자 친구 한 명이 말했다.

아우우우우우. 정말이지 너무들 오랜만이었다.

졸업생 땡땡이 날의 전날 무슨 일이 있었는지 얘기한다는 걸 깜빡했다. 이 난리가 믿기지가 않을 것이다.

나는 리틀 리그 야구장의 대기석 앞에 서서 일고여덟 살 되는 남자아이들의 무리에 둘러싸여 있었고, 제각각 째지는 비명으로 나에게 뭔가를 요구하고 있었다.

「투수 해도 돼요?」

「전 포수 하고 싶어요.」

「투수 해도 된다고 했잖아요!」

「안타 치면 대빙* 해도 돼요?」

이 말들이 내가 스테레오로 듣게 될 마지막 말이었다.

나는 어쩌다 우리 아들 찰리의 야구팀 코치를 맡게 되었는데, 그 제의를 수락한 건 그저 유소년 스포츠를 망치려 최선을 다하는 어른들로부터 아이들을 보호하기 위해서였다. 내가 예상하지 못한 것은 다른 모두가 흥분하지 않게 유지하려 애쓰는 일이 내내 나를 흥분해 있게 만들었다는 것이었다. 그리고 그 순간, 온통 흥분해서 비명을 질러 대는 아이들에 둘러싸여 있었을 때, 나는 오른쪽 귀에서 뭔가 작게 터지는 소리를 느꼈다.

난 정말 대단치 않게 생각했다. 귀지 한 조각이 그 안에 박혔다고 생각했고 — 왜냐하면 아무것도 들을 수 없었으니까 — 다른 어른들이 아이들에게 소리치는 걸 막으려 노력하며 아이들에게 다시 소리를 질렀다. 경기가 끝난 뒤, 차를 몰고 약국에 가 귀지 제거제를 샀는데, 소용이 없었다. 그렇지만 걱정하지는 않았던 게 다음 날이 졸업반 땡땡이 날이었기 때문이다. 아마 중이염인가 보다고 혼자 중얼거렸고, 다음 날인 땡땡이 날 내내 친구들에게 내가 살짝 중이염에 걸린 것 같으니 방금 한 말 좀 다시 해달라고 하며 보냈다.

내가 만난 첫 두 의사는 중이염 같다는 데 동의했다. 그들은 틀렸다. 결국 전문가를 보러 갔고 — 2주 뒤, 중이염 치료로는 전혀 차도가 없어서 — 그는 0.5초 정도 내 귀를 들여다본 뒤 중이염은 아니라고 말해 주었다. 그리고 종이 한 장에 뭔가를 써서 건네주었다.

* 기침할 때처럼 한 팔로 입을 막고 다른 팔은 밖으로 쭉 뻗는 모양의 세리머니.

「제 생각에는 이게 환자분이 갖고 계신 증상이에요.」내가 종이를 들여다보는 동안 그가 말했다.

종이 위에는 딱 세 단어가 있었는데, 의학 진단 치고는 놀라울 만큼 평이한 영어로 되어 있었다.

〈갑작스러운 청력 상실.〉

그러더니 의사는 내 건너편에 앉아 「기자시잖아요. 저한테 물어보시죠」라 말하는 것이었다.

「저는 청력을 되찾게 될까요?」

「저는 긍정적으로 봅니다.」그는 그리 긍정적이지 않은 어조로 말한 다음, 내게 『보스턴 글로브』의 일이 어떤지를 묻기 시작했다. 마치 우리가 그저 바에 앉아 인쇄 언론의 미래에 대한 일상적인 대화를 나누는 두 남성인 것처럼. 이 사람이 나한테 오른쪽 귀가 영구적으로 안 들릴 거라고 말한 건가? 그런 일이 일어날 수 있나? 그 잠깐의 순간에 청력을 잃을 수 있는 건가?

청력을 좀 되살려 보려고 안간힘을 쓰느라 더 많은 전문가들도 만나 보고, 고막 안에 직접 맞는 아픈 주사도 맞아 보고, 거기에 더해 한 달간 연속으로 하루 두 시간을 고압 산소방에서 보낸 다음의 대답은 그렇더라는 거였다. 맞다, 우리는 잠깐의 순간에도 청력을 잃을 수 있다. 그리고 그런 일이 나한테 일어난 셈이었다.

한 가지 우스운 건 이 모든 일이 있기 전 내가 『뉴요커』에서 미국에서 유행하고 있는 청력 상실에 대한 기사를 읽었다는 사실이다. 3천7백만 명의 성인들이 어떤 형태로든 외관상의 청력 상실을 겪고 있다고 했다. 뚜렷한 이유 때문에 눈에 띈 한 문장이 있었는데, 〈청각 상실은 사회적 고립으로 이어질 수 있고〉 그것은 나이 드는 것을 〈안 그래도 그런데 더 부정적으로 보게 만든다〉는 것이었다.

그때는 청력 상실을 내 두뇌의 〈조사해 볼 것들〉 항목에 꽂아 두었다. 옆에는 선배 미국인들이 외로움의 유행병으로 고통받으며 직면했던 모든 사회적 장애물을 진단해 보라고 내게 다시 한번 알려 줄 뉴런들이 있었다. 그 파일들은 더 시급한 주제들 뒤에 숨어 있었는데, 시급한 주제란 어떻게 하면 우정이 나에게 작동되게 할지 파악하는 것이었다. 그러나 순식간에 나는 그 리틀 리그 구장에 서서 입에 거품을 문 2학년들의 고함을 듣다가 두 세대를 앞서 가버린 셈이었다.

청력 상실은 최악이다. 이건 장담할 수 있다. 물론 순식간에 우리에게 닥칠 수 있는 더 안 좋은 일이 많은 것도 사실이다. 게다가 이건 암도 아니다. 하지만 청력 상실은 짜증과 혼란의 지속적인 원천이다. 식당들은 악몽으로 변한다. 극장도 체육관도 경기장도. 정말이지 우리가 전형적으로 사람들과 사회적 모임을 갖는 그 어디든 마찬가지이다. 만일 내가 세상 전체를 왼쪽에 둔다든지 하는 방식으로 나 자신의 상황을 바꾸지 못하는 이상, 내 분노 지수를 금방 10을 넘어 11단계로 바꾸어 놓을 청각적 악몽에 놓인다는 것을 깨달았다. 나는 주위에 있는 모두에게 계속 한 번만 더 말해 줄 수 있는지 묻고 있었다. 그리고 솔직히 말해, 나는 그것을 영구적인 문제로 알고 있었기에 내내 울적한 상태에 빠졌다. 나를 구원한 건 별난 생각이었다. 나는 그것이 신이 던져 준 어떤 도전 과제라고, 자신의 우정에 있어 영웅이 될 거라고 갓 선언한 얼간이를 위해 잘 배치된 사회적 장애물이라고 생각해 보았다.

만일 이 우주가 노인들이 겪는 문제들로 나를 칠 거라면, 노인들만의 해결 방안 몇 가지를 살펴볼 가치가 있었다.

마크, 로리와 함께 첫 〈수요일 밤〉을 보내던 날, 우리는 차에 올라탔고 즉시 10대 시절로 되돌아갔다.

「어디 가고 싶어?」

「모르겠네. 넌 어디 가보고 싶은데?」

이런 대화가 코믹할 만큼 오래 계속되었다. 결국 우리 셋은 그저 정처 없이 돌아다녔는데, 말하자면 어울려 다니기, 그것도 계획은 계획이었다. 그럼에도 우리는 아직 진짜로 무언가를 해야 한다고 느꼈다. 그래서 결국 가까운 교외에 있는 새로 생긴 몰에 가게 되었다. 무료 주차가 있었고 마침 우리가 해당되는 나이였기 때문이다.

그 첫 수요일 밤에 무언가 특별한 일이 일어나는 것은 내가 바라던 바가 아니었다. 오히려 그 반대였다. 나는 청력 진단을 받은 지 며칠 안 되었을 때라 아직 거기에 적응하는 중이었다. 정말로 일어나길 바랐던 게 있다면 무(無)였다. 몇 시간의 아무 일 없음.

마크가 내게 필요하다고 생각해 낸 것은 바로 끝도 없이 갈구어 주는 것이었다.

우리는 저녁을 먹으러 갔고, 녀석은 즉시 종업원에게 자기 친구의 귀가 안 들리는 것에 대해 양해를 구했다. 그리고 내게 특별 메뉴들을 큰 소리로 읽어 주게 했다. 갓 빈에서 돌아온 로리는 수화를 하는 척했다. 귀가 안 들리는 친구를 위한 양해 구하기가 또 있었다. 마크는 종업원에게 자기는 아무튼 나를 한 번도 좋아한 적이 없다고 말했다.

* * *

몰에 가는 게 우리의 수요일 밤 일이 되었다. 그건 우리 사이에서 지속적인 농담의 소재였다. 때로는 볼링을 치러 가거나, 영화 한 편을 보거나, 아이스크림을 먹는 미친 짓도 했다. 우리는 몰에서 모든 걸 할 수 있으니까!

다소 빠르게, 모든 것은 흐지부지되어 버렸다. 의지야 있었고 그 어느 때보다 강했다. 그저 친구들과 놀겠다고 나서던 그 바보스러운 짧은 밤들도 근사했다. 그러나 몰에서 보내는 매주 수요일은 인생의 침입을 막아 낼 동력을 너무도 금방 잃어버렸다. 〈아이들에게 운동 경기가 있었다.〉 〈회사에서 시키는 쓸데없는 일이 있었다.〉 기타 등등. 참여할 만한 실제적인 활동을 찾아보자는 대화가 있었다. 심지어 우리는 지역의 탁구 클럽에도 가보았는데, 그곳 회원들이 어찌나 초진지하던지 우리가 감당할 수 있는 상황이 아닌 것 같아 한 판도 안 해보고 빠져나와 〈우리의 몰〉로 되돌아왔다. 이제 우리는 몰을 그렇게 부르고 있었다.

약 두 달 뒤, 수요일 밤은 자연스레 그 끝에 이르렀다. 우리가 그 어느 때보다 우리의 우정에 가치를 두었다는 점은 분명했지만, 그걸 실제로 작동하게 하는 수업에서는 실패했다. 우리는 남성 우정의 기본적인 규칙을 무시했다. 의지가 어떤 몸짓이라면, 활동이 있어야 끈끈해질 수 있었다. 그리고 이렇게 말하면 좀 이상하겠지만, 나한테는 우리가 뭘 해야 하는지 단서가 없었다.

나는 잠시 수요일 밤을 혼자 보내며 내가 우정에 대해 품고 있던 몇몇 기본적인 질문들, 내가 앞으로 나아갈 더 큰 길을 찾기 위해서라면 답을 찾을 필요가 있는 수수께끼들에 관한 책들을 읽었다. 예컨대, 초심자용, 왜 우리에게는 우정이 필요하지? 우정 없이 살아남을 수 있다면, 왜 우리는 여전히 우정을 갈구하지?

〈가장 먼저 농업이, 그다음으로 산업이 인간 경험에 대한 두 가지 근원적인 것들을 변화시켰다〉고 시배스천 영거Sebastian Junger는 그의 책 『트라이브, 각자도생을 거부하라Tribe』에서 지적한다. 그 책은 부족적인 삶을 지지하는 하나의 확장된 주장이다. 〈사유 재산을 축적하며 사람들은 그들의 삶에 대해 점점 더 개인적인 선택들을 할 수 있게 되었고, 그 선택들은 불가피하게도 공유 자원을 향한 집단의 노력들을 약화시켰다. 그리고 사회가 현대화되며 사람들은 자신이 공동체 집단으로부터 독립해

살 수 있다는 것을 발견했다. 현대의 도시 혹은 교외에 살고 있는 사람은 역사상 처음으로 하루 종일 ― 혹은 평생 ― 거의 완전히 낯선 이들만 만나며 보낼 수 있게 되었다. 그들은 타인들에 둘러싸일 수 있지만, 그럼에도 깊이, 위험할 만큼 외로움을 느낀다.〉

시카고 대학교의 외로움 전문가인 고(故) 존 카치오포는 외로움이 어떻게 육체적 고통을 촉발하는지에 대해 자주 언급했고, 몸에 그러한 손상을 주는 건 외롭다는 감정이라고 말했다. 그래서 우정이 식량이나 물 같은 기본 요소가 되는 걸까? 그렇다면, 왜?

1943년 미국의 심리학자 에이브러햄 매슬로Abraham Maslow는 사람을 움직이는 욕구에 대한 유명한 이론을 발표했다. 그는 〈매슬로의 욕구 위계 이론〉이라고 널리 알려진 피라미드 위에 그것을 세밀히 나타냈다. 우선 피라미드의 맨 밑바닥에 놓인 음식과 물, 거처, 잠, 섹스와 같은 가장 근원적인 욕구들을 묘사하기 위해 그는 〈생리학적인〉이라는 용어를 사용한다. 그 위가 안전이고, 그 다음이 〈소속과 애정〉(때로는 〈사회적 욕구〉라 불리는), 존경이 그 뒤를 잇는다. 바닥에서부터 보면, 한 개인은 매슬로가 〈결핍 욕구〉라 부른 이 네 개의 기본적인 층위들을 거의 충족시켜야지, 안 그러면 육체적으로는 건강해 보여도 내면의 화와 긴장으로 고통받을 위험이 있다. 그 기본적인 단계들이 충족될 때까지 개인은 의기소침해진 채, 매슬로가 〈자아실현〉이라 부른 5단계, 피라미드의 꼭대기에 있는 더 높은 수준의 욕구를 추구할 동기를 느끼지 못할 것이다.

그러나 음식과 물, 집, 그리고 아마 케이블 티브이와 인터넷까지는 설명이 된다 치자. 왜 우리는 자아실현을 이루거나 화와 스트레스로 윙윙대는 소음을 끄기 위해 여전히 타인들을 필요로 하는 걸까?

그리고 우리에게는 얼마나 많은 친구가 필요한 걸까? 옛 격언들은, 친구 한 명을 지닌 것은 최고 그 이상을 지닌 것이라고 말한다. 그러나 내가 본 모든 연구들은 이 친구라는 마법의 영양제로부터 최대한의 건강과 행복의 이득을 거둬들이는 법을 다루면서, 군건한 사회적 원이라는 용어로 〈더 많은 친구〉가 필요하다고 말한다. 그러나 제한된 시간과 지력으로, 아이들 신발까지 찾아 줘야 하는데 우리는 현실적으로 얼마나 많은 친구들을 유지할 수 있을까?

또 이왕 물은 김에 물어보자면, 여자들은 왜 일설에 따르면 이런 일에 있어 남자들보다 뛰어난 걸까?

그 모든 건 파격적인 질문들이었다. 더 파격적인 것은, 그것들이 같은 원천으로 이어지고 있는 듯해 보였다는 점이다. 그 모든 건 엉덩이에 있었다.

5

나는 크루즈선의 가장 높은 갑판에 서서 수영장 옆에 설치된 무대를 내려다보고 있었다. 무대는 그 순간 3천 명의 한때 10대였던 여성들에 둘러싸여 있었고, 그들은 한 무리의 벌떼처럼 집단으로 진동하고 있었다. 우리는 갓 뉴올리언스 항구를 떠나왔고, 나는 배가 미시시피강을 따라 달리는 동안 배에 적응하려고 애썼다. 그리고 벌써부터 이건 내가 했던 최선의 생각은 아닌 것 같다고 느껴지는 걸 받아들이려 최선을 다했다. 오스트레일리아에서 온 조라는 이름의 여성이 나를 향해 성큼성큼 다가온 것은 그때였다.

조는 내 왼쪽 3미터 떨어진 곳에 여자들 몇 명과 서 있었는데, 나는 그들이 내 얘기를 한다는 것을 느낄 수 있었다. 내가 그들이었대도, 역시 내 얘기를 하고 있었을 테니까.

조는 다가오더니 나를 빠르게 훑어보곤, 이후 나흘간 몇 번 더 대답하게 될지도 모르겠다는 생각이 드는 질문을 하나 던졌다.

「왜 당신이 여기 있죠?」 조가 물었다.

그녀는 수상하다기보다는 호기심이 느껴진다는 듯이 물었고, 나는 그 점에 감사했다. 내가 뉴 키즈 온 더 블록 크루즈 승객들의 표준적인 인구 통계에 맞지 않는다는 뚜렷한 사실을 해석하는 데에는 몇 가지 방식이 있었기 때문이다.

나는 왜 거기 있었을까? 가장 짧은 대답은 〈여자들만의 여행〉을 경험해 보고 싶어서였다. 그건 아마도 현대 미국의 우정에 있어 가장 축복받은 행위일 것이다. 그러나 내 인류학적인 야심은 기본적인 문제점과 함께 다가왔다. 여자들만의 여행에 남자가 나타나면 그 의식의 신성함이 퇴색될 거라는 것. 신성함을 작동시킬 유일한 방법은 내가 투명해지는 능력을 갖는 것인데, 그건 불가능해 보였다. 뉴 키즈 온 더 블록이 매년 크루즈를 연다는 걸 알게 되기 전까지는.

이 발견은 매트릭스 안의 출구처럼 느껴졌다. 여자들만의 여행을 동시에 수백 건 경험할 수 있는 기회인 데다 오염의 위험도도 낮았다. 나는 뉴 키즈 온 더 블록이 아니라 나에게는 눈길도 안 줄 테니 말이다. 나는 그 무렵 펜웨이 파크로 뉴 키즈 온 더 블록을 보러 갔었는데, 10학년 이후로 여자들에게 그렇게 투명해진 느낌은 처음이었다. 볼 만한 광경이었다. 심지어 그들은 돌격대처럼 남자 화장실을 점령했고, 칸막이 줄이 너무 길어지자 한 여성이 트럭처럼 뒤로 들이밀며, 마침내 이 질문에 최종적인 답을 주는 장면을 목격했다. 여자가 남자용 소변기에서 볼 일을 볼 수 있나? 그녀는 확실히 괘념치 않았는데, 나 따위는 확실히 중요치 않았기 때문이다. 나는 마치 그곳에 있지도 않은 것 같았다. 유일하게 중요한 남자들의 이름은 조던과 조이, 도니와 대니, 존이었다.

지금이, 잠시 멈춰 인류의 진화에 대한 이야기를 살펴보기에 완벽하진 않아도, 그래도 괜찮은 시간인 듯하다. 이건 수백만 년의 세월에 걸친 이야기라, 나는 어떻게 나무 위의 유인원이 비행기 화장실이 너무 좁다고 불평하는 현대 인류가 되었는지에 대해 온갖 세세한 것들을 이해하는 척하지는 않을 것이다.

대신, 나는 우리의 진화상의 〈이점들〉 중 가장 큰 두 가지, 이족 보행(二足步行)과 뇌의 대형화로 인해 시작된 문제에 초점을 맞출 것이다.

이족 보행은 멋진 도약이었다. 왜냐하면 두 발로 걷게 되며 손이 중요한 일, 가령 운전하며 문자 보내기 같은 일을 할 만큼 자유로워졌기 때문이다. 게다가 직립이 우리의 시선을 키 높이로 들어 올리면서, 나무 위의 안전을 포기한 지 얼마 안 되는 이 미약한 생물을 죽이려고 안달인 수풀 속의 온갖 녀석들을 더 잘 볼 수 있게 되었다.

뇌의 대형화는 잠시 멈추어 우리가 그것으로 일으킨 문제들만 봐도 좀 더 의문의 여지가 있는 부분이지만, 그 얘기는 다음에 하자. 내가 여기서 다루는 건 논쟁의 여지가 없는 사실로, 바로 그 불균형하게 묵직해진 두개골이 이 새로 직립한 생물의 꼭

대기에 놓임으로써 생겨난 체중 분배라는 문제이다.

그 커다란 뇌를 운반할 두 발짜리 수송 수단을 떠받치려면, 몸의 지지대가 중력의 중심을 낮추도록 진화할 필요가 있었다. 이를 위해 골반이 현저하게 좁아졌다. 이건 다 괜찮고 만족스러웠다. 가끔 있는 한 가지 문제만 빼면. 그건 바로 출산할 때였다. 갈수록 커져가는 머리들이 갈수록 작아지는 엉덩이를 비집고 나와야 했다. 이것이 인간이 다른 영장류들보다 출산 합병증이 많은 간단한 이유이다.

이 문제를 해결하기 위해 인간 여성은 아기의 머리가 더 작을 때 좀 더 일찍 출산하는 쪽으로 적응했다. 이른 예정일은 아이와 엄마에게 출산으로부터 살아남을 더 많은 기회를 가져왔다. 그러나 그건 인간의 아기가 다른 동물들에 비해 미성숙하게 태어난다는 것, 생명 유지 체계가 불안전해 방어도 불가능하고, 스스로 살아남을 수 없는 상태로 태어난다는 뜻이었다. 그들은 오랜 기간 쓸모가 없다. 몇몇은 30대에 접어들 때까지 여전히 집을 떠나지 않는다.

우리의 여자 조상들에게 있어 성공적인 출산은 모든 유기체들이 진화하는 진정한 목적, 바로 그들의 유전자를 전하기 위한 첫 단계였다. 그러나 그들의 자식들이 그들의 자식을 생산할 만큼 충분히 오래 살아남으려면, 그걸 보장해 줄 강력한 사회적 원 또한 필요했다. 다른 이들과 유대감을 형성하는 건 여성들에게 기본적인 생존의 열쇠가 되었고, 그들의 유전자가 미래의 세대들에 전해지는 빈도를 높이는 행동이었다.

그건 왜 우리가 친구를 사귀는지에 대한 이야기이기도 하다.

말하자면, 우리가 육아 블로그 시대 이전의 그 험난한 세상에서 신생아를 키우려는 원시 여성이라고 상상해 보자. 온종일 하는 일이 아이를 살아 있게 만드는 것인 그런 시기를 보내려면 우리에게는 네트워크가 필요할 것이다. 그러나 그건 큰 문제가 아닌 게, 그 전에 이미 우리는 아마 상당 시간을 먹을 걸 모으고 준비하는 데 할애하며 썼을 것이다. 친구들과 함께 식사를 준비하는 사교적인 즐거움은 그걸 해본 모두에게 잘 알려져 있다. 게다가 현대의 수렵 채집 부족들에 대한 연구들이 보여 주는 것처럼, 가장 정확하고 효율적인 채집은 사회적으로 끈끈한 개인들이 큰 규모로 의사소통하며 팀을 이룰 때에 가능하다.

긴 이야기를 요약하자면, 사교적인 기술은 여성들에게 생물학적으로 필요한 것이었다.

그 사이 남성들은 사냥하느라 나가 있었고, 그건 굉장한 침묵을 요구하는 활동이었다.

호의를 주고받는 것, 사회 과학자들이 상호 이타주의라 부르는 관계의 맞받아치기는 오랫동안 우정의 기본적인 뼈대로 여겨졌다. 그러나 최근의 연구에서, 우리가 실제로 친구들과 있을 때는 낯선 이들이나 지인들과 거래를 할 때에 비해 〈공정함〉을 덜 신경을 쓴다는 게 밝혀졌다. 우정에 있어, 어느 한 쪽이 호의를 갚겠다고 주장하면 그건 우정이 약하다는 신호로 읽힌다. 우정은 호의를 따지는 것 너머에서 일어나는 것이다. 한 연구에서는 친구로 이루어진 쌍들과 낯선 이들로 이루어진 쌍들에게 임무를 주고, 보상이 기여도에 따라 나뉠 거라고 말했다. 낯선 이들은 기여도를 더 쉽게 구분하려고 다른 색의 펜들을 사용했다. 친구들은 그냥 그 보상을 나누는 데 동의했다. 호모 사피엔스에게만 있는 특징들 중, 이타주의와 무욕은 우리를 인간으로 만드는 것 중 거의 최고봉이다.

이는 피터 데스치올리Peter DeScioli와 로버트 커즈반Robert Kurzban이 고안한 동맹 가설로 이어지는데, 그 가설에서는 우정이란 최소한 부분적으로는 잠재된 갈등에 대비해 동맹을 모으는 것이라고 주장한다. 우리의 조상들 모두는 살아남은 자식을 재생산할 만큼 충분히 살아남았다. 그들은 또 인류 역사의 모든 시대마다 이 일을 성공적으로, 끊기지 않게 수행했는데, 그렇지 않았으면 우리는 지금 여기에 있지도 않았을 것이다. 말하자면 우리는 거칠고 무지막지한 이들의 핏줄을 타고난 셈이다. 그러나 이제는 기본적 생존이 무한히 더 쉬워진 바람에, 남성들에게 커다란 진화론적 문제가 생겼다. 공격과 경쟁을 위해 선택된 우리의 그 긴 유전자 코드로 뭘 하지? 그 화학 물질들로 여생동안 무엇을 해야 하지. 특히나 일단 우리가 짝을 이루어 우리의 유전자에 대한 기본적인 책무를 충족했다면?

그와 관련해 여러분에게 묻는다. 한 무리의 사내들이 차 지붕에다 뭔가를 묶는 걸 옆에서 지켜본 적이 있는지? 갑자기 모두가 공기 역학이나 매듭법이 견디는 최대 화물 적재량에 대한 전문가들로 변한다.

모닥불 주위에서 누군가가 장작 하나를 더 올리려고 일어날 때 한 무리의 사내들 곁에 있어 본 적이 있는지? 자, 나는 확실히 말할 수 있는데, 그가 어디에 그걸 올려놓든 거긴 틀린 자리이다. 우라질, 진정한 사내 중의 사내가 아직은 장작이 더 필요하지 않다고 주장할 것이다.

과할 만큼 세게 악수를 하는 남자를 만나 본 적이 있는지? 눈을 맞추며 공격적으로 다가오는 남자 말이다. 나는 최근 한 야구 경기에서 다른 아빠를 소개받았는데, 이 괴물이 내 손의 여덟 개 수근골 전체를 으스러뜨릴 뻔했다. 만나서 반갑군요. 다시는 어울리지 맙시다.

과할 만큼 센 악수는 〈사내 중의 사내〉의 전형적인 사례인데, 그들은 〈남자 중의 남자〉보다 더 독성이 강한 종들이다. 사내 중의 사내가 다른 남성들을 경쟁자로 보는 곳에서, 남자 중의 남자는 그들을 동료들로 본다. 한 남성이 항상 이쪽이나 저쪽에 속하는 건 아니고, 우리의 행동이 어느 스펙트럼에 착지할 지를 좌우하는 것은 종종 동료들이나 상황이다.

일전에 나는 내가 다니던 헬스장에서 〈남자들의 밤〉을 준비하는 일을 도왔는데, 월요일마다 〈숙녀들의 밤〉을 갖는 여자 회원들에게 영감을 얻은 것이었다. 그들은 운동을 하고 나서 멕시칸 식당에 갔다. 우리의 계획은 닭 날개에 맥주 한두 잔을 하고 볼링을 치러 가는 것이었다. 약 10여 명의 남자들이 왔고, 모임은 잘 진행되었다. 〈사내 중의 사내〉가 볼링은 지루하다고 결론짓고 우리가 스트립 클럽에 가야 한다고 선언하기 전까지는. 아무도 흥미가 없었지만, 그 사내는 고집을 피우고 또 피웠고, 어느새 동료 압력이 승리해 모두들 차에 끼워 타 어딘가로, 그들이 분명 가고 싶어 하지 않던 곳으로 가고 있었다. 안 그러면 덜 사내답게 여겨질 테니까.

나는 인도에 서서 다들 가버리는 걸 지켜보았다. 나는 이미 스트립 클럽은 졸업했다. 내 생각에 나는 사내 중의 사내는 아닌 것 같다. (흥미롭게도 우리는 다시는 〈남자들의 밤〉을 열지 않았다.)

〈사내 중의 사내〉의 모든 행동 중에 가장 지루한 부분이 뭔지 아는가? 그냥 그게 다라는 것이다. 연기, 퍼포먼스, 〈진짜 사나이〉, 〈사내다운 사내〉라는 허구의 인물에 맞게 행동하려는 어떤 시도. 그리고 그런 사내는 거의 언제나 외톨이로, 〈세상에 맞서는 인간〉으로 묘사된다. 현실은, 사회적 진화의 역사에서 성공적인 외톨이들은 없다는 점이다. 단독 생존주의자가 되는 것은 고된데다 비효율적이다. 생존은 오직 집단들을 통해 성취되어 왔다.

나는 〈남자 중의 남자〉가 될까 한다. 그러나 내가 순식간에 〈사내 중의 사내〉 풍자화처럼 돌변할 수 있다는 걸 인정하지 않는다면 거짓말일 것이다. 얼마나 가볍든, 그건 우리로 하여금 공격성을 그릇된 식으로 합리화하게 해준다. 공격성을 〈솔직했던 시절〉로 포장해버린 대부분의 남성들처럼, 나도 공격이 늘 일상의 한 부분인 시기를 거치며 커왔다.

더 이상 경쟁이 일어나지 않는다는 말이 아니다. 그놈의 것은 어디로도 안 가겠지만, 그래도 내 나이가 되니 생각들로 옮겨

왔다. 만일 어떤 남자가 더 좋은 생각을 내놓지 못하면, 〈사내 중의 사내〉가 그 생각을 간단히 일축해 버릴 수 있다. 나는 〈그 불에는 아직 장작이 안 필요해〉라는 말에 대해 언급했다. 그건 고수해야 하는 피곤한 체면 같은 것으로 언제나 감시하고, 언제나 어떤 이상(理想)을 수호하고, 언제나 보이지도 않고 불필요한 규율을 능숙하게 따를 것을 요구한다. 그 지독히 많은 할 일 때문에 함께 하는 기쁨은 줄어든다.

〈사내 중의 사내〉가 비판으로 소통할 때 〈남자 중의 남자〉는 갈굼으로 소통하는데, 그건 비판으로 위장된 칭찬이다. 그건 안전하게 방향을 트는 방식이면서도, 여전히 남성적이다. 내 인생에서 얼마나 많은 유의미한 반응이 갈굼의 형태로 오는지, 절대적 수치를 갖고 있지는 않지만 높을 거라 의심한다. 지독할 것 같지만 나는 이 사실이 꽤 자랑스러운 게, 갈굼은 친구들 사이에서만 가능하기 때문이다. 다른 상황에서 하면 그건 진짜 비판이 된다. 한 친구가, 다른 친구가 차 지붕에 소파를 묶어 놓은 방식을 두고 면박을 준다면, 그건 그냥 사랑이다.

나는 사우스보스턴, 즉 유서 깊은 사우시에서 자랐다. 그곳은 더 이상 존재하지 않는 거의 허구의 동네처럼 느껴지는데, 할리우드가 그곳을 소재로 꽤 많은 빌어먹을 영화들을 만들었기 때문이다. 그러나 그곳은 정말 실제였고, 허구보다 더 이상했던 그 대체 현실에서 나는 학교 운동장을 돌아다니다 50명 혹은 60명이 되는 건 아무 것도 아닌 한 무리의 아이들과 동네를 쏘다니곤 했다. 그 무리에서의 사회적 삶이란 치열했다. 우리는 갈구고 있거나 갈굼을 당하고 있었다. 자연히 나도 방어나 공격을 위해 얼음송곳 같은 언어를 휘두르는 데 능숙해졌다. 거의 누가 와도 꿋꿋이 이겨 낼 수 있었다. 비록 무리 중에 스투바라 부르던, 우리로 하여금 차라리 안 태어나는 게 나을 뻔했다고 생각하게 만든 녀석이 있긴 했지만 말이다. 녀석은 지금도 내가 달려들 때마다 나를 끝장낸다. 게다가 거기에는 전형적으로 우리 엄마에 대한 농담도 포함되어 있지만, 그 갈굼이 굉장한 건 우리가 여전히 친구라는 뜻이기 때문이다.

알맹이로 보자면, 갈굼은 유머의 친근한 형태이고 그 사실은 매우 중요하다. 왜냐하면 웃음과 춤과 음악은 사람이 만들어낸 것 중 다른 동물들은 하지 않는 세 가지이기 때문이다. 그 각각은 언어 이전부터 존재해 왔다고 여겨지고 있고, 과학자들이 사회적 털 고르기라 부르는 일을 해야 할 때 놀라울 만큼 시간을 줄여 주는 방식들이다. 우리는 신체 접촉이 필요한 일대일 방식이 아니어도 한 번에 많은 이들과 엔도르핀의 황홀감을 나눌 수 있다. 우리의 사회적 집단은 다른 영장류들의 집단보다 훨씬 크고, 그들처럼 서로의 털을 빗겨 주며 둘러앉아 있기에는 할 일도, 만날 사람도 너무 많다.

갈굼과 웃음은 남자들에게, 정서적인 솔직함이라는 주제들이 요구하는 친밀감으로부터의 안전한 거리와 통로 둘 다를 제공해준다. 또한 여자들이 실제로 대놓고 말하기 민망해하는 주제들을 꺼내기 위한 직접적인, 물론 좀 숨겨진 방식을 제공할 수도 있다. 〈대화에서의 결속〉에 대한 한 기념비적인 연구는

2학년에서 청장년들까지 다양한 연령대에 걸쳐 한 쌍의 동성 친구들을 관찰했다. 친구들은 의자에 앉아 대화를 나누었고, 연구자들은 그들의 신체가 놓인 형태와 대화 주제가 보여 주는 응결성 간의 조화를 관찰했다. 여자아이들과 여자 어른들은 〈신체적 움직임이 적고, 그들이 거주하는 공간에서 더 모여 있었으며, 몸을 가까이하거나 이따금 대는 것, 몸짓이나 시선 고정을 통해 서로와 더 직접적으로 동조했다〉고 연구의 저자인 데버라 태넌Deborah Tannen은 썼다.

남자아이들은 기본적으로 정반대의 행동을 했다. 여자아이들이 서로에게로 몸을 향한 채 한 명의 관심사들에 집중한 반면, 남자아이들은 평행하게 앉아 평행한 관심사들을 보였다. 그들은 장난스레 공격할 때만 신체 접촉을 보였다.

그러나 그것이 남자들이 덜 열중했다는 뜻은 아니다. 여자들은 다른 사람에 대해 수다 떠는 것을 좋아했다. 제3자에 대한 반감은 인간이 유대감을 쌓는 잘 확립된 형식이다. 인정하자. 사람들이 험담을 퍼뜨리기 전 주위에 누가 없나 확인하려고 교활하게 둘러보는 순간, 당신이 누군가에게 느끼는, 다가오는 의혹의 따끔거리는 느낌에 비길 건 정말이지 없다.

그러나 실험에 참여한 남자아이들이 누군가에 대해 뭔가 할 말이 있을 경우, 그건 보통 〈직접적으로 그 자리에 있는 그의 친구를 향한 것이었다〉. 이런 의미에서 태넌은 그들이 좀 더 직접적이라고 주장했다. 그러나 나는 그중 얼마만큼이 갈굼이란 안전망 뒤에서 이루어졌는지 궁금했다.

나는 이쯤에서 하나의 핵심에 이르고 있다. 거기에는 남성이 지닌 공격성의 배출구로서의 갈굼이 포함되고, 그리고 내가 뉴 키즈 온 더 블록 크루즈에 있었던 이유도 포함된다. 그리고 그 건 인간이 집단에서 사회적 털 고르기를 위해 사용하는 저 세 가지 대표적인 도구들로 거슬러 올라간다. 웃음, 춤 그리고 음악.

갈굼은 그러나, 근본적인 결함을 하나 품고 있다. 그 결함은 남성의 정신에 헤아릴 수 없는 해를 입혀온 데다, 기본적으로 유대감을 위한 잠재적 배출구인 춤과 음악을 제거해 버렸다.

그 결함은 〈게에에이〉라는 용어의 사용이다.

그건 자기 감시의 한 형식이자, 어떤 행동이든 친밀하거나 다 정하게 느껴지는 수준에 이르면 튀어나오는 어떤 구제 불능의, 안전을 위한 단어다. 정말이지 〈여성스럽게〉 느껴지는 무엇에 든 튀어나오는데, 그 목록은 길었다.

그 말은 다른 남성에 대한 로맨틱한 끌림을 묘사하려고 쓰인 건 아니었지만 — 물론 분명 용서할 수 없는 방식으로 그 생각 전체를 모욕했다 — 뉴욕 대학교 심리학 교수인 니오브 웨이Ni- obe Way가 남성들 간의 〈관계의 위기〉라 부른 무언가를 강요하 는데 쓰이곤 했다. 우리는 〈여성스러운〉 관계를 형성했다는 이 유로 게에에이라 불리는 걸 어찌나 두려워하는지, 일상적인 농담 을 위해 친밀감을 희생한다.

이건 어마어마한 단절로, 아마 현대의 남성 유대감과 관련된 문제들의 심장부에서도 한가운데에 놓인 문제일 것이다. 게다가 많은 〈남성적인〉 것들과 달리 유전자 탓을 할 수도 없다. 이건 문화적인 것이고, 학습된 것이다.

내가 어릴 적, 노래하고 춤추는 일은 분명 여자아이들의 목록에 있었고, 그건 곧 〈게이〉 목록이었다. 뉴 키즈들은 완전히 게이라는 의미였고, 남자아이가 뉴 키즈 온 더 블록을 좋아한다고 인정하는 건 우리가 할 수 있는 가장 게이스러운 일 같았다.

그래서 내가 왜 크루즈에 있냐고요, 조? 그건 뭐라 말하기 어려웠다. 나는 그 모든 걸 짜 맞추고 있었다.

* * *

물론, 크루즈선의 가장 높은 갑판에서 그 오스트레일리아 여성이 내게 질문을 던졌을 때, 나는 이런 얘기는 전혀 하지 않았다. 그녀는 충분히 의심하고 있었기에, 내가 여자들의 엉덩이 때문에 여기 와있다고 알려 줬더라면 네이비 실을 불렀을 지도 몰랐다. 대신 나는 그녀에게 사실이기도 한 무언가, 즉 내가 그곳에 뉴 키즈 온 더 블록 팬들의 변함없는 숭배에 대한 기사를 쓰러 와 있다고 말했다. 나는 한 편집자에게 이거야말로 쓸 가치가 있는 이야기이고, 그 이유는 가장 확실하게 그런 이야기라서 그렇다고 장담했다. 잠시 멈추어 중년에 접어든 10대 팬들을 따라가 보는 일에 대해 생각해 보면 모든 게 어딘지 사랑스럽지 않느냐고. 그러나 내가 그 이야기를 꾸며 냈던 주된 이유는 남성의 시선으로부터 벗어나 이 여성 사교의 거대한 실험실로 접속하기 위한 것이었다.

그러나 벌떼처럼 윙윙대며 무대에 뉴 키즈가 나타나길 기다리는 여성들을 내려다보자, 나는 내가 그들에게서 아직 본 적 없던 어떤 것을 보기를 실제로 바라고 있다는 데에 이미 의문이 들기 시작했다. 나는 여성에 대한 전문가라고 주장하고 있는 것은 아니지만, 그렇다고 무경험자도 아니다.

「아주 확실히 경험하게 될 걸요.」조가 일러줬다.「여자들이 지금껏 본 적 없는 어떤 짓을 하는 걸 보게 될 거라는 거죠.」

그 말을 들으니 마음이 놓였다. 왜냐하면 솔직히 나한테는 순진한 면이 있었기 때문이다. 나는 내가 마치 헬멧 모자와 단안경을 쓰고 있는 것처럼 그 장면에 다가가기만 하면, 무언가 가치 있는 것, 낚아채서 소년들의 오두막으로 갖고 올 무언가를 배우게 되리라 믿었던 것이다.

조와 그 일행은 내가 크루즈에서 찾길 기대하고 있던 딱 그런 부류로, 농담을 좀 이해하는 40대 엄마들이었다. 그들은 거의 매년 ― 이번은 9주년 크루즈였다 ― 와서 어이없는 짓도 하고, 10대 때의 우상들에게 빠져들어 행복했던 추억들을 다시 재현하거나 새로운 추억을 만들었다고 했다. 그 모든 건 완벽히 무해해 보여, 여자들만의 여행에 온 여성들이 주변에 남자들이 있을 때보다 급진적으로 다르게 행동할 거라 믿은 건 큰 오산이었는지 모른다는 내 두려움을 되살려 줄 뿐이었다.

그때 스피커에서 도니 월버그의 목소리가 나왔고, 한 줄기의 에너지가 군중을 훑고 지나갔다. 맹세하건대 마치 번개를 맞은 장소 같았다. 도니는, 곧 알게 되었지만 뉴 키즈를 위한 대부분의 발언을 맡고 있고, 크루즈의 시작 때마다 매번 꼭 하는 선서에서 모두를 인도한다. 선서는 마치 뉴에이지 시기를 보내고 있는 대학 신입생이 쓴 것처럼 들렸고, 그가 읽는 구절들을 따라 읽게 되어 있었다. 모든 문구가 「사랑」이라는 단어로 끝나는 듯했고, 모든 게 너무나 길게 계속되었다.

드디어 끝나자 도니가 으르렁대듯 목소리를 낮추며 이렇게 말했다. 「여기는 그야말로 죽음인, 진정한 사랑의 보트입니다.」 그렇게 시작이 되었다. 여성들이 놓여났다. 그리고 나는 놓여났다고 말하고 있다.

그때 벌어진 일을 가장 간단히 설명하면 〈모든 여자들이 함께 춤을 추기 시작했다〉로, 그건 미국 남자들이 게에에이라서 하지 않는 무언가다. 이 멍청한 판단은 아마 〈집단적인 흥분〉을 위한 단 하나의 가장 강력한 추동력일 무언가를 남성들로부터 박탈한다. 그건 공동의 목적을 지니고 모인 한 집단 안에 있을 때 받을 수 있는 활기와 도취감이다. 20세기 초 그 용어를 고안한 프랑스 사회학자 에밀 뒤르켐Émile Durkheim에 의하면 그건 〈일종의 전기〉를 띠고 있다. 그 느낌은 연결해 주는 흐름에 가까운 것으로 정의되는데, 사람들을 따뜻하게 감싸 몇몇 사람 이상이 영적인 것을 발견하는 느낌으로 그들을 고양시킨다. 그리고 그것은 한 집단에 순간 접착제처럼 작용한다. 모든 문화와 종교가 그걸 한다. 그리고 그걸 필요로 한다.

미국 남자들은 춤을 안 춘다. 가끔 결혼식에서나? 뉴 키즈 온 더 블록 크루즈에서는 절대로. 항상 어떤 이유로든, 옥스퍼드 대학교의 브로넌 타르Bronwyn Tarr가 우리의 동작들을 일치시키기 위한 인간의 자연스러운 경향이라고 설명하는 것을 물리친다. 우리는 흔히 어떤 공유된 리듬에 맞춰 함께 손가락을 톡톡 두드리거나 고개를 끄덕이는데, 그런 공동의 흉내 내기는 우리가 자신을 타인에게 녹아들게 할 때 사용하는 온갖 좋은 느낌의 화학 물질들이 발사되게 해준다.

그 배 위에 있으며 나는 내 밑으로, 그 동시성에서 나오는 흥분을 실제로 느낄 수 있었다. 뒤이어 뉴 키즈 온 더 블록이 무대 위로 걸어 나오자 군중은 극도로 흐릿하게 변했다. 뒤르켐은 그런 순간들에 일어날 수 있는 현상, 즉 영적인 것에 이르며 개인성이 사라지는 것을 설명하려는 시도로 〈집단적 흥분〉이란 용어를 만들었다. 그는 종교라는 것이 어떤 류의 토템을 향해 집단적으로 흥분하는 동안 생겨난 엄청나게 긍정적인 에너지를 지휘하는 데에서 왔고, 그것이 신성화된 거라 믿었다. 이 경우에 그 토템은 중년의 아빠들로 구성된 보이 밴드였다.

뉴 키즈 온 더 블록은 더 이상 키즈가 아니다. 전부 마흔보다는 쉰에 가깝다. 그러나 나는 그들에게 신뢰를 보내야겠는 게, 보이 밴드를 예쁘게 유지하려고 분명 노력을 기울였기 때문이다. 크루즈가 다가오자 그들 중 누구도 탄수화물과 사랑을 나누지 않았다. 숙녀들에게 기념품을 처음 공개하며 작은 무대를 배회할 때도, 각각의 키즈는 틀림없이 밝혔다. 자신들이 분명 이곳과 코즈멀 사이의 어딘가에서 셔츠를 벗어던질 거라고.

나중에 셔츠들을 벗어던질 시간이 있을 거였다. 이건 그저 웰컴 쇼, 그날 밤 다가올 쇼의 맛보기였다. 그러고 난 다음에는 파티. 그리고 파티가 끝나고 나면 뒤풀이 파티. 계속, 멕시코만의 배 위에서, 탈출구도 없이.

　나흘 뒤인 새벽 4시 23분, 나는 엘리베이터에서 나와 수영장 옆의 무대 쪽으로 걸어갔다. 직전에 좁은 객실 안에서 소스라치게 놀라 깨어났는데, 마지막 밤의 축제들이 열리기 전에 〈짧은 낮잠〉을 잔다는 게 대략 여덟 시간이나 잔 걸 깨달았기 때문이다. 여덟 시간을 더 잘 수도 있었지만 나는 침대에서 겨우겨우 일어나 뒤풀이 파티의 뒤풀이까지 갔다. 홀든 콜필드*가 언젠가 말했듯, 가끔 우리에게는 그저 작별 인사가 필요하니까.

　정말이지 스테로이드를 복용한 듯한 〈여자들만의 여행〉이었고, 나는 어떤 대결론을 이끌어 내며 마지막 밤을 보내기를 희망하고 있었다. 만일 여성과 우정에 대한 어떤 결론이란 게 있다면 말이다. 이건 위험한 생각이었던 것이, 우리는 영감을 쥐어짜선 안 되기 때문이다. 특히나 그것들이 여성들에 대한 일반화를 포함하고 있다면 말이다. 일전에 말했듯 내가 여자들에 대해 확실히 아는 유일한 한 가지가 있다면, 그들은 웬 남자가 여자들이 어떻게 생각하고 느끼는지에 대해 얘기하는 건 원치 않는다는 것이었다.

　그러나 거의 투명에 가까웠던 내 상태가 숙고할 만한 몇몇 관

---

* J. D. 샐린저의 『호밀밭의 파수꾼』 주인공.

찰 결과들을 낳았다는 데에는 의문의 여지가 없었다. 첫 번째 발견은 내가 대화를 나눈 여자들이 실제로 거기에 뉴 키즈 온 더 블록 때문에 와 있는 게 아니라는 것이었다. 그들은 분명 그 밴드를 사랑했다. 하지만 그들이 군이 크루즈까지 온 이유는 그 것이 몹시 우스꽝스럽기 때문이었다. 나는 여자들의 집단에서 이런 점을 항상 존경해 왔었다. 그들은 심지어 그것이 〈쿨한 척 하는〉 신성한 행동을 희생하는 것일지라도 무언가 재미있는 걸 선택하는 경향이 있는 것처럼 보인다는 것. 그것이 미혼 여성 파티가 미혼 남성 파티와 아주 달라 보이는 이유이다.

해 뜨기 전의 여명 속에 내가 무대에 도착했을 때는 여자들의 3분의 1과 두 명의 뉴 키즈들만이 아직 서 있었다. 그들 모두는 배가 뉴올리언스의 부두에 닿을 때까지 파티를 멈추지 않겠다 는 생각에 존경스러울 만치 전념하고 있었다.

나는 그곳으로부터 뒷걸음질 쳐 나왔고, 그 모습은 이 늦은 시간에 누구든 예상할 만큼 엉성했다. 다시 계단을 올라가 가장 위쪽 갑판, 내 관찰 지점이 되어 버린 자리로 갔다. 거기에서 그 말도 안 되는 광경을 마지막으로 한 번 더 보았다. 그건 여성들 의 존경할 만한 점들을 대단히 많이 담고 있는 장면이었기 때문 이다.

내 밑에는 많은 〈후 걸들〉*이 있었고, 〈후 걸들〉은 위대하다. 여러분이 그 용어에 익숙지 않다면, 그건 마치 한두 번 혹은 수 백 번의 「후」를 공중에다 외치는 소리가 들리는 것 같은 그런 태

* whoo girls. 〈woo girl〉이라고도 표현한다.

도로 행동하고 있는 한 무리의 여자들을 묘사할 때 쓰인다. 그건 꼭 아첨의 용어는 아니고, 기본적으로 〈브로bro〉의 여성형 등가어로 쓰이는데, 좋은 시간을 보내고 있다는 표시들을 과감히 드러내는 모든 동성의 친구들 무리를 조롱할 때 쓰인다. 그런 걸 드러내다니, 용납할 수 없는 것으로 여겨졌었다. 아직 안 들어 본 상태에서는.

나흘 동안 나는 이 후 걸들을 부지런하게 연구했고, 단안경을 눈에 바짝 댄 채 어떤 사회적 비밀들을 찾았다. 그러나 새로운 건 찾지 못했다. 아니, 내가 찾은 것은 뭔가 뻔한 것, 거기 내 앞에 놓여 있는 것이었다. 창피한 방식으로 놀라운 걸 알려주는 느낌이었는데, 여자들의 비밀이라기보다 나의 맹점이었다. 그건 춤이었다. 이 여자들은 미친 듯이 춤을 추어 댔다. 바에서 음료를 기다리면서도 춤을 추었고, 화장실에서 기다리면서도 춤을 추었다. 크루즈선 뷔페에서 접시를 가득 채우면서도 춤을 추었고, 밤마다 무슨 옷이든 차려 입고 밤새 수영장 파티에서 춤을 추었다. 나는 그 춤의 평균을 하루 서너 시간으로 놓고 있는데, 그건 모든 노래보다 높았던 게, 그들은 언제나 그들의 폐를 최대치로 부풀린 채 모든 노래를 따라 부르기도 했기 때문이다. 코즈멀에서 아주 짧은 해변 여행을 마치고 난 다음, 나는 다시 배로 돌아가는 놀랍도록 긴 잔교 위에서 네 여자들 뒤를 따라 걸었다. 그들은 내내 춤추고 노래하며 자신들, 주택 융자를 끼고 있고, 그 온갖 망할 것들 때문에 소진되어 버린 네 명의 엄마들에게 합류하는 모두에게 야유를 보내고 고함을 질러 댔다.

만일 세상이 아주 단순한 원리로 굴러간다면, 노래와 춤이 사람들 사이의 유대감을 높이는 수단이라는 것은 판독하기 쉬울 것이다. 〈우리 인간은 언어적인 종 못지않게 음악적인 종이다〉라고 올리버 색스가 말했듯이. 그러나 그건 내가 훔쳐서 소년들의 캠프로 갖고 돌아갈 무언가를 찾았다는 뜻은 아니었다. 그게 노래일 수 없었다, 안 그런가? 초점이 섹스가 아닌 이상, 노래하는 건 확고하게 게에에이스러운 일로 치부되었다. 그러나 춤을 추자고 친구들을 모으는 것만큼 게에에이스러움에 가까운 건 어디에도 없었다. 그건 100퍼센트 출입금지다. 나는 어디에서 시작해야 할지조차 알 수 없었다. 음, 몰에 가는 대신 너희들 춤추러 가고 싶니?

내 평생 딱 두 번 다른 남자애들과 진지하게 춤을 춘 적이 있다. 한 번은 한 친구의 결혼식을 위해 신랑 들러리들과 춤을 배웠을 때였다. 다른 건 11살 때였는데, 여름의 끝에 열리는 립 싱크 콘테스트를 위한 춤이었다. 그때 나는 네 명의 친구와 「마이 페이보릿 걸」을 공연하는 뉴 키즈 온 더 블록의 VHS 테이프를 맹렬히 돌려 보며, 완전히 습득할 때까지 춤의 순서를 훈련했다. 우리는 그게 터무니없이 재미있다든가 우리가 여름 내내 친구들끼리 했던 최고의 일이라서 했던 게 아니었다. 젠장.

아니, 우리는 뉴 키즈가 엄청 게에에이스럽다고 놀리느라 그걸 연습했던 것이다. 어떻게 이걸 모를 수 있지?

6

뒤이은 이 경험은 마치 슬램 덩크 같은 느낌이었고, 모든 건 내 친구 닉이 라디오에서 내가 이 모든 얘기를 하는 걸 듣고 메일 한 통을 보내며 시작되었다. 〈그 주제가 엄청나게 실감나더라〉고 그가 썼다. 〈가끔 난 「인 디 에어」의 조지 클루니가 된 느낌이야. 사람들에게 둘러싸여 있는데 친구가 없는 느낌 말이지.〉

그는 자신이 방금 친한 친구의 결혼식과 총각 파티에 가지 않기로 했다고 고백했다. 둘 다 비행기를 타고 멀리 가야 하는 일정이었고, 아이 넷을 데리고 집에 있다 보니 돈이 없다는 타당한 핑계를 썼던 것이다.

그가 썼다. 〈그런데, 좀 더 가고 싶어 했어야 하는 게 맞나 싶어 비참하더라고.〉

그 문장의 무언가가 나를 들이받았는데, 나 역시 그 모든 걸 너무 잘 알고 있었기 때문이다.

닉은 대학을 막 졸업한 시기의 가까운 친구였다. 엉망인 공동 주택에서 엉망인 관계들과 엉망인 일을 하고 지내며 그의 고교 동창들이 나의 고교 동창들과 뒤섞이던 거의 최고의 시절 말이다.

우리는 대학 졸업 즈음의 여름에 만났는데, 어쩌다 보니 우리 양쪽의 친구들이 다들 어느 속물적인 골프장에서 일하게 되었다. 우리는 우리가 캐디를 맡았던 그 모든 졸부들에게 욕을 날리는 공통의 능력으로 끈끈해졌다.

닉은 자기 동네에서 가장 친한 친구들이 같이 사이클을 타는 이들이라고 말했다. 「우린 아침 6시에 만나서 7시까지는 집에 돌아오려고 정말 빠르게 폭주해. 우린 우리 중 누가 대머리고 아닌지도 모르겠다는 농담을 한다니까. 자전거 타는 동안 말고는 서로 볼 일이 없거든. 무슨 일을 하는지, 어디 사는지 등등은 말할 것도 없고.」

그 모든 얘기가 따끔거렸지만, 뭐라도 좀 해보라고 내 꼬리털에 불을 지른 건 닉이 그 해의 외로웠던 밤 중 하나로 추수 감사절 전야를 꼽았을 때였다. 우리는 둘 다 그 밤들이 얼마나 전설적이었는지 기억하고 있었다. 매년 계획이나 설명 같은 것 없어도, 어디에서 모일 지 술집 이름만 공지하면 열렸던 비공식 동창회.

추수 감사절 전야에 마지막으로 나가 본 게 언제인지 기억이 안 난다. 닉의 말이 자기는 매년 거기 앉아 있었는데, 누구한테 맥주 한잔 하자고 전화조차 걸어 볼 엄두가 안 나 끔찍한 느낌이었다고 했다.

「무슨 일이 있었던 거지?」 그가 내게 물었다.

글쎄, 돌이켜 보니, 나는 이 특별한 질문을 그냥 수사법으로 받아들였어야 했다.

다음 추수 감사절 전야에 나는 하버드 광장에 있는 텅 빈 바에 앉아 있었다. 내 친구가 주인인 레스토랑이었다. 백만 년 전 그곳에서 일했던 적이 있어, 그날 밤 쓰라며 내게 3층 전체를 내주었다. 식당의 이름은 다이달로스. 그리스 신화에 나오는 아버지로, 자기 아들 이카로스에게 자만해서 너무 태양 가까이까지 날지 말라고 유명한 충고를 했던 사람 말이다. 그 녀석. 그러나 나는 그런 사람이 아니다.

졸업반 땡땡이 날과는 달리, 이번 모임은 누구도 금요일에 휴가를 낼 필요가 없었다. 또 아마 거의 모두가 그 지역에 있는데다, 짐작하건대 시간도 되는, 일 년 중의 몇 안 되는 밤일 것 같았다. 그 사실이 어찌나 명백하게 느껴졌던지 나는 그런 생각을 해낸 나의 두뇌를 칭찬하지도 않았다. 게다가 더도 덜도 아닌 정각에 첫 손님이 나타나 시작부터 훌륭했다.

이어서 일어난 일은 설명하기가 오묘한데, 계단을 올라온 친구가 고교 시절 알긴 했지만 친하지는 않았던 친구라, 어찌나 죽도록 긴장하던지 나 역시 죽도록 긴장했다. 그는 나에게 자기는 와도 될 지 확신이 없었고, 정말이지 고교 시절의 누구와도, 아니 그 누구와도 전혀 연락을 안 하고 지냈다고 했다. 배가 고

프다고 해 피시 앤 칩스를 주문했고, 나는 그가 그걸 먹으며 또한 번 자기가 와도 되는지 확신이 없었다고 말하는 걸 들으며 그 옆에 앉아 있었다.

로리, 나의 공동 주최자가 마침내, 언제나 그랬듯 늦게 나타났고, 우리는 이 작은 이벤트가 처한 뚜렷한 상황을 얘기하기가 민망해 빠르게 맥주를 마셔 댔다. 나는 파티가 실패라고 얘기했겠지만, 그건 다른 실패들에 대한 모욕이었을 것이다. 이것은 악화되고 있는 재난이었다.

아무도 그 계단을 올라오지 않았다. 단 한 명도. 올 수도 있었던 모든 사람 중에서 아무도 오지 않았다. 그저 나와 로리, 자신이 왜 왔는지 모르겠다던 그 친구뿐이었다.

내 휴대폰은 평범한 〈미안해〉와 〈빠져나올 수 없었어〉, 〈올해는 요리 중이야〉, 〈내 몫의 맥주까지도 마셔 줘〉로 계속 울려 댔다. 그건 멋진 일이었던 것 같다. 그러나 아무도 그 계단을 올라오지 않았다. 몇 시간 뒤, 그 한 명의 친구마저 가버리고 나도 같은 짓을 하려고 마음을 정하고 있는데, 크리스라는 옛 친구 한 명이 가족 파티를 마치고 나타났다. 우리는 맥주를 한 잔 더 시켰고, 펼쳐지고 있던 완벽한 재난에 기분 좋게 껄껄댔지만, 나는 이미 꼬리를 다리 사이에 숨기고 거기서 도망칠 준비가 되어 있었다.

나는 고교 동창회를 계속 열고 싶어 하는 사람이 되는 일 따위에 뛰어들 의향은 없었다. 그렇지만 꽤 많은 친구들이 나더러 자신들은 졸업반 땡땡이 날 같은 것은 만들 수 없었다며 계속 시도할 것을 촉구했다. 그래서 나는 사람들이 「오랜만이야」라고 인사하는 것 이상의 무언가를 좀 더 하고 싶어 한다는 생각을 두 배로 늘렸던 것이다. 그런데 그건 이뤄지지 않았다. 그 바에서 혼자, 또 다시 한심한 인간으로, 이번에는 정말이지 걸어 나오며 마침내 내가 이미 알았어야 했던 무언가를 깨달았다.

사람들에게 어떻게 신경을 쓸 지 파악하려 했다면, 누구에 대해 신경을 써야 하는지 우선순위를 정했어야 했다.

며칠 뒤, 나는 내가 그날 밤 그 계단을 올라오는 모습을 보고 싶어 했던 거의 모두를 보았다. 고교 시절의 가장 가까웠던 모든 친구들. 남자애들과 여자애들, 내가 평소 함께 무척이나 신나게 어울렸던 사람들. 그러나 이번에는 축하할 순간이 아니었다. 정반대였다.

인기가 많던 급우의 남동생이 죽었다. 나는 그 동생을 꽤 잘 알았고, 늘 재미있는 아이였지만 연락이 끊겼었다. 우리가 공적인 자리에서 말하는 식으로 표현하면 그가 〈싸워 왔다〉는 것을 몰랐었다. 중년 백인들을 미국에서 사망률이 상승 중인 유일한 인구로 만들어 온 질병의 그 슬프고도 결정적으로 중요한 특징과.

나는 그 동생이 어떻게 죽었는지는 모르지만, 그의 죽음이 〈절망의 죽음들〉로 알려진 넓은 범주에 들어갈 거라는 것을 안다. 그 용어는 프린스턴 대학교의 부부 경제학자인 앤 케이스 Anne Case와 앵거스 디턴Angus Deaton이 만든 용어로, 그들은 중년의 미국인들 사이에서 사망률이, 특히 1999년 이래, 백인들 사이에서 꾸준히 증가해 왔다는 것을 연구를 통해 밝혀냈다. 역사적인 이득들을 가져왔던 다른 방면에서의 백년 가도를 뒤집는 결과였다.

그 집단 ─ 내가 속한 집단 ─ 은 건강의 위기라는 맹공격으로 고통받고 있다. 우울증의 유행. 만연한 알코올 중독. 대부분 처방받은 약에서 비롯된 치명적인 남용들. 특히 남성들에게서 빠르게 증가하고 있는 자살률. 그리고 분명 도움이 안 되는 망할 놈의 비만. 그건 한 무더기의 나쁜 소식들로, 그 증거는 케이스와 디턴으로 하여금 하나의 부인하기 힘든 결론으로 방향을 잡도록 했다. 미국에는 근본적인 병이 있다는 결론.

유엔은 매년 자체적으로 〈세계 행복 보고서〉를 발표한다. 2017년과 2018년에는 마지막 장 전체를 미국에 할애했지만 좋은 쪽은 아니었다. 그 대신 불행으로 미끄러져가는 미국인들에 대한 분석을 시도했고, 보고서는 그것을 발병 단계에 이른 건강상의 위기로 규정하고 있다. 2018년도 보고서에서 미국은 그 경제적 부에도 불구하고 행복에 있어 14위에서 더 내려간, 겨우 18위를 기록했다. 우리는 현재 영국의 바로 위에 있지만, 내가 보기에 그들이 곧 앞설 거라는 의심이 든다. 영국은 아마 어떤 나라보다도 더, 특히 노년층의 불행과 병의 주범인 외로움과 체계적으로 싸우기 시작한 것 같기 때문이다. 〈외로움을 끝내기 위한 캠페인〉은 2011년부터 그 이슈에 대해 부지런히 캠페인을 벌여 오고 있고, 2017년 영국 정부는 내각에 〈고독부 장관〉을 위한 공식적인 자리를 신설했다.

그럼에도 병을 다루려면, 우리가 우리의 고유한 가치들에 어떻게 체크를 하고 있는지를 다루어야 한다. 자기 결정성 이론에 의하면 인간은 만족을 위해 세 가지를 필요로 한다. 자신의 일에서 유능하다고 느끼는 것, 그들의 삶에서 진짜라고 느끼는 것, 타인들과 연결되어 있다고 느끼는 것.

외로움은 오래된 감정이지만, 현대성은 그 탁자 위로 새로운 위험들을 가져왔다. 우리 부족의 선조들은 혼자인 경우가 드물었다. 그들은 매일 같은 사람들을 보았다. 모두를 알고 있었고 모두가 그들을 알았다. 만일 여러분이 나에게, 인간 사회의 완벽한 절정, 우리 종(種)이 커다란 질문들의 대부분을 가장 깨끗한 방식으로 다루었던 것처럼 보이는 때를 손가락으로 가리켜 보라면, 나는 북유럽인의 침략을 받기 직전의 미 원주민 사회들에 그 가늠자를 맞출 것이다. 북유럽인들은 독성을 지닌 비본질적인 가치들도 가져왔다 — 돈과 계급, 권력 같은 것들, 공동체나 가족보다 시장과 국가를 귀하게 여기는 문화. 있잖나, 우리의 악마성으로 남아있는 그것들.

비본질적인 것이 분명히 본질적인 것에 대한 우리의 관심을 흡수해 왔다는 것에 주목하자. 그리고 저 〈타인들과 연결되어 있다고 느끼는〉 범주에서 가장 큰 적은 언제나 다름 아닌 시간이었다. 우리는 거대한 뇌로 진화했고, 그와 더불어 확장된 사회적 원을 만드는 능력도 진화했다. 그것이 우리가 거대한 뇌를 발달시킨 이유라는 강력한 주장도 있다. 그러나 그 관계들의 질은 예나 지금에나 우리가 다른 사람들과 실질적으로 얼마나 많은 시간을 보내는지와 직접적인 연관이 있다.

나는 우리 집에 있는 내 사무실 벽에서 예술 작품 몇 개를 떼어낸 다음, 새 유성 매직과 포스트잇 한 묶음을 가져와 이름들을 적기 시작했다. 휴대폰 속 연락처에서 고르기 시작해 1,335명의 페북 친구들을 스크롤해 보았다. 대부분은 고르기가 쉬웠다. 아내. 부모님. 할머니. 캘리포니아에 사는 남동생. 내 신입생 시절 룸메이트였던 대니얼. 내가 4학년 때 처음 만났던 여자애들 2명. 거의 매일 보는 처제. 아이들 때문에 만났던 6명. 23명의 저널리스트, 그건 너무 많은데, 대학원에서 만난 6명도 포함한다. 사우시에서 함께 자란 7명, 그건 확실히 너무 많다. 함께 고등학교에 다녔던 8명, 함께 대학에 다녔던 8명. 5명은 예전 룸메이트였다. 35명이 여자였다. 7명은 내가 그들에 대한 기사를 쓰며 만났던 이들이었다.

몇몇 사람들은 선택하며 놀랐다. 꽤 무작위로 고른 느낌인데도, 이름을 보자마자 곧바로 마음이 설렜다. 더 놀라운 건 제외하기도 쉬웠다는 것인데, 어쩌나 빨리 내가 아는 이들, 종종 아주 잘 아는 이들의 이름을 보고도 그들이 그다지 흥미롭지 않다는 걸 알 수 있던지. 훨씬 더 놀라운 건 내가 뭔가 잘못된 일을 하는 느낌이 안 들었다는 것이다. 나는 스크롤하는 동안 내 눈을 스쳐갔던 그 사람들 대부분을 좋아한다고 분명히 말할 수 있었기 때문이다. 바 안으로 뛰어 들어갔다면 멈추어 인사를 건넸을 이들이었다. 그러나 한잔하자며 그 틈에 끼어들기에는 어딘지 어색하다고 느꼈을까? 그건 로빈 던바가 다른 누군가와 의미 있는 사회적 관계를 맺고 있는지 선을 그어 보는 방법 중 하나였다. 그는 150이 그 숫자의 한계라고 말했다.

던바의 숫자는 잘 알려진 대로 사회 심리학에서 가장 많이 논의된 이론 중 하나이다. 그것은 사회적 진화의 모든 국면들을 연구하며 긴 이력을 쌓아온 옥스퍼드 교수의 작품이었다. 뭘 읽든 온갖 곳에서 로빈 던바의 이름이 나타나고 또 나타났다. 나 역시 이미 그의 연구 중 몇 가지를 참고했다. 그는 최고의 질문들을 던진다.

150이라는 숫자는 가설이 아니라 신피질의 크기를 기초로 계산한 결과였다. 던바는 영장류 및 기타 포유류에 대한 연구에서 신피질의 부피와 뇌 전체 부피 사이의 비율로 그 동물이 이루는 사회적 집단의 규모를 정확히 예측할 수 있다는 것을 발견했다. 그가 그 계산을 호모 사피엔스의 신피질에 적용하자 150이라는 숫자가 나왔다.

던바의 숫자는 1980년대 후반, 옥스퍼드가 진화론적 사유로 주목받던 시기에 나왔다. 당시는 리처드 도킨스Richard Dawkins 같은 젊은 학자들이 우리의 유전자가 이기적이라고 주장하고 있던 때였다. 우리가 다음 세대에 물려주는 유전 정보의 거의 대부분이 수정 시 순간의 화학 작용을 통해 전해지기 때문에, 진화와 자연 선택은 유기체의 이야기가 아니라 미래 세대까지 살아남으려 경쟁하는 그 DNA의 이야기라는 것이다.

던바의 경우에는 오늘날 사회적 뇌 가설로 알려진 이론을 제시했다. 거기에서 그는 인간의 지성이 주로 큰 집단의 형태로 살아남고 재생산을 하기 위한 수단으로 진화했다고 주장하고 있다. 우리가 선조들로부터 물려받는 행동의 패턴들은 그것들이 들어앉은 몸만큼이나 이 적자생존이라는 오랜 경쟁을 통해 형성되어 왔다. 우리는 우리를 안내해 줄 규칙들을 갖고 태어나는 셈이다.

던바는 모든 사람에게는 각자 사회적 지문이 있지만, 일반적으로 대부분의 사람들은 다음처럼 구분되는 150명의 집단을 갖고 있다고 제시했다. 5명의 〈아주 가까운〉 친구들, 더하기 만일 있다면 애인 한 명. 그 다음 우리에게는 10명의 〈가까운〉 친구들이 있는데, 그들은 던바가 우리의 〈공감 집단〉이라고 부르는 것에 해당되는 〈아주 가까운 친구들〉— 항상 당신의 생일 파티에 오고, 당신의 장례식에서 울어 줄 사람들 — 과 한 무리를 이룬다. 그 다음 우리에게는 가까운 친구와 지인 사이의 중간 지대에 있는 35명의 사람들이 있고, 뒤이어 약 100명의 〈지인들〉이 있다. 물론 우리는 그보다 훨씬 많은 사람들을 알고 있다. 던바는 우리가 통계상으로 약 1천5백 명의 얼굴과 이름을 기억할 수 있다는 것을 보여 주었지만, 시간과 데이터 전송량 제약 때문에 우리의 〈친구들〉은 정확히 150여 명으로 제한된다고 주장한다.

150이 많은 건지 적은 건지 나는 지금도 확신이 안 든다. 그렇지만 그렇게 많은 인원과 관계를 유지하려면 사회적 털 고르기 방식에 있어 거대한 도약이 필요했으리라는 것은 확실히 알겠다. 비인간 영장류에서 털 고르기는 신체 접촉을 통해 일대일로 이루어지고, 그것은 비효율적이다. 인간은 한 번에 한 사람 이상과 동시 접속할 수 있는 수단으로 음악과 춤, 이야기, 웃음을 발달시켰다. 뉴 키즈 온 더 블록이 가르쳐 주듯 우리는 춤을 통해 많은 사람들과 한 번에 유대감을 쌓을 수 있다. 그러나 던바는 웃음이 예외적으로 강력해, 엔도르핀의 황홀감을 신체적 털 고르기보다 세 배나 효과적으로 전한다는 것을 발견했다. (그는 또한 최선의 웃음 집단 규모가 3명이라는 것도 발견했다. 대화의 경우 그 숫자는 4이다.)

던바의 위대한 질문들은 위대한 답과 함께 다가왔다. 그러나 유동적일 수밖에 없는 사회적 행동들에 숫자를 붙인 것은 사람들에게 그가 틀렸다는 걸 증명해 보라고 사실상 부추긴 것과 다름없었다. 그러나 수십 년이 지난 뒤에도 그런 일은 일어나지 않았다. 사람들은 오히려 온갖 곳에서 튀어나오는 150의 경험적 증거를 계속 찾았다. 로마 시대로 거슬러 올라가는 군대 중대의 규모부터 영국인들이 한 해에 보낸 크리스마스카드의 평균 매수까지. 물론, 우리가 그걸 찾고 있다면 이 숫자를 만나기란 쉽다. 많은 기업들도 조직 구조의 주문(呪文)으로서 이 150을 성공적으로 적용해 왔다. 그러나 내가 들어 본 가장 설득력 있는 사례는 현존하는 수렵 채집 사회들에서 150명이 씨족의 평균 인원이라는 사실이다.

나는 벽에 붙은 이름들을 세어 보기 시작했다. 솔직히 말해 많아 보였다. 그러나 100명에 이른 뒤 앞을 보았을 때, 나는 던바가 그의 숫을 넣을지 모르겠다는 그 따끔거리는 느낌을 받았다.

145. 146. 147. 148.

나는 아래층의 아내에게 내가 유성 매직으로 하고 있는 이 이상한 짓거리에 대해 얘기하려고 잽싸게 일어났다. 또 아내가 경찰을 부르지 않도록 단단히 해두려고. 왜냐하면 포스트잇에 이름을 적어 벽을 덮는 사람치고 정상은 많지 않으니까. 그러나 방문을 열자마자 찌르는 듯 엄습하는 죄책감을 느꼈다. 순간 우리 아이들의 목소리를 들었기 때문이다.

변명을 하자면, 아이들은 전화번호도 페이스북 계정도 없었다.

찰리 베이커. 149.

제이크 베이커. 150.

오싹해라.

소름이 가라앉고 나자 나는 이름들을 모둠별로 옮겼다. 가장 큰 모둠은 23명의 저널리스트였는데, 다시 강조하면 너무 많지만, 20여 년을 일해 왔으니 그게 현실이었다. 〈가까이 있다 보니 우연히.〉 그건 내가 내 직장 친구들을 설명하기 위해 첫 기사에서 썼던 용어로, 그 때문에 내 직장 친구 한 명은 「기분이 불쾌했다!」고 말했다. 그게 공격적인 말이었다는 것은 인정하겠다.

그러나 사실 어떤 친구 관계든 〈가까이 있다 보니 우연히〉로 시작된다. 우연이 아닌 이들을 위한 단어가 있다면 〈가족〉이다. 친구들은 당신이 선택했던 가족이고, 우리는 오직 가까이 있는 이들 중에서만 선택을 할 수 있다.

나는 뒤로 물러나 벽에 붙은 이름들을 멀찍이서 본 다음, 다시 자료를 분류하러 다가갔다. 이번에는 간단하고 고통스러운 기준에 따라. 나는 이들 중 누구와 활발히 어울리고 있고, 누구와 좀 더 노력이 필요할까?

대부분은 개선의 노력이 필요했지만, 실제로 활발한 쪽에서는 두 개의 그룹이 두드러졌다. 한 그룹에는 내가 그즈음 가입한 숭배 집단이 포함되어 있었다. 더 많은 얘기는 나중에.

다른 그룹에는 내 나이의 절반밖에 안 되는 두 형제가 포함되어 있었다.

이야기를 하나 해보겠다.

2011년으로 거슬러 올라가, 나는 다른 두 기자와 함께 장기 프로젝트를 진행했는데, 〈선 위의 삶〉이라는 시리즈였다. 그 기사들에서 우리는 보스턴의 좀 더 거친 동네들 몇 군데를 구불구불 통과하는 특별한 버스 노선 주변을 주제로 한 이야기들을 담았다. 우리는 여러 달 그 프로젝트에 매달렸고, 연재가 끝날 무렵이 되자 내 머릿속에는 무언가 격려가 되는 이야기로 끝내고 싶다는 생각이 떠올랐다. 대개 저널리스트들이 그러한 동네들을 다루게 되면, 분투들을 조명하지 성공들은 등한시하기 때문이다.

나는 내가 뭘 찾고 있는 지에 대한 확신도 없이 잠시 주변을 둘러보고 있었는데, 마침내 에멧 폴거트라는 이름의 사회복지사를 만났다. 그는 내가 원하는 이야기를 알고 있다고 했다. 그들의 이름은 조지와 조니였다.

에멧은 큰 키에 스컬리 캡*을 즐겨 쓰고 맥도널드 길 건너편의 비좁은 공간에서 청소년 센터를 운영하고 있다. 전반적으로 침 뱉기와 풍선껌 씹기로 잘 유지되는 편이지만, 동네의 많은 아이들이 높은 위험에 처해 있었고, 에멧은 수십 년 동안 아이들 한 명 한 명과 놀라운 일을 해오고 있었다.

그는 동네에서 달러 지폐를 갖고 다니는 것으로 유명했는데, 그걸 아이들에게 나누어 줘 맥도널드로 달려가 달러 메뉴**에서 뭔가 먹을 걸 살 수 있게 했다. 단 조건은 돌아와서 그와 대화를 나누는 것이었다. 에멧은 「배고픈 아이라면 그 아이와 얘기를 할 수가 없어요」라고 말하는 걸 좋아한다.

조지와 조니 둘은 배고픈 아이들이었다. 그 애들은 달러 때문에 청소년 센터 주위를 기웃거렸고, 탁구나 비디오 게임을 하며 차츰 에멧에게 집에서 무슨 일이 벌어지고 있는지 털어놓았다. 아이들의 부모는 베트남에서 이민을 왔고, 아이들의 아버지는 미군 편에서 싸웠던 사람이었다. 미군이 헬기로 철수하고 나자 공산주의 〈재교육 수용소〉에서 5년을 보내야 했다. 영구적인 정

* 정수리에서 앞쪽 챙까지 완만히 내려오는 납작한 모자.
** 1달러, 2달러, 3달러로 살 수 있게 구분한 할인 메뉴.

신 질환을 앓게 된 그는 내가 조지와 조니를 만난 직후 보스턴에서 가장 높은 다리에서 뛰어내려 생을 마감하고 말았다.

아이들의 엄마도 본인의 정신 질환과 싸우고 있었다. 그녀는 영어를 못했다. 거의 집을 벗어나지 않았고 아무 일도 하지 못했다. 조지와 조니는 본의 아니게 알아서 크다시피 해야 했고, 아이들에게는 그 버스 노선이 큰 부분을 차지했다. 그것이 아이들이 매일 알아서 보스턴 라틴 스쿨에 다니게 된 과정이다.

그런 이야기라면 나도 잘 아는 게, 내 삶을 바꿔준 학교가 바로 그 학교였기 때문이다. 보스턴 라틴은 미국에서 가장 오래된 공립 학교로, 최고의 아이디어 중 하나를 유지해 오고 있다. 시내에서 가장 어려운 입학시험이 그것인데, 다양한 계층의 아이들을 끌어 모아 그들에게 많은 동네들에 없는 무언가를 제공한다. 기회 말이다.

나는 조지와 조니와 매일 학교를 오가며 한 달을 보냈고, 버스에서 아이들의 이야기를 들었다. 조지는 14살이었고 너무 심하게 수줍음을 타 말이 없었다. 조니는 한 살 위로, 좀 더 외향적이었지만 초조해했고, 계속해서 돈과 먹을 것, 미래에 대해 걱정했다. 기자인 내가 할 일은 관찰하는 일이었는데, 그건 내가 해결해 줄 수도 있는 문제들을 내내 조용히 서서 지켜본다는 뜻이었다. 한번은 조니에게 영화표를 살 돈이 부족했는데도 그냥 조용히 있었다. 아이들은 자기들의 이야기가 실리면 무료 신문을 구해 줄 수 있는지 계속 물어보았다. 신문이 일요일에 나올 거라고 했더니, 일요판이 평일보다 비싸다는 걸 알아낸 것이다.

나는 기사가 실리기 전날 밤 아이들을 차에 태워 『보스턴 글로브』의 인쇄 공장에 데려갔다. 덕분에 아이들은 자신들의 기사를 생산 라인에서 바로 집어들 수가 있었다. 뒤이어 우리는 피자를 먹으러 갔는데, 갑자기 우리의 관계가 달라진 게 느껴졌다. 벽이 사라진 것이다. 나는 더 이상 기자가 아니었다. 나는 아이들의 친구였고, 그 우정은 우리의 삶 전체에서 많은 걸 의미하게 되었다.

처음에 나는 빈 곳을 채워 주는 어른이었다. 차 태워 주기. 댄스 파티 초대권 구해 주기. 크리스마스 선물 사주기. 뭐 그런 것들. 에멧은 내가 멘토가 될 수 있도록 지도해 주었고, 아이들 곁에 머물며 질문을 던지고, 안내를 해줄 수 있을 때는 개입하라고 가르쳐 주었다. 아이들은 자신들이 늘 해오던 대로 나름의 역할을 했다. 괜스레 끼어들지 않고, 사건들로부터 멀찍이 거리를 두며, 학업에서 재능을 보이기. 조니는 매사추세츠 대학교 암허스트 캠퍼스에서 화학 공학을 공부할 수 있는 장학금을 따냈다. 첫 개강 날 나는 그 애를 차로 데려다 준 뒤 기숙사 냉장고를 사주었고, 혼자 두고 올 때는 눈시울까지 붉혔다.

이듬해, 조지에게서 이런 문자가 왔을 때 나는 기사 편집실에 앉아 있었다. 〈저 들어갔어요!〉 녀석이 예일 대학교에 합격한 것이었다. 나는 너무 울컥한 나머지 간이 식당으로 갔고, 실제로 충분히 생각해 보기도 전에 고백조의 이야기를 쓰기 시작했다. 한 줄 한 줄, 하필이면 트위터에다, 우리의 관계가 나에게 얼마나 많은 의미를 지니는지에 대해. 그 트윗들은 곧 입소문을 탔고, 우리는 하루아침에 사람들이 되고 싶어 하는 눈부신 무언가의 사례로서 지지를 얻고 있었다. NBC 「나이틀리 뉴스」는 눈보라 속에서도 저 위 뉴욕으로부터 즉시 스타 리포터를 보냈다. CNN은 우리를 비행기에 태워 로스앤젤레스까지 데려갔다. 언뜻 보기에 모든 주요 웹사이트가 뭔가 우리에 대해 할 말이 있는 듯했다. 나는 솔직히 조니와 조지의 성취 덕에 지나치게 과한 찬사를 받게 되었다. 매우 거창한 일처럼 느껴졌지만, 사실 우리의 관계가 성공한 것은 관계가 가벼웠기 때문이다. 에멧은 아이들에게 아버지의 상징이었던 반면, 나는 웃긴 삼촌 역할을 해야 했다. 나는 아이들을 깨워 버스에 태우거나 숙제를 해준 것이 아니었다. 내가 그 애들을 위해 했던 최선의 일은 정말이지 너무나 간단했다. 나는 아이들의 통화 상대였다.

하버드 대학교의 연구자들은 장기간의 건강 연구를 위해 1938년부터 2학년생 724명을 추적하기 시작했다. 공식 명칭이 〈성인 발달에 대한 하버드 연구〉였던 그 연구는 〈하버드 행복 연구〉로 더 잘 알려지게 되었다. 건강과 행복 간의 관계에 대해, 우리가 실제로 거기에 어떻게 도달하는지에 대해 최고의 장기 데이터를 축적해 왔기 때문이다.

아주 초창기부터, 연구자들은 대상자들에게 간단하면서도 놀라울 만큼 효과적이었던 질문을 던져 왔다. 만일 당신이 한밤중에 몸이 아프거나 무섭다면 누구에게 전화하시겠습니까?

그 순간에 의지할 누군가가 있는 사람들은 통계적으로 더 건강하고 행복했다. 그들은 또 더 잘 늙어 갔으며, 따뜻하고 가까운 관계가 결여된 이들에 비해 오래 살았다.

나는 조지, 조니와 함께 많은 걸 겪어왔다. 가족의 탄생과 생일. 무서웠던 운전 교습. 우리 부모님 댁에서의 추수 감사절. 첫 여자 친구들과 첫 실연들. 졸업과 첫 직장들. 아이들은 거의 가족이 되었다. 심지어 나를 빌리 삼촌이라 부른다. 물론 주로 늙었다고 갈굴 때 그러는 거지만, 꾸준히 그렇게 부른다.

아이들은 내 눈앞에서 자라났고, 어른의 세계에 발을 담그자 자연히 예전만큼은 나를 필요로 하지 않게 되었다. 1년에 서너 번 아이들은 우리 가족과 주말을 보내러 올 것이다. 그 애들이 얼마나 많이 컸는지, 자신들의 껍질을 깨고 꽃을 피웠는지를 보면 놀랍다. 20대 초반에 저 어수선한 세월을 보내고 있는 사람들만이 그럴 수 있는 것처럼 편안해 보인다. 나는 그 어느 것에 대해서도 칭찬받을 자격이 없다. 아마 그 단순한 한 가지만 빼고. 내가 그 애들의 통화 상대였다는 것. 아이들은 내가 앞으로도 그럴 거라는 걸 안다.

자, 이제 내 포스트잇 벽의 다른 그룹으로 가보자. 이 그룹은 솔직히 말해 좀 쑥스럽다. 나는 〈헬스장 친구들〉이 있는 중년의 남성이 되고 싶지 않았다. 헬스클럽들은 지금도 내게 매력 빵점이다. 그곳들은 항상 조용히 경쟁하는 기이한 세계, 마치 화장실의 불문율을 따르는 듯한 사회적 공간으로 느껴졌다. 앞을 보고, 떠들지 말고, 네 볼 일이나 보고 갈 것. 모두가 헤드폰을 끼고, 그 벤치를 다 썼는지 물어보려 유인원 같은 몸짓으로 의사소통한다.

나는 언제나 팀 스포츠 체질이었다. 무리의 일원이 되는 것, 벤치에서 신나게 떠들거나 탈의실에서 서로 갈구는 일원이 되는 걸 좋아했다. 나는 〈네 옆 사람을 위해 경기하라〉와 같은 낭만을 덥석 무는 부류이다. 그러나 그런 순간은 너무 순식간에 끝나고, 갑자기 우리의 운동을 그저 운동으로 받아들여야 한다. 미안하지만 사양이다.

불행히도 모두에게는 아빠 몸매가 찾아오고, 그와 관련해 뭐라도 해야 한다. 식상한 애길 좀 더 하자면 나는 달리기를 하게 되었다. 혼자 헤드폰을 쓰고 장거리의 인도 위를 쿵쿵거리는데, 그건 말만큼이나 끔찍하다. 나는 달리기를 사랑해 본 적이 없었다. 달린 뒤의 느낌을 사랑했다. 줄어드는 배를 보는 걸 사랑했다. 그러나 달리기, 특히나 혼자 달리는 건 사랑한 적이 없었다. 나에게는 다른 무언가가 필요하다는 것을 알았다. 그리고 나는 그 무언가가 그것이었다는 게 여전히 믿기지 않는다.

잠시 이쯤에서 진로를 바꾸어 짚고 가자면, 실제로 크로스핏* 헬스장에 등록하기 전, 난 아마 크로스핏을 하는 이들에 대한 농담을 지어내는 데 있어서는 세계 최고였을 것이다. 아주 낮게 잡아도 10위에는 들었다. 주로 역대 최고의 크로스핏 농담에서 다루었던 그 이슈 때문이었다. 〈누군가가 크로스핏을 하는지 어떻게 아냐고요? 그들이 얘기를 해줄 테니까요.〉

* 미국에서 여러 종목을 결합해 만들어진 운동법, 피트니스 브랜드 이름.

이 모든 탓을 돌려야 할 사람은 내 대학 친구인 매트다. 그는 내 첫 마라톤 파트너였고, 사실상 마지막 몇 킬로미터는 나를 끌고 가다시피 했다. 내가 그 친구보다 훨씬 많은 거리를 훈련했는데도 불구하고 이런 일이 일어났다. 그 망할 녀석은 달리기 대신 크로스핏을 했던 것이다. 더 최악은, 녀석이 크로스핏이 달리기보다 훨씬 재미있는 것처럼 말했다는 점이다.

녀석이 그걸 설명한 방식은 이러했다. 자기는 헬스장에 다녔는데, 그곳에서 친구들도 몇 명 사귀었고, 다들 몇 차례 껄껄 웃고, 준비 운동을 한 다음, 짧은 연습을 하고 — 주로 파트너나 소규모 팀과 — 한 시간 뒤에 밖으로 나오면 엔도르핀 때문에 온통 행복하고 어쩌고 한다는 거였다. 끔찍하게 들린다, 안 그런가?

우리에게는 가을에 또 한 번 출전할 마라톤이 있었다. 나는 뜨거운 여름 땡볕 아래 혼자 몇 킬로미터를 뛰었는지 잴 마음은 없어서 크로스핏 케이프 앤의 3개월 회원권에 서명을 하며 스스로와 약속했다. 난 그저 약간 더 강해질 것이고, 그런 다음 날씨만 시원해지면 그곳에서 나와 버릴 거라고. 무슨 일이 일어나든 나는 그 끔찍한 〈헬스클럽〉 인간들 중 한 명이 되지 않을 작정이었다.

그러나 나는 즉시 그걸 좋아하게 되었다. 거기에서 그렇게 말하기도 했다. 그리고 그건 더 악화된다. 내가 가장 좋았던 점은 사회적 측면이었다. 모든 게 수업 단위로 진행되는데, 지독하지만 모든 걸 한 모둠 안에서 한다. 격려하기, 불평하기, 어깨를 맞대기. 그건 딱 마라톤 같은 자발적인 고행으로, 생각하면 기이하지만, 우리 대부분은 우리의 몸이 만들어진 본래의 목적인 육체적 일이 나날의 삶으로부터 사라져 가는 세상에 살고 있다. 그러나 무엇이 우리를 여기까지 오게 했나 한탄하는 건 소용이 없다. 오히려, 단순히 다른 인간과 하나의 도전 과제를 헤쳐 나가는 데서 오는 원시적인 이득들을 받아들이니 놀라웠다. 게다가 많은 운동들이 한 명의 파트너와 우리가 연결되도록 고안되어 있어 — 가령 그들은 우리가 노 젓기 4백 미터를 마칠 때까지 윗몸 일으키기를 멈춰서는 안 된다 — 자신이 그들에게 정말로 필요한 사람처럼 느껴진다. 투쟁의 시간 동안 서로가 필요하다고 느끼는 것이야말로 부족 형성을 위한 오래된 비법이다. 그래서 사람들이 종종 과거를 회상하며, 전쟁이나 재해의 시기 동안 이 제일 행복했다고 보고하는 것이다. 그런 시기는 우리가 이웃에게 필요한 존재로 느껴지는 시기이다. 그러나 그 시기가 끝나면 우리는 집 안으로 돌아가 문을 잠그고, 이웃의 담장이 내 사유지 너머로 30센티미터라도 넘어오면 그를 고발해 버린다.

커뮤니티 기반의 헬스클럽에 가입한 것과 관련한 또 하나의 한심한 사실. 운동 전후에 떨었던 수다가 내가 매일 한 일 중 가장 사교적인 일이었다는 것. 다시 한번 나는 그 사실이 얼마나 슬픈지에 대한 쓸데없는 생각에 빠져 몸부림칠 수 있었다. 어쩌면 내가 자리에 앉아 이 세상에서 관심을 보였던 150명의 목록을 만들었는데, 그 중 11명이 헬스클럽 친구들이었고 그게 내 삶에서 그토록 긍정적인 요소가 되었다는 사실에 고마워해야 할지도 몰랐다. 그들은 내가 사회에서 가장 자주 만나는 사람들이었다. 매일 그 시간이면 나는 시종일관 가장 재미있게 보냈고, 엔도르핀이 최고의 분위기에서 나를 사로잡았다. 그러니 완벽하게 이해가 된다. 비록 그걸 큰 소리로 외치기에는 여전히 이상하게 부끄러운 느낌이지만.

헬스장에 다니며 가장 가까워진 사람 중 하나가 앤드루라는 친구였다. 우리는 아이들의 유치원에서도 봤던 사이였는데, 역시 저널리스트였고, 즉시 죽이 맞아 이곳저곳에서 맥주 한잔을 했다. 그러나 그런 건 다 일어날 법한 일이었던 것처럼 보였다. 그러던 어느 날, 나는 우연히 그의 사무실 근처를 지나게 되어 잠깐 인사나 하려고 들렀다. 「언제 맥주라도 한잔 해야죠.」 내가 다시 나설 때 그가 말했다. 나는 몹시 어색하게 응수했다. 「이거 약간 미친 소리로 들리겠지만, 그러지 말고, 조만간 우리 헬스클럽에 오는 건 어때요?」 내가 〈크로스핏〉이라는 말을 꺼내자 그는 어김없이 눈을 굴렸지만, 어느 토요일 아침에 나타났다. 내가 아는 그 다음 장면은 그가 쿨에이드를 벌컥벌컥 들이켜고 있는 장면이었다.

바로 그렇게 우리는 거의 아침마다 만나기 시작했고, 그건 우리가 서로에게 호감을 지닌 채 언제 한번 보자고 계속 말만 하는 두 남성에서 완전한 브로스로, 그러니까 완전히 진한 친구 사이로 빠르게 옮겨 갔다는 의미였다. 이건 물론 우리를 아는 모든 여자들이 — 특히 그의 10대 딸이 — 우리의 관계에 〈브로맨스〉 딱지를 붙이려고 기를 쓰고 있었다는 뜻이었다. 브로맨스는 원래 1990년대에 스케이트보드 잡지 『빅 브러더』가 어마어마한 양의 시간을 함께 보내는 스케이터들을 묘사하려고 지어낸 용어이지만, 기꺼이 아주 가까워지는 남자들을 향한 부드러운 조롱으로 변형됐다. 그건 〈브로스〉처럼 거들먹거리지도, 〈게에에이〉라는 말로 목소리를 묻어 버리는 것처럼 아주 나쁜 식으로 차단하지도 않는 표현이다. 아니, 브로맨스는 오 귀여운데, 하며 머리를 토닥이는 범주에 놓인다.

내가 가장 서글픈 건, 우리에게 브로맨스를 위한 용어가 필요한 이유 자체가 그런 상황이 너무 드물어 지시를 해줘야 하기 때문이라는 것이다. 그러나 남자들 간의 공개적으로 가까운 우정은 요즘 시대에도 충분히 이례적이라 우리에겐 그걸 부를 말이 필요하다.

또 다른 희귀한 무언가를 얘기해 주려 한다. 새로운 친구와 소통하며 2백 시간을 보내기. 『사회적, 개인적 관계들에 대한 저널 *Journal of Social and Personal Relationships*』의 2018년 연구에 의하면, 그 정도 시간이 사람들이 선을 넘어 좋은/최고의 친구 관계로 접어드는 시간이라고 한다. 직장 밖에서 내게 그런 일이 일어날 수 있는 유일한 장소는 헬스장이었다. 차이점이라면, 직장에서의 교류는 — 우리 일상생활의 교류들 중 큰 부분이 그렇듯 — 경제적인 이유가 있다. 아주 미미한 방식이라 해도, 돈은 우리가 갖는 거의 모든 만남의 속내에 흐르고 있다. 생각해 보자. 사업에서 성공하려면 우리는 친구를 사귀지 않는다. 네트워크를 만들지. 현대인인 우리에게 돈을 벌거나 쓰는 일은 가족

이외의 사람들을 필요로 하는 주된 이유이다.

〈그렇다면 왜 우리에게 친구가 필요한지〉에 대해 많은 과학
자들이 아직도 의견 충돌을 보이고 있다. 사실 우리는 친구 없
이도 살아남을 수 있다. 많은 이들이 그렇게 산다. 더 많은 이가
매일 그걸 시도한다. 그러나 가장 자주 언급되어 그 인기를 입
증한 이론은 난리가 났을 때 팀을 모으는 능력에 관한 것이다.

친구를 도울 준비가 되어 있고, 그들이 당신을 도울 거라는
걸 안다는 개념은 신성한 협정이다. 위험과 위기가 닥쳤을 때
당신이 혼자가 아니라는 걸 아는 것이다. 그것이 그토록 특별한
이유는 모든 친구에게 정확히 똑같은 식으로 적용되지 않기 때
문이다. 여러분이 싸움에 뛰어들어 줄 사람들의 수는 한정되어
있다.

나는 그들이 누구인지 정확히 알았다. 그들의 이름을 사이코
패스처럼 150장의 포스트잇에 써두었기 때문이다. 그러나 누가
싸워 줄 가치가 있는 사람인지 확인하고 보니, 나는 동등한 가
치가 있는 다른 일도 한 셈이었다. 누가 아닌지도 구별했다는
것. 문제 있는 관계들을 떠나보내는 건 건강과 행복을 위해서도
중요할 수 있는데, 그 관계들이 말 그대로 우리를 그 불필요한
것들로 감염시킬 수 있기 때문이다.

1948년부터 연구자들은 매사추세츠주 프래밍험의 5천 명을
— 현재는 그들의 자녀도 — 추적해 왔는데, 건강에 관한 가장
중요한 장기 연구 중 하나이다. 아마 그 연구에서 가장 획기적

인 발견이라면 세균들만 전염되는 것은 세균들만이 아니라는 걸 보여 준 점일 것이다. 측정 가능한 사회적 감염이란 게 있다. 비만의 경우, 흡연이 그렇듯 사회적 관계망 속에서 전염성이 있다.

여러분은 아마 그런 전염들을 쉽게 볼 수 있을 것이다. 그러나 아마 더 놀라운 것은 그 연구자들이 외로움 같은 것들도 전염된다는 사실을 발견했다는 점 아닐까. 외로운 친구가 있다면 당신은 통계적으로 외로워질 가능성이 더 높아진다.

단, 여기 최고의 부분이 있다. 행복 또한 정확히 똑같은 식으로 전염성이 있다는 것.

그러니까 그 이름들을 벽에 써본다는 건 불필요한 문제로 내 삶을 감염시키고 있는 이들을 떠나보내는 일이었을 뿐 아니라 내가 누구에게 신경 쓸지를 알게 되는 일이었다.

우리가 일단 누구에 대해 신경 쓸지를 안다면, 그들에 대해 어떻게 신경을 쓸 지로 관심을 돌릴 수가 있다.

7

이 장의 뒤에 가면, 그런 장면이 나올 것이다. 나는 위엄이 느껴지는 응접실에서 예일 대학교의 〈행복 교수〉 옆에 앉아 있고, 그녀가 내게 심리학은 행복에 대한 답을 가지고 있다고, 당신이 좀 더 의도적으로 사회적인 행동들에 관심을 보이면 행복한 삶을 성취할 수 있을 거라고 말한다. 그리고 나는 고개를 끄덕인다.

그러나 그 이야기에 이르기 전, 몇 달 전에서부터 시작할 필요가 있다. 의도적인 일도 아니고 어떤 방법론에 의한 것도 아닌, 어떤 불꽃에 의해 촉발되어 구체적으로 작동했던 일이 있었다. 중년의 위기를 살짝 흩뿌린 뜻밖의 발견이랄까.

나는 지금 친구 로리와 내가 갑자기, 각자 별도로 서퍼가 되었다는 사실을 말하고 있다.

우리가 평소 죽을 만큼 차가운 바다가 있는 세상의 한쪽에서 살고 있는 40대의 남성들이었다는 걸 고려하면, 이건 다소 신기

한 발전이었다. 훨씬 희한한 것은 그 일이 우리가 서로에게 관심을 갖게 되는 완벽한 수단이었다는 점이다.

그 일은 내가 몇몇 친구들과 집 근처 해변에서 수업을 받고 있을 때 시작되었다. 나는 무릎까지 오는 파도 속에 서서 대양의 에너지가 전해져 오는 것을 느꼈고, 즉시 그 망할 놈의 서퍼들이 계속 얘기하던 게 뭐였는지 알게 되었다. 궁색하게 들릴 위험을 감수하자면, 그건 나에게 〈전과 후〉 경험이었다. 나는 즉시 깨달았다. 내가 갓 경험한 그 감각을 쫓기 위해 많은 시간을 쓰게 되리라는 것을.

놀랍게도, 로리 역시 몇몇 대학 친구들과 간 멕시코 여행에서 똑같은 경험을 했다. 갑자기, 우리는 하나의 활동에 완전히 반해 버렸다. 어찌나 완벽하게 들어맞던지 어떤 판단으로는 그 정도에 도달할 수 없었다. 이건 우정의 신들로부터 비롯된 일이었던 것이, 왜냐하면 알고 보니 서핑은 마치 서퍼의 주요 활동이 서핑인 듯 착각하게 만드는 이름이었기 때문이다. 더 명확히 하기 위해, 적절하게 지은 이름의 예로 낚시와 사냥을 들어 보겠다. 우리는 그것들은 잡기와 죽이기라 부르지 않는다.

그러나 서핑은 아주 가끔만 서핑이다. 우리는 내킨다고 그냥 가서 그걸 할 수가 없다. 특히나 매사추세츠주처럼 파도가 나쁜 지역에서는. 아니, 우리는 바다가 허락할 때만 서핑을 할 수 있다. 그 기회란 건 좁은 창문과 같아, 네오프렌으로 감싼 몸을 서핑이 가능한 파도 근처로 겨우 집어넣기라도 하려면 너울과 바람, 조수를 지속적으로 관측해야 할 정도이다. 심지어 기회가 찾아와 우리의 몸이 실제 바닷속에 있을 때조차, 주로 하는 활동은 양손으로 노 젓기이다. 그다음 더 많은 노 젓기. 그다음 훨씬 많은 노 젓기. 우리의 경우, 이 노 젓기는 감히 보드 위에 서려고 하다 굉장한 힘에 의해 씻겨 내려갈 때만 중단되었다. 서핑은 지속적인 돌봄과 왕성한 노력을 요하는 활동이었다. 달리 말하면, 똑같이 이 특정한 일에 중독된 사냥 친구가 필요한 일이었다.

우리는 서핑 때문에 지속적으로 연락하며, 알아내야 하는 수백만 가지를 알아내려 했다. 우리가 초기에 해독해 낸 한 가지는 서핑은 사실상 여름 활동이 아니라는 것이었다. 그건 오직 영화에서나 그랬다. 아니, 서핑은 겨울 스포츠다. 그때서야 폭풍이 바다를 화나게 만들기 때문이다. 하와이가 뉴잉글랜드와 살짝 달라 보이는 때도 바로 겨울이다.

그래서 그 추운 아침마다 파도가 일면, 우리는 내 낡은 스테이션 왜건 지붕에 보드를 묶고 새벽같이 떠났다. 보통은 뉴햄프셔 해변으로 갔는데, 길이가 29킬로미터밖에 안 되었지만, 거의 대부분에 해안 도로가 나 있어 다양한 지점에서 탐색할 수 있었기 때문이다. 우리는 우리가 뭘 찾고 있는 지 아는 척을 하며 현기증 나는 흥분과 두려움에 조잘거렸다. 우리는 초조하게 한 지점에 동의한 다음, 슈트를 입고, 해안선으로 달려가 얼음장 같은 바다를 심한 두려움으로 응시하다 함께 양팔 노 젓기를 해 나아갔는데, 그건 각자 누군가 그 넓고 추운 바다에서 자신을 도와줄 준비가 되어 있다는 걸 알았기에 가능했다.

더 이상 추위를 견딜 수 없으면, 우리는 덜덜 떨며 바다에서 달려 나와, 잘 안무가 된 일련의 과정을 빠르게 실행했다. 차 안으로 들어가 히터를 한껏 틀 수 있도록 상대방의 젖은 슈트를 최대한 빨리 휙 벗겨 주는 것 말이다. 내내 우리는 무언가를 함께 헤쳐 나가는 느낌이었고, 그거야말로 우정을 빚기 위한 오래된 발효의 과정이었다.

로리와 나는 일종의 서퍼 브로스 같은 것이었기에, 겨울이 아주 달라 보이는 곳 중 한 곳으로 서핑 여행을 계속해야 할 필요가 있다고 판단했다. 우리는 코스타리카의 니코야반도를 택했다. 그곳은 서퍼들에게는 일정한 파도와 따뜻한 수온으로, 과학자들에게는 세계의 블루 존 중 한 곳으로 유명하다.

우리가 소위 말하는 블루 존에 접어들었을 때는 과나카스테주의 주도인 라이베리아 남쪽 약 한 시간 거리에서 작은 렌트카를 타고 웅덩이투성이의 비포장도로를 펄떡이며 가고 있었다. 나는 촉각이 곤두서는 것을 느꼈다. 창밖에 나타난 모든 얼굴과 우리가 지나치는 모든 집들이, 그들은 하고 있고 나는 안 하고 있는 무언가를 알아낼 수 있는 어떤 단서나 교훈을 담고 있을지도 모르기 때문이었다.

〈블루 존〉은 댄 뷔트너Dan Buettner가 『내셔널 지오그래픽』의 2005년도 기사에서 처음 대중화시킨 용어이다. 거기에서 그는 사람들이 현대 세계의 질병들을 최소 한도로 겪으며 뚜렷이 더 오래, 행복하게, 더 건강히 사는 핵심 지역 다섯 곳을 지목했다.

여러분은 그들의 성공의 원인 중 많은 부분이 튼튼한 사회적 관계 덕분이라는 걸 알게 된다고 해 놀라지는 않을 것이다. (그들은 또한 콩류도 많이 먹는다.)

다섯 곳의 블루 존에는 우선 지중해의 섬인 사르데냐의 산간 지역이 포함되었다. 이곳에서는 사람들이 100세까지 사는 일이 드물지 않다. 일본의 오키나와에서도 삶의 질은 축복에 가깝고, 긴 건강 수명이 그 결과이다. 캘리포니아주 로마 린다에서는 제7일 안식일 예수 재림 교회 공동체 구성원들이 전형적인 북미인들보다 10년 긴 수명으로 청빈한 삶의 이득을 거둬들이고 있다. 그리스의 이카리아섬에서는 주민들의 3분의 1이 90대까지 살고, 사실상 치매가 없다.

그다음이 내가 차를 타고 달리고 있던 그 블루 존이었는데, 마치 내게 가르쳐 줄 특별한 무언가를 품고 있는 느낌이었다. 그날 아침 집에서 일어났을 때만 해도 나는 중년이 된다는 게 점점 더 치명적으로 변해 가는 나라에 있었다. 이제 비행기와 렌터카가 내 좌표들을 지구상에서 중년 사망률이 가장 낮은 지점의 정중앙으로 옮겨 놓은 셈이었다.

뷔트너는 각각의 블루 존들에 흐르는 특정 생활 방식의 특징들을 규정했다. 거기에는 꾸준하고도 적당한 신체 활동(마라톤이나 크로스핏보다는 정원 일을 생각하자)이 포함된다. 스트레스를 다루는 의식적인 일과들(그리스인들은 낮잠을 자고, 사르데냐인들은 〈행복한 시간〉을 보낸다)도 포함되고, 적당한 열량을 섭취하는 채식 위주의 식단들(놀랍게도, 이 다섯 지역의 사람들 모두가 이른 저녁에 가벼운 식사를 하고 — 하루 중 가장 간소한 식사 — 그 이후에는 먹지 않았다)도 포함된다. 또한 이 지역 사람들은 공통적으로 종교나 최소한의 영적인 일에 참여했다. 그리고 예수 재림 교인들 외에는 모두 보통 하루 와인 한두 잔 정도의 적당한 술을 마신다. 아침에 일어나는 이유인 삶의 목적에 대한 생각도 있다. 니코야인들은 이것을 〈플란 데 비다〉*라 부르는데, 단순히 우리 삶의 이유를 아는 것만으로도 우리의 수명은 길어질 수 있는 셈이다.

그러나 내게 가장 흥미로웠던 것, 나로 하여금 니코야에서 마주친 모든 지역의 남녀들을 — 그들 말로는 티코스와 티카스 — 눈에 불을 켜고 분석하게 한 것은 이 질 높은 삶의 상당 부분이 친구나 가족과의 굳건한 사회적 연결 덕분이라고 한 블루 존 이론의 모든 부분들이었다. 모든 지역들이 오래된 형태의 사회적 안전망을 실천했는데, 그건 나이가 지긋한 부모님과 조부모를 가까운 거리에, 종종 한집에 모신다는 뜻이었다.

그래서 나는 결국 니코야에서 보낸 한 주 동안 내 뇌에 특정한 거름망을 끼우고 접근하게 되었다. 이건 위험한 마음가짐인데 — 천천히 산책하는 인류학자의 마음가짐 — 사소한 것을 너무 결정적인 것으로 보기 쉽기 때문이다. 더구나 우리가 햇살을 듬뿍 받으며 휴가 중인 머리로 서핑 하러 나온 열대 천국의 외국인이라면 이건 특히나 위험하다.

그래서 나는 내가 했던 많고 많은 메모들, 대부분 말로 풀었

* plan de vida. 〈인생 계획〉이라는 뜻의 스페인어.

128

을 뿐 조가비 목걸이를 사 온 것과 다름없는 메모들은 줄이고, 여러분에게 가장 구체적으로 느껴질 만한 것, 내가 가장 질투가 났던 것을 알려 주려 한다. 이 여행의 모든 짜증나는 깨달음들처럼, 그건 정말 지독히도 단순했다.

나는 오후와 저녁에 마침내 열기가 물러가고 적당한 그늘이 생기면, 모두가 야외에 무리 지어 모이더라는 분명한 사실을 얘기하고 있다. 아이들과 강아지들, 노인들과 이웃들, 모두가 어울려, 종종 모닥불 주위에서 놀기도 하고, 요리 중인 무언가의 냄새에다, 인간이 하루를 마치기에 가장 원시적이고도 만족스러운 방식들이었다.

나는 나 자신의 사회적 원들에 대해 생각했다. 거기에서 그런 모임은 극히 드문 일이라 모임 자체가 〈특별한 사건들〉로 여겨졌다. 이 점이 서글프게 느껴졌다.

더 슬픈 것은 미국인의 기준으로 볼 때, 그쪽이 더 평범한 것으로 느껴졌다는 것이다.

자, 이제 길모퉁이의 설교자 같은 확신으로, 나에게 심리학은 답을 갖고 있다는 생각을 팔고 있던 예일 대학교 행복 교수에게로 돌아가 보자.

나는 전날 뉴헤이븐에 도착했고, 보스턴에서 두 시간 동안 차를 몰고 온 것은 이 여성을 만나기 위해서였다. 또한 그녀가 팔고 있는 것이 대학가에서 왜 그리 인기가 있는지 직접 보기 위해서였다. 물론 하루 일찍 온 것은 조지가 내게 완전 터무니없는 무언가를 원했기 때문이다. 그 애는 내가 자기 기숙사에서 하룻밤을 보내며 자기 친구들과 어울리기를 원했다.

조지를 데려다주거나 태우러 오느라 예일에 여러 번 함께 오긴 했지만 실제로 어울리며 많은 시간을 보낸 적은 없었다. 우리는 보통 뉴헤이븐의 전설적인 피자집, 프랑크 페페에 들렀다 다시 출발하곤 했다. 그러나 이제 조지의 2학년 봄 학기였고, 나는 그 애가 정말로 내가 자기 친구들을 만나 보고, 예일에서의 자기 생활이 어떤지도 봤으면 한다는 것을 알았다. 그래서 20여 년 만에 처음으로 비좁은 기숙사 침대에서 밤을 보내기로 약속했다.

조지가 장엄한 대학 기숙사에서 장엄한 안뜰을 지나 장엄한 식당까지, 그의 대학 생활을 보여 주는 투어로 나를 안내하는 동안, 나는 내 안에 있는 늙은이의 목소리가 「엿 먹어라, 예일」이라고 투덜거리는 걸 느낄 수 있었다. 이 소리는 사실 어떤 대학이나 대학생들을 보든지 튀어나오는데, 노땅의 들끓는 질투가 뒤섞인 중얼거림이다. 그러나 예일처럼 멋지고 오래된 학교들에 대해서는 특별히 적절한 느낌이었다. 대학과 관련된 몹시 대단한 것들을 보면 더 활발해졌다. 그런 것들, 삶의 다른 어느 곳에도 실제 존재하지 않지만, 학부의 경험을 예일의 응원가 가사를 빌리자면 〈인생에서 가장 짧고, 가장 기쁜 시절〉로 만들어 주는 것들.

특히나 예일은 사회적 측면에서 아주 독창적인 방법을 채택하고 있다. 바로 6천 명의 학부생들을 14개 동의 기숙제 대학으

130

로 쪼개 놓아 각각이 엄청나게 『해리 포터』에 나오는 호그와트*의 건물들 같은 느낌이라는 것이다. 각 동에는 3백~4백 명의 학생들이 살고 있고 — 훨씬 더 관리하기 좋은 네트워크의 크기 — 실제로 가족과 함께 거기 거주하는 교직원이 이끌고 있다. 그래서 집에 부모가 있는 듯한 안정된 느낌을 준다. 각 기숙제 대학에서 사교의 중심은 대식당이다. 각 대학마다 별도의 대식당이 있는데, 거긴 내 어린 시절의 학교 식당들과 다르다. 아니, 조지가 살고 있는 티모시 드와이트 칼리지의 대식당은 나로 하여금 그저 연신 〈해리 포터〉라고 중얼거리게 할 만큼 젠장 너무나 호그와트의 식당을 연상시켰다. 그곳은 내가 가방을 내려놓자마자 조지가 가장 데려가고 싶어 했던 첫 장소였다.

조지와 예일 캠퍼스를 걷는 동안은 까다롭게 굴기가 유난히 힘들었는데, 어엿한 젊은이가 된 녀석이 그냥 너무도 자랑스러웠기 때문이다. 내 기억에, 내가 그 애를 고등학교까지 미행하며 보냈던 첫 닷새 동안 그 애가 했던 말은 다섯 단어도 되지 않았다. 그렇게나 부끄러움 많던 아이가 이제는 계속 멈춰 서서 마주치는 모두에게 나를 소개하고 있었고, 정치인 같은 사교술로 그 각각의 경력을 빠르고 열정적으로 안내해 주고 있었다. 조지가 예일을 사랑한다는 것은 매우 분명했다. 좋아 보였다. 또 그래서 슬픔과 불확실성, 윙윙대는 불안이 느껴지기도 했다. 언젠가 그 모든 게 곧 끝나리라는 걸 알고 있었으니까. 그의 발밑에 깔린 카펫이 치워지기까지 딱 한 달 남은 상태에서, 이곳

* 마법 학교의 이름.

131

이 그리울 거라는 감정은 구체적인 두려움에 길을 내주었다. 대학 생활의 끝은 그가 쌓아 온 거대하고, 역동적이고, 안정된 사회적 망을 가져가 버릴 뿐 아니라, 그와 그 급우들에게 약속되었던 유일하게 예측 가능한 길 — 그저 과제를 하고 좋은 점수를 받으면 너는 뭔가 성취한 셈이라는 것 — 에도 끝을 가져올 것이었다.

조지와 다른 친구들에게 예일에 입학한 것은 최고의 성취였다. 내가 만난 학생들마다 다들 분명 열심히 공부하는 A 타입이었고, 화가 날 만큼 높은 성취를 한 슈퍼 키드들이었다. 이제 그들은 진짜 세상이 그들에게로 돌진하는 것을 지켜보고 있었고, 성취가 더 이상 그렇게 쉽게 측정될 수 없다면 그 모든 노력을 어디에 기울여야 할지 생각해야만 하는 상황이었다.

미래라는 주제와 관련해 조지는 완벽히 난장판이었다. 그 애와 얘기할 때마다 새로운 계획이 있었다. 만일 슈퍼 키드 성취자 유형이 충격에 빠진 걸 보고 싶다면, 그들의 급우들보다 뒤쳐지고 있는 듯한 분위기에다 그들을 붙잡아 두어라. 과성취자들로 가득한 대학가에서 그런 느낌은 지속적으로 다가온다.

이 모든 것에서 살아남아 반대편으로 빠져나온 어른으로서, 나는 어린 친구들이 스스로에게 가하는 엄청난 압박을 지켜보는 일이 특별한 감정을 불러일으킨다는 걸 깨닫게 되었다.

내가 만나러 온 로리 샌토스 교수가 다음 날 아침 나에게 그 어른의 감정을 아주 쉬운 용어들로 설명해 줄 예정이었다. 그녀는 자신이 3백 년이 넘는 예일 대학교 역사에서 순식간에 가장 큰 인기를 얻은 강의를 만들게 된 동기를 설명하고 있었다. 그것은 학생들에게 두 단어의 간결한 말을 외치고 싶은 욕구 때문이었다고 설명했다.

「흥분하지 마.」

나는 실리먼 칼리지의 응접실에서 샌토스를 만났다. 그녀는 남편과 함께 그곳에 살고 있었다. 부부는 그녀가 학장이 된 2년 전에 이사했고, 샌토스는 금방 자신이 거의 5백 명이나 되는 학생들의 여성 지도자 역을 맡았다는 걸 알게 되었다. 이 무렵이 그녀가 그 외치고 싶은 욕구를 처음 키워 가던 때였다.

샌토스는 심리학 교수이지만 전공 분야는 비인간 유인원들의 상호 작용이었다. 그러나 학부생들은 유인원과는 전혀 다른 동물이라는 것이 밝혀졌고, 자신은 학생들이 스스로에게 가하는 압박의 양에 완전히 나가떨어졌다고 말했다. 압박감은 그들의 스트레스 수준과 수면의 질, 정신 건강을 망가뜨렸고, 그 모든 게 합쳐져 행복을 앗아 갔다.

샌토스는 내 나이지만 학부생들에게도 통하는 면이 있었다. 사람들로 하여금 방어막을 내려놓고 뭔가 털어놓게 만드는 진한 갈색의 긴 곱슬머리와 부드럽고 친근한 얼굴을 하고 있었다. 적어도 나에게는 그랬는데, 함께 있는 동안 나는 꽤 많은 시간을 조지와 그 친구들이 그토록 스트레스 받는 걸 보며 내가 얼마나 스트레스를 받았는지 횡설수설 떠들게 되었다.

그녀부터가 하버드에서 학부 과정을 다녔기 때문에, 그런 곳에서 학생으로 지내는 압박감을 모르지는 않았다. 그러나 문제가 훨씬 악화되었다고 느꼈고, 온통 천정부지로 치솟는 화와 우울, 자살의 비율 같은 사회적 단서들도 그녀를 뒷받침했다. 「우리는 위대하지도 않고, 반드시 끝내야 하는 하나의 사회를 통과하고 있었던 거예요.」 그녀가 잘라 말했다.

그리고 내 쪽을 돌아보며 사람을 누그러뜨리는 숙련된 목소리로, 내가 듣고자 한 얘기를 시작했다.

「심리학 연구는 행복에 대한 답들을 갖고 있어요.」

그녀는 자신이 연구에 뛰어들어 수업을 계획하기 시작했을 때, 우리가 무엇이 우리를 행복하게 만드는지에 대해 근본적으로 오해를 하고 있다는 생각에 기초를 두었다고 말했다. 그건 바로 우리가 행복을 외부의 환경을 통해 추구한다는 것이었다. 더 좋은 성적을 받거나 더 많은 돈을 벌거나 더 좋은 집을 갖거나 등등의 생각 말이다.

그에 맞서기 위해, 그녀는 긍정 심리학과 행동 변화에 대한 연구를 모아 수업 개설용 신청 양식 안으로 집어넣었다. 그 수업에 대해 그녀는 이렇게 말했다. 「목표는 학생들이 행복의 추구를 바라보는 방식을 다시 배열하는 것이었어요. 게다가 우리는 심리학을 통해 알고 있죠. 행복으로 가는 최고의 열쇠는 의도적인 사회적 상호 작용과 관계가 있다는 것을요. 행복한 이들일수록 다른 사람들과 시간을 보내거든요.」

이쯤에서 잠시 멈추어 이 모든 얘기를 듣는 게 얼마나 이상했는지 짚고 가자. 왜냐, 로리 샌토스는 나나, 내가 하고 있는 여행에 대한 단서가 전혀 없었기 때문이다. 물론, 나는 조지가 받고 있는 스트레스에 대한 내 관심에 대해 언급했지만, 그것 말고는 그저 여러 인터뷰를 하고 있는 기자 중 하나에 불과했다. 그 수업이 샌토스를 미디어의 사랑을 받는 무언가로 바꾸어 놓는 바람에 이미 몇 차례 이어진 그런 인터뷰 말이다. 지금 이 얘기를 꺼내는 것은 내가 내 전문가다운 침착함을 유지하며, 계속 「웬설교!」라고 외치지 않은 데 대해 스스로의 등을 토닥여 주기 위해서다.

심리 157, 심리학과 행복한 삶은 개설된 순간 하나의 현상이 되었다. 그 학기에 수업이 공개되자 약 1천2백 명의 학생들이 수강 신청을 했다. 그 수는 예일 대학교 학부생의 거의 4분의 1이었다. 그 학생 중 한 명이 조지였다.

모두가 그렇게 부르게 된 그 〈행복 수업〉의 정원은 너무나 유래 없던 경우라 평소 교향악 콘서트 같은 행사에 쓰던 대성당 형태의 강당인 울시 홀로 공간을 옮겨야 했다. 그 정도 규모의 학생들을 통제하느라 샌토스는 20여 명의 조교들까지 고용해야 했다.

이 인기를 자본화하기 위해 예일은 발 빠르게 〈웰빙의 과학〉이라는 제목의 온라인 강의를 제작하기 시작했다. 내가 샌토스와 대화를 나누고 있었을 때, 그 프로그램은 공개된 지 1개월밖에 안 되었지만, 이미 168개국에서 7만8천 명이 본 상태였다.

이와 관련해, 나는 이중 어떤 것이 나를 놀라게 했다고는 말 못 하겠다. 예일로 오기 몇 주 전, 나는 사우스 바이 사우스웨스트에서 열리는 외로움과 행복에 대한 토론회에 참석하려고 텍사스주 오스틴으로 날아갔었다. 컨벤션 홀을 지나 내가 참석할 토론회가 열리고 있는 방으로 걸어가던 중 나는 긴 줄이 복도를 따라 굽어져 있는 것을 보았다. 시끌벅적했기에 난 자연스레 모두들 누굴 기다리고 있는지 물어보았다. 축제의 일정표에는 저명한 연사들이 가득했기 때문이다. 그런데 사람들이 내 토론회를 기다리고 있었다는 것, 너무 금방 매진이 되어 주최 측에서 같은 날 두 번째 토론회를 잡았다는 걸 알고 난 심장 마비에 걸릴 뻔했다.

로리 샌토스의 경우, 그녀가 팔고 있던 것은 분명 구매 수요가 있었다. 그러나 그녀가 팔고 있던 건 정확히 무엇이었을까?

샌토스와의 대화를 마치고 몇 시간 뒤, 나는 조지, 그리고 그 애의 친구들 몇 명과 〈심리학과 행복한 삶〉 수업을 들으러 걸어갔다. 울시 홀은 굉장한 공간이었다. 처음에는 아이들과 1층에 앉았지만 좀 더 넓은 시야에서 보고 싶다는 판단이 들어 강당을 둘러싸고 있는 원형 발코니 위로 올라갔다. 이 거대한 학생 집단이 그녀의 설교에 어떻게 반응하는지 보고 싶었기 때문이다.

그러나 수업이 시작되고, 나는 곧바로 내 계획의 결함을 볼수 있었다. 그러니까, 왜냐하면 거의 아무도 없었기 때문이다.

샌토스는 무선 마이크를 끼고 거대한 스크린 앞을 앞뒤로 거닐며 그 거대한 무대를 배회했는데, 모든 게 대학 수업이라기보다 TED 강연처럼 느껴졌다. 전 과정 중 열여덟 번째였던 그날의 강의는 〈우리의 습관들에 노예〉가 되는 것에 초점을 맞추었고, 그 습관들을 〈해결하는〉 한 방안으로서 긍정적인 단서들을 사용하는 아이디어를 강조했다. 그녀의 발표는 연구 안으로 깊이 뛰어드는 전통적인 심리학 수업과 나쁜 습관들을 중단하고 새로운 습관들을 만들어 가기 위한 실제 과제들인 샌토스만의 〈심리 전문 팁들〉과 〈요구 사항들을 재연결하기〉 등등 자기 계발 세미나 사이에 줄을 걸치고 있었다.

그건 그렇고, 학생들은 전부 어디로 갔지? 내가 세어 본 것은 약 2백 명이었고, 그건 적어도 천 명은 그 수업에 안 왔다는 뜻이었다. 실내는 썰렁할 정도로 비어 있었다.

내 가설은 두 가지이다. 첫 번째, 가장 긍정적인 것은 학생들이 실제로 샌토스의 충고를 받아들였다는 것이다. 그녀가 나에게 말했지만, 그리고 조지가 열정적으로 뒷받침했지만, 가장 인기 있던 과제는 그 학기 초에 있었다. 〈시간 풍족〉이라는 주제였다.

이 강의를 전하기 위해 그녀는 모든 학생들이 자리에 앉을 때까지 기다렸고, 그런 다음 오늘 수업은 없을 거라고 통보했다. 대신 몇 가지 규칙에 따라 예기치 못한 자유 시간을 창조적으로 써보라고 주문했다. 학교 공부도 전화 통화도 금지였다. 목표는 학생들로 하여금 자리에서 일어나, 되도록이면 함께, 무언가를 하러 가게 하는 것이었다.

전형적인 예일대생은 끊임없는 〈시간 굶주림〉의 상태에서 살고 있기에, 이 새 소식은 굉장한 것으로 받아들여졌다. 샌토스에 의하면 자기 앞의 학생 두 명이 즉시 울음을 터뜨렸다고 한다. 조지가 내게 전해 준 방식대로라면 ── 그놈의 몇 시간짜리 자유 시간이라는 선물 ── 그건 마치 사막에서 물을 찾은 느낌이었다고 했다.

학생들은 무리 지어 나간 다음 온갖 종류의 미친 짓들을 하거나 아무것도 안 했다. 서너 명 이상은 자신들이 기숙사로 돌아가 영광스러운 낮잠을 잤노라고 보고했다. 뒤이어 그 실험은 예일대가 거대한 눈 폭풍이 오고 있어 다음 날 학교를 쉰다고 발표하는 바람에 예상치 않게 확장되었다. 새로운 우정들이 생겨났다. 새로운 장소들이 발견되었다. 눈사람들이 만들어졌다. 많은 학생들이 밤새 함께 모여 있었다.

그러니 내가 발코니에 앉아 학생들을 손가락으로 세고 있었을 때, 그 천 명의 사라진 학생들은 시간 풍족을 실천하느라 어쩌면 그들의 마지막 프로젝트에 매달려 있을 가능성이 있었다. 뭔가 학교와 관련 없는 것 ── 명상이나 운동, 심지어 빌어먹을 잠 ── 을 그들의 생활 속에서 실천하는 것 말이다.

그것이 왜 강의실이 유령 마을이었는지에 대한 나의 낙관적 접근이었다. 두 번째 선택지, 내가 혹시 그럴까 봐 두려웠던 것은 그 〈행복 수업〉이 빼먹기 좋은 수업이 된 경우였다. 그곳은 어쨌든 예일이었으니, 나는 학생들이 그들의 시간 풍족을 자기 돌봄을 위해 쓰지 않고, 그들이 처음 행복 수업에 등록했던 원인인 온갖 골칫거리로 채우며 스트레스를 받고 있는 건 아닌지 의심스러웠다.

강의가 끝난 뒤 조지와 다른 친구들 몇 명과 점심을 먹으러 갔는데, 수업에 대한 이들의 평가 역시 매우 미적지근했다. 학생들은 수업을 좋아하지만 사랑하지는 않았고, 그 알맹이는 일찌감치 챙겼다는 느낌이 들었다. 수업이 가치 있다는 데는 동의했지만, 〈알아 두면 좋은〉 정도로 책장에 꽂아 둔 것처럼 보였다.

학생들은 분명 그 수업이 좋은 직장을 구하거나 좋은 대학원에 들어가는 데 도움이 될 거라고는 생각하지 않았다. 알잖나, 중요한 것들.

예일을 방문하고 몇 주 뒤, 내 스물다섯 번째 고교 동창회가 돌아왔고, 이틀 뒤에는 내 생일이 이어졌다. 이 두 개의 행사가 몰리며 내 머리에 무언가를 불러일으켰다. SXSW* 이후 걸러 내고 있다가 뉴헤이븐 여행 기간에 흥미로운 형태로 떠올랐던 주제였다. 그러나 나로 하여금 많은 사람들이 물어보았던 이 주제에 대해 결국 마지못해 어떤 입장을 취하게 된 것은 동창회와 생일이라는 원투 펀치였다. 그건 우정과 외로움에 소셜 미디어가 미치는 역할이었다.

그건 내가 맨 처음 기사에서 피했던 주제였고, 그 뒤로도 나는 계속 한 발 물러서 있었다. 보통은 아직 그게 외로움에 어떤 영향을 주는지 결론적 증거를 보지 못했다고 했다. 외롭고 사회적으로 고립되어 있다고 느끼는 이들이 그렇지 않은 사람들보

* 사우스 바이 사우스웨스트 축제의 이니셜.

다 온라인에서 더 많은 시간을 쓴다는 것을 보여 주는 연구들이 있긴 했다. 『미국 예방 의학 저널』의 2017년도 연구는 소셜 미디어를 가장 많이 이용한 청장년들, 주당 50회 이상 방문한 이들이 온라인에 9회 이하로 들르는 사람들에 비해 사회적으로 고립되었다고 느낄 확률이 3배라는 것을 발견했다. 그러나 그런 연구에는 닭이냐 달걀이냐의 문제가 있었다. 소셜 미디어가 사람들을 외롭게 만들었고, 그래서 소셜 미디어가 나쁘다는 뜻인지, 혹은 이미 외로운 사람들이 연결을 찾아 소셜 미디어로 갔으니 좋다고 해야 하는 건지 불확실했다.

그건 내가 인터뷰와 토론회들에서 몇 차례 받아넘긴 질문이었다. 나는 항상 어느 쪽이든 그 증거가 결정적으로 느껴지지 않는다고, 그러니 소셜 미디어가 건강하게 느껴질지 판단하는 건 개개인에게 달려 있다고 지적하며 옆문으로 빠져나가가곤 했다. 이건 그냥, 내가 그것이 내 건강에 좋은지 알아내려고 노력하고 있었다는 우회적인 표현이다.

그날 밤 예일대 기숙사에 있었을 때, 조지가 내 나이를 갖고 일종의 농담을 하기에 나는 이렇게 말하며 대꾸했다. 「내 말이 그 말이야. 2주 뒤에 내 스물다섯 번째 고교 동창회가 있다니까.」 조지의 친구 한 명이 잠깐 방에 들렀는데, 이런 말을 하며 대화에 끼어들었다. 자기가 보기에는 페이스북이 모두에게서 근황을 묻는 기쁨을 앗아 가는 바람에, 성대히 열리던 동창회들을 불필요하게 만들어 버렸다는 것이다. 내 두뇌에 전구 몇 개가 켜졌고 풀어놓을 얘기도 많았지만, 대화가 다른 곳으로 흐르는 바람에 충분히 생각해 보지는 못했다. 그러다 다음 날, 로리 샌토스와 대화를 나누고 있는데, 그녀가 자기 학생 중 몇 명이 찾아낸 우연하고 획기적인 성과에 대해 언급했다. 강연 도중 소셜 미디어를 끊은 사람들이 더 행복하다는 걸 보여 주는 연구에 대해 언급했더니, 몇몇 공부 벌레들이 그걸 소셜 미디어를 끊으라는 과제로 잘못 이해했다는 것이었다. 예상할 수 있겠지만, 학생들이 제출한 그 우연한 과제들은 같은 결과를 보여 주었다. 그들은 더 행복하다고 느꼈다.

소셜 미디어에 대한 내 개인적인 경험은 꽤나 전형적인 느낌이다. 만일 시간대별로 내 감정을 차트화한다면, 곧바로 불꽃이 튀고 — 〈이렇게 많은 친구들과 다시 만났어! 이거 정말 최고다!〉 — 그다음 느리고 꾸준한 쇠퇴를 보이며 〈이거야말로 사회를 삼켜 버릴 재난 상황이잖아!〉로 향할 것이다. 내 애착의 변화에는 많은 이유들이 있었지만, 그 대부분은 외형상 폰을 만질 때마다 소셜 미디어를 확인하도록 자신을 조건화시킨 스스로에 대한 실망이었다. 그건 배가 고프지도 않은데 지루해서 냉장고를 열어 보는 경우의 파블로프 버전이었다. 그러나 모든 소셜 미디어의 악은 언제나, 내 화면이 환해질 때마다 나는 더 이상 혼자가 아니라는 재빨리 떠오르는 감정과 함께 다가왔다는 것을 부인할 수 없었다.

이제 내 스물다섯 번째 동창회가 다가왔고 그에 대해 많은 생각을 했다고는 말 못 하겠다. 긴장했다든지 불안했다든지, 그 어느 쪽도 아니었다. 나는 분명히 내 친구들을 만나기를 고대했다. 여전히 나의 150명 안에 있던 몇몇 다른 친구들과 마크, 로리도 거기 있을 터였다. 그러나 그 친구들을 충분히 만나지 못했던 게 확실한데도, 동창회가 확인할 필요가 없는 안부들을 확인하는 연출된 행사처럼 느껴졌다. 나는 그 친구들을 페이스북에서 보았다. 그들이 어디서 일하는지, 자녀들의 이름이 무엇인지도 알고 있었다. 그러나 동시에, 12학년을 마친 이후로는 직접 본 적도 없는 몇 명, 150명 바깥 저 멀리에 있는 많은 급우들에 대해서도 같은 수준의 세부 사항들을 알고 있었다. 그러다 보니 기본적인 안부 인사는 불필요하게 느껴지는 반면, 더 깊은 대화는 여전히, 특히나 그런 환경에서는 더 어렵게 느껴졌다. 그래서 나는 기본적으로 「만나서 반가워, 정말 좋아 보인다」라고 약 200번 말한 뒤 그날 밤을 마무리했다.

다음 날 아침 나는 그 기회로부터 더 많은 것이 나오지 않았다는 데 대해 스스로 실망했다는 걸 깨달았다. 나 때문이었나? 친구들이 문제였나? 우리 모두의 문제였나? 그날은 내 생일 전날이었다. 그건 페이스북에서 그 온갖 개인적이며 비개인적인 〈멋진 하루 보내기를 바라〉를 받기 스물네 시간 전이라는 뜻이었다. 그래서인지 그날 아침 나는 페이스북을 열고 〈무슨 생각을 하고 계신가요, 빌리?〉*라는 그 우스꽝스러운 질문을 보았을 때 우스꽝스러운 대답을 떠올렸다.

〈페북이 곧 알려 주겠지만, 내일이 내 생일이야〉라고 썼다.

* 페이스북에서 자신의 생각을 게시 글로 올려 보라고 유도하는 문구.

〈내 담벼락*에 메시지를 쓰는 대신, 전화를 주면 너무 좋을 거야. 그래, 너 말야. 만난 지 너무 오래됐다.〉

다음 날, 거의 50명이 내 부탁을 받아들였고, 그건 믿을 수 없을 만큼 감동적이었다. 그 모두와 다시 통화하는 데 여러 주가 걸렸다.

다른 134명은 내 담벼락에다 이렇게 썼다. 〈멋진 하루 보내기를 바라.〉 나는 일부러 답장하지 않았다. 그 대신, 페이스북 페이지를 닫아 버렸다.

한 주도 안 되어, 나는 내 트위터 계정(실질적으로 내 일을 위해 유지해야 하는)으로부터 모든 걸 지워 버렸다. 인스타그램 계정에 대해서도 똑같이 했겠지만, 아직은 그 중독에 굴복한 게 아니라 이미 비어 있었다. 이제 한 발 물러나 내 휴대폰을 보며 감탄했는데, 주의 산만을 위한 도구가 아닌 훨씬 더 생산성을 위한 도구처럼 보였다.

내가 한 짓이 날 행복하게 만들지, 슬프게 만들지, 더 연결되었다고 느끼게 만들지, 더 멀어졌다고 느끼게 만들지는 알 수 없었다. 물론, 나는 사람들이 소셜 미디어를 끊은 뒤 전반적인 행복감이 급등하는 결과를 보여 주었다는 여러 연구들을 알고 있었다. 그러나 아는 것은 결코 절반을 이긴 것이 아니다. 로리 샌토스는 이를 〈G. I. 조 오류〉라 부르는데, 그건 내가 그녀와 시간을 보내는 동안 얻은 최고의 용어다.

* 페이스북에 글을 쓰는 공간. 현재는 〈타임라인〉으로 바뀜.

143

여러분이 특정 연령대라면, 「G. I. 조」 만화를 기억할지 모르겠다. 그 만화는 끝부분에 항상 캐릭터 한 명이 어떤 도덕적인 교훈을 전하는데, 이런 말로 끝맺음을 하곤 했다. 〈그리고 이제 알겠죠, 아는 것으로 절반은 이긴 거라는 걸.〉 샌토스와 마주 앉아 그녀로부터 이게 헛소리라는 말을 들을 때까지 나는 이 말에 그다지 관심을 둔 적이 없었다.

「아는 것은 싸움의 절반이 아니라니까요.」 그녀는 내게 거의 소리치다시피 했다. 「우리는 더 나은 상황들을 만들어야 해요. 뭔가를 아는 것만으로 공짜로 얻지는 못한다고요.」

이 말은 특히 내게 강렬하게 다가왔는데, 내 생각에 나는 앎이 주요한 성취라고 믿는 죄를 저질렀기 때문이다. 내 돈키호테식 우정 모험에서 시도하거나 관찰했던 거의 모든 것들로부터 나는 최소한 내가 전에 모르던 무언가를 알게 되었다는 느낌으로 걸어 나왔다. 나는 몇몇 상황들을 직접 만들어 보려고 했었지만 큰 것들 중 다수는 일회성, 주목 끌기용이었다. 그것들은 내가 알게 된 것들에 기초를 둔 주요한 변화들이 아니었다.

그래서 온라인 관계에서 나를 도려내는 것이 두려웠던 만큼, 나는 내가 알게 된 것들을 신뢰하기로 하고 도약했다. 내가 더 행복하기를 원한다면 공짜로 얻지는 못할 것이었다.

가상의 사회 집단에서 입을 닫아 버리면서 즉시 내 안에 있던 두 개의 원초적이며 외면했던 감정들이 증폭되었다. 첫 번째, 나는 다시 지루한 느낌으로 되돌아왔다. 하루 중 얼마나 많은 시간을 소셜 미디어의 타래들을 멍청히 쓸어내리는 데 바쳐 왔는지 깨닫는다는 건 슬픈 일이었다. 그런 시간이 사라지며 온갖 종류의 새로운 자유 시간이 들어서자, 나는 즉흥적으로 돌아가는 지루함의 세계에 다시 접속했다. 나는 나 자신이 창밖을 내다보며 생각에 잠기는 것 같은 이상한 일들을 하고 있다는 걸 깨달았다.

소셜 미디어를 끊은 데에서 온 두 번째로 큰 정서적 충격은 친구들이 그리워진 것이다. 나는 소셜 미디어에서 쉽게 문을 두드린다는 것은 그냥 서로 자신들이 저녁에 뭘 먹었는지를 알려주는 것에 불과하다는 걸 알지만, 훨씬 그 이상이었는지도 몰랐다. 이미 오래전에, 나는 내 게시물들에서 잡다한 것들을 많이 제거했고, 그래서 내가 매일 〈본〉 친구들은 나를 웃게 하고, 배우게 하고 생각하게 하는 이들이었다. 그건 내가 영영 잃어버릴 준비가 된 무언가가 아니었고, 그래서 나를 흥미로운 위치로 떼밀었다. 그 사람들을 다시 내 삶으로 데려오는 유일한 방법은 실제로 내 삶으로 데려오는 것이었다.

8

나는 시카고 오헤어 국제공항의 북적이는 남자 화장실 거울 앞에 서서 방금 캐리어에서 꺼낸 가발을 써 보았다. 의혹에 찬 구경꾼들이 흘끗흘끗 쳐다보며 보안원을 불러야 하나 망설이는 동안 나는 변장을 이어 갔다.

모든 게 갖추어지자 — 청바지 위에 청재킷, 안에는 회색 맨투맨, 그 전체를 덮는 펄럭이는 노란 비옷 — 목에 건 가죽 끈에 해골 모양 열쇠를 매달았고, 거울 속의 그 조화로움에 감탄의 시선을 던졌다.

머릿속으로는 그 순간이 훨씬 더 영광스러울 거라 상상했었다. 이건 확실히 나에게 되풀이되는 문제인 듯했다. 내 세대의 위대한 어린이 영화인 「구니스」의 마이키처럼 보이는 대신, 나는 캐나다 턱시도*에 끔찍한 가발, 분명 앙드레 더 자이언트**에

* 위아래 모두 데님을 입는 패션.
** 한 시대를 풍미했던 프랑스의 거인 프로 레슬러.

147

게나 맞을 비옷을 걸친 남자처럼 보였다. 그러나 일단 터무니없는 생각에 전념했다면 되돌리는 건 어리석은 일이다. 그것도 터무니없을 것이다.

솔트레이크시티로 가는 내 비행기를 찾아 안쪽으로 들어가며, 나는 「여긴 볼 게 없어」라고 말하는 게 분명한 그런 걸음걸이로 ― 그 시도에서 스스로를 노출하고 마는 실패할 운명의 몸짓 ― 오헤어 공항의 군중 속을 빠르게 걸었다. 나는 내 친구 매트가 공항 터미널에서 나를 기다리고 있을 거라 기대했고, 분명히 마이키의 형, 브랜드처럼 입고 올 거라 믿었다.

시카고 마라톤 때 녀석과 내 발톱 두 개에 작별을 고한 뒤로 난 2년간 매트를 만나지 못했다. 그는 시카고 외곽에 살았는데, 그 교외는 존 휴스* 영화들의 무대였다. 매트가 한때 〈페리스를 구하자〉**라는 페인트 글씨가 적혀 있던 그 급수탑을 보여 줬을 때 나는 1980년대의 매력에 살짝 불끈했었는지도 모른다.

나는 매트와 함께 유타주로 날아가 다른 친구들을 만날 수 있도록 오헤어에서의 접선 계획을 짜두었다. 그 시간 다른 녀석들은 미국 대륙의 상공 어딘가에서 왜 자신들이 내 말에 귀를 기울였었나 어리둥절해하고 있을 터였다. 내가 그렇게 주장했기 때문이다. 기본적으로 남성 우정의 열쇠라고 배운 모든 것을 실행으로 옮기도록 해줄 단 하나의 활동, 모든 면에서 너무도 완

---

* 「아직은 사랑을 몰라요」, 「조찬클럽」 등 코미디 영화로 유명한 미국의 감독.
** 존 휴스의 「페리스의 해방」에서 주인공의 꾀병을 중병으로 오인한 지역 사회에서 〈페리스를 구하자〉라는 표어로 모금 캠페인을 연다.

벽해 마치 사회 심리학자들이 고안한 듯, 유대감을 높여 줄 모험을 찾아냈다고 말이다.

나는 매트보다 먼저 터미널에 도착했고, 펄럭이는 비옷이 혹시라도 어린이를 질식시키지 않을까 최대한 조심하면서 그 풍경에 섞여 들려고 했다. 드디어 긴 복도를 따라 어슬렁대며 내게로 걸어오는 매트를 목격했다. 녀석은 오클라호마주 출신으로, 뭘 신든 카우보이 장화 속도 이상으로 걷기를 가볍게 거부한다. 무한정 기다리는 사이 그가 입은 유일한 옷이라고는 IT 회사에 다니며 교외에 사는 애 아빠의 복장이라는 것이 분명해졌다. 나는 거기에 기모 조끼가 포함되어 있었을 거라 믿는다.

「너 참 우스워 보인다.」 그가 120평 넓이는 될 법한 비옷을 입은 나를 껴안으며 말했다.

「네 의상은 어디 있지? 우린 보물 사냥을 떠날 거라고. 구니스처럼 입었어야지.」 나는 그를 심문했다.

「가방 안에 있어. 난 비행기에서부터 입을 줄은 몰랐지.」

「그럼 대체 언제 입을 거라 생각한 거야? 나도 이 허접때기를 입고 야생 지역에 들어갈 건 아니라고.」

매트는 솔트레이크시티에 착륙하는 대로 브랜드의 의상을 입기로 약속했다. 그리고 비행기에 탑승하며 자기가 기내에서 같이 보려고 「구니스」를 다운로드해 왔다고 말해 자신의 중대한 실수를 용서받았다. 우리는 등장인물 청크가 입을 열 때마다 껄껄 웃으며 영화를 보았다.

창밖으로 우리의 궁극적 목적지인 로키산맥이 나타났을 때,

나는 이어폰을 빼고 매트에게 거의 98번은 말했다. 「우리는 이 보물을 찾아내고 말 거야.」

그리고 그때, 나는 진심으로 그걸 믿었다.

매트도 창밖을 내다보려고 내 쪽으로 몸을 기울였다.

「난 그냥 네가 우릴 죽이지나 않았으면 좋겠다.」 그가 중얼거렸다.

내가 지금 무슨 이야기를 하는 거냐고? 물어봐 주어 기쁘다. 왜냐하면 여러분에게 들려주게 되어 분명 흥분했기 때문이다. 그러나 우선 일러 둘까 한다. 그리고 아마도 사과를 해야 하지 않을까 싶다. 나의 열정에 대해. 마리아 이모와 에니어그램이라 부르는 뭔가에 의하면 그것이 내 성격 유형이다. 내가 그전에도 에니어그램에 대해 들은 적이 있는지는 모르겠지만, 마리아 이모는 어느 날 내게 나는 「7번」이라는 말씀을 해주시며 내가 7번이라는 걸 항상 알고 있었다고 하셨다. 이모는 이 사실을 말씀하시려고 내 마흔두 번째 생일 직후까지 기다리셨다. 내가 가족 파티에 새 스케이트보드를 들고 나타났던 날 말이다. 로리와 나는 우리의 생일 선물로 스케이트보드를 사기로 결정했고 거기에는 목표가 있었다. 만일 우리가 어떻게든 그걸 뒤집는 걸 익힌다면, 그걸 서프보드 뒤집기에도 응용할 수 있을지 모른다는 판단이었다.

평생 하루도 스케이트보드를 타보지 않은 이들이 각자 마흔두 번째와 마흔세 번째 생일을 위해 스케이트보드를 산다는 것은 별로 좋지 않은 생각처럼 들릴지도 모르겠는데, 나는 그게 너무도 그렇더라는 걸 확실히 알려 주기 위해 여기 있다. 콘크리트에다 욕설을 퍼붓는 건 어딘지 희끗희끗한 머리에 어울리는 일은 아니다. 그러나 가족 파티가 열린 사촌의 집 옆이 낮은 경사로가 있는 한적한 거리라, 나는 차에 보드를 싣고 와 아무도 안 보고 있을 때 파티에서 빠져나왔다. 마리아 이모가 창문으로 나를 보셨고, 금방 계단에 서서 7번에 대한 무언가를 큰 소리로 외치셨다.

에니어그램 — 성격 유형 검사 — 에 대해 찾아 보고 7번, 열정적인 사람에 대한 설명을 다 읽었을 때, 나는 누군가 나를 염탐해 온 느낌이었다. 왜냐, 내 삶의 모든 증상들을 명확한 용어들로 규정해 놓았기 때문이다. 나는 기꺼이 테스트를 해보았다. 나는 7번으로, 바꿀 수 없는 것들에 대해 사과하는 건 무의미하다. 게다가 나 자신을 〈열정적인 사람〉으로 부를 수 있다는 것은 우리 엄마가 오랫동안 나의 〈외발자전거 문제〉라고 했던 특징을 좀 더 우아하게 설명할 수 있는 방법이었다. 이 표현은 내가 어린 시절부터 자주 듣던 이야기에서 탄생했다. 그 이야기에 의하면 나는 외발자전거를 그저 갖겠다고 했지만 결국 타는 법을 배우지는 못했고, 그 이유는 그 뒤에 나타난 다른 열정에 주의를 빼앗겼기 때문이라고 한다. 어쩌면 다행인 게, 어릴 때 외바퀴 자전거를 타는 것은 커서 말총머리를 기를 유력한 징조이기 때문이다.

그러나 매트와 다른 대학 친구 두 명을 끌고 떠난 그 모험에 대한 내 열정과 관련해서는 사과가 필요하지 않다. 아니, 나는 이 모험으로 내가 노벨상 같은 거라도 받을 만하다고 무척이나 확신했는데, 왜냐하면 이 엉뚱한 짓은 내가 남성의 우정과 유대감에 대해 배운 모든 것에 너무나 완벽히 들어맞아 마치 그 목적을 위해 고안된 것처럼 느껴졌기 때문이다. 그리고 어떤 면에서는 사실이었다.

1988년, 뉴멕시코주 출신의 부유한 골동품 판매상이자 수집가였던 포레스트 펜Forrest Fenn은 말기로 추정되는 암 선고를 받았다. 그는 자신의 위대한 보물들을 싣고 로키산맥으로 걸어 들어가는 계획을 떠올렸다. 그의 계획 2부는 누워서 죽는 것이었다. 누구든 그의 시신을 찾는 자가 그 전리품을 차지하게 될 것이었다.

이 계획은 몹시 놀랍게도 그가 암을 이겨내며 무산되었다. 그러나 생각 자체는 사라지지 않아 22년 뒤 80세가 되었을 때, 그는 사랑하는 로키산맥으로 성큼성큼 걸어 들어가 3백만~4백만 달러어치의 금화와 장신구들로 채운 상자를 숨겼다. 그 보물을 찾기 위해 해야 하는 유일한 일은 그가 자서전에 공개한 수수께끼 시를 푸는 것이었다. 마치 시 한 편을 읽는 것만으로는 것은 충분히 나쁜 일이 아니었다는 듯, 그의 단서들에는 〈따뜻한 물이 멈추는 곳에서 그것을 시작하라〉와 〈너의 계곡에는 노가 없을 것이다〉와 같은 굉장히 모호한 표현들이 들어 있었다.

그 바보스러운 시가 출판된 뒤 10만 명 이상의 사람들, 아마도 영어 전공자들이 스스로 시를 해독했다고 확신하며 몬태나주, 와이오밍주, 콜로라도주, 뉴멕시코주의 웅장한 산들로 펜의 보물을 찾으러 갔다고 집계된다. 수백 명은 이 일에 전념하려고 직장을 그만두었고, 다섯 명은 보물을 찾다가 사망했다(나는 친구들에게 이 죽음들은 전형적인 미개척지에서의 사고였다고 강조했다. 마치 그렇게 하면 어떤 면에서 그들의 구미를 더 당기기라도 할 것처럼). 그런데도 보물은 여전히 발견되지 않고 있었다. 적어도 우리가 그걸 찾으러 갔던 그 당시까지는. 나중에 펜은 〈동부〉에서 온 몇몇 사람들이 보물을 찾았다고 발표했지만, 정확히 어디에 숨겨져 있었는지는 말하지 않겠다고 해 전부가 날조된 것이라는 많은 이들의 의혹만 키웠다.

보물 사냥에 대한 아이디어를 낸 건 원래 내 동생 잭이었다. 그 애는 내가 아는 이들 중 엉뚱한 장난에 대한 애정에 있어서라면 나와 1위를 다투는 유일한 인물이다. 그러나 사촌 둘을 끼워 함께 가보자는 우리의 계획은 실행으로 옮기기도 전에 무산되었다. 그럼에도 나는 여전히 그 계획을 흘려보낼 수가 없었다. 더 많이 생각할수록, 나는 더 많은 칸에 체크를 하게 되는 듯했다.

내 전체 여정에서도 특별했던 이 시점에, 나는 자료들을 읽거나 조사하다가 꽤 긴 시간 길을 잃은 상태였다. 사람들의 이름이 적힌 150개의 포스트잇을 벽에서 떼어 낸 다음, 계속해서 나타나는 되풀이되는 주제들에 대한 포스트잇으로 갈아 붙였다. 내 눈으로 그것들을 훑어볼 때마다 내게는 이 미친 보물 사냥이 그 모든 걸 연결해 주는 끈으로 보였다.

기본적으로 거기에는 신체 활동이 포함되어 있었다. 남자들을 위한 1단계. 그러나 그 활동에는 사냥 같은 다른 주제들도 여럿 포함되어 있었다. 그렇다, 남성들은 수천 년 동안 동물들을 사냥하며 유대감을 형성해 왔으니까. 다른 점이 있다면, 우리는 우리 자신이면 몰라도 아무것도 죽이지 않으리라는 것이었다. 그러나 우리가 하는 것도 나름 사냥이었다. 우리는 또 내 정의에 의하면 전통을 세우고 있었다. 왜냐하면 혹시라도 우리가 보물을 찾지 못하는 뜻밖의 일이 생기면, 이것은 매년 계속될 거라고 이미 엄포해 두었기 때문이다.

여기 남성의 우정과 관련해 되풀이되는 또 하나의 주제가 있다. 부(富)의 추구. 〈그게 우리를 부자로 만들어 줄지도 몰라〉라는 문구는 남자들로부터 골든리트리버가 벽의 고리에서 자기 목줄이 풀리는 소리를 들을 때와 비슷한 반응을 촉발한다. 남자들은 정말이지 노력은 최소로 드는데 현금의 기미라도 약간 보이면, 「나도 끼워 줘!」라고 외치며 군침을 흘릴 것이다(부에 대한 이런 욕망은 여자들도 예외가 아니지만, 여자들은 이 짓거리가 실현되지 않으리라는 걸 알아볼 지성을 갖고 있다).

산에서 서로의 등을 정말로 지켜볼 필요가 있을 만큼의 위험을 약간 버무리고, 「구니스」처럼 차려입은 다 큰 남자들의 희한한 멍청함을 조금 뿌려 주자. 그리고 거기에 렌터카를 타고 가는 짧은 자동차 여행이 포함된다는 것을 고려하자. 갑자기 나는 우리가 그 망할 시를 해독하자마자 그것이 실제의 금으로 바뀔 거라 확신하며 은유적인 금덩이 위에 앉아 있었다.

나는 이게 좋은 생각이 아니었다는 주장들에는 귀를 닫을 작정이다. 모든 걸 좋은 것과 나쁜 것으로 나누지는 말자. 대신 모든 걸 〈좋은 것과 지루한 것〉으로 나누는 편이 낫다. 그리고 이 일은 지루하지 않았다.

어린이 한 명이 의심스레 쳐다보고 있는 동안, 매트는 솔트레이크시티 공항의 짐 찾는 곳 옆에서 브랜드 의상을 끄집어냈다. 내가 아이에게 화재 경보기를 당기지는 말라고 무의식적인 의사소통을 시도하는 사이, 매트는 옷을 갈아입으러 화장실로 몸을 숨겼다. 그리고 다시 화장실에서 나왔을 때 아이는 오히려 나의 흥분 때문에 더 혼란스러워졌다. 매트는 해내고야 말았다. 회색의 반팔 맨투맨, 회색 추리닝 위에 덧입은 파란 바지, 앞이마의 붉은 반다나, 거기에 메인 요리. 사람들이 그걸 하면 멍청해 보인다는 걸 깨닫기까지 약 5년은 더 피트니스 문화에 존재할 것 같은 그 코일 모양의 가슴 확장용 거시기 하나. 녀석이 그걸 어떻게 찾아냈는지, 혹은 누가 무슨 이유로 그걸 아직도 만드는지는 알 수 없었지만, 나는 대니멀을 찾아 탑승동으로 출발하며 매트에게 A를 주었다.

대니멀은 쉽게 찾았다. 왜냐, 당연히 그가 청크 캐릭터 의상을 입고 있었기 때문이다. 대니멀은 언제나 투지가 넘치는데, 특히나 거기에 멍청한 의상이 포함되면 더 그랬다. 그에게는 빨간 하와이언 셔츠를 좀 찾아보라고 두 번 말할 필요도 없다. 집에 〈나는 댄타스틱해!〉 같은 것들이 적힌 바보 같은 티셔츠가 아주 다양하게 있고, 피닉스에 있는 자기 집을 댄델레이 베이*라고 부른다.

댄은 내가 대학 신입생이 되던 해에 무작위로 배정받은 룸메이트로, 그도 잘 알고 있다시피 처음에는 편지로 통지를 받고 실망했다. 보스턴의 아일랜드계 동네를 벗어나 보자는 다소 담대한 결심을 하고 뉴올리언스라는 한 세계 떨어진 문화권의 대학으로 향했건만, 내 룸메이트가 맥컬럼이란 이름의 코네티컷 출신 녀석이었던 것이다. 나는 보르도나 기욤 같은 이름의 누군가를 바라고 있었다. 그 대신 내게 걸린 건 한 시간 반 거리에 있는 곳에서 온 아일랜드계 녀석이었다.

그러나 이 우연에 대해 온 우주에 감사했던 게, 대니멀은 지구 행성에서 가장 사랑스러운 인간 중 하나였고, 거의 즉시 학내에서 전설적 지위에 올랐다(그리고 나 역시, 그의 룸메이트라는 이유로, 그에게 편승했다). 분명 미식축구로 성취한 단 한 번의 가장 위대한 위업이었을 일을 그가 해냈던 것이다. 그는 12층짜리 기숙사를 거의 파괴하다시피 했다. 11층에 있는 우리 방 앞의 복도에서 공을 주고받다가 스프링클러 꼭지를 친 것이다. 어찌어찌하여, 이것이 수도 본관 전체를 망가뜨렸고, 곧이어 내 방 바로 앞 천장으로부터 성경에 나올 법한 홍수가 쏟아졌다. 중력의 법칙 덕택에 그 물은 아래층 전체에 있는 꽤 많은 것들을 모조리 훼손시키는 칭찬할 만한 일을 했고, 기숙사 전체가 여러 날 건물을 비워야 했다. 나는 그의 결혼식 때 들러리를

* 라스베이거스의 화려한 리조트이자 카지노인 〈만달레이 베이〉를 패러디한 것.

156

서며 하객들에게 이 얘기를 해주었다.

그리하여 이제 마이키와 브랜드, 청크가 된 우리는 마우스를 찾아 공항을 배회하게 되었다. 그러나 찾지는 못했다. 마우스 대신 롭을 찾았는데, 그는 「나는 너희들이 의상에 그렇게 진지한지 몰랐네」라며 우리를 맞았다. 그야말로 가장 롭다운 행동이었다. 분명, 의상 때문에 주고받은 다수의 문자들이나 의상을 준비하던 우리들의 사진, 내가 우연히 회색 멤버스 온리* 재킷 ― 말 그대로 그에게 필요한 유일한 것 ― 을 발견한 가게에서 보냈던 문자로는 우리가 의상에 정말 진지하다는 신호를 보내는 효과가 없었던 것 같다. 롭이 의상 없이 온 건 누구에게도 놀랍지 않았다. 녀석은 〈어퍼 이스트사이드 프레피〉**가 아니면 의상이란 것을 입는 녀석이 아니었기 때문이다. 롭이 이 옷을 갈아입는 건 〈햄튼 프레피〉로 전환하는 더 따뜻한 계절뿐이었다. 게다가 그 두 세계***에서 자라는 동안 롭은 그 둘 다이면서도 양쪽 모두로부터 거리가 멀었다. 침실 창문에서 메트로폴리턴 미술관 계단까지 7번 아이언으로 칠 수 있는**** 누군가의 기준으로 보면 〈가난한〉 편이었기 때문이다. 그것만으로도 그는 부자의 우스꽝스러운 방탕함에 대한 뛰어난 연대기 작자이자, 나만의

* 패션 브랜드.

** 클래식하고 단정한 상류층 사립 학교 스타일.

*** 〈어퍼 이스트사이드〉와 〈햄튼〉 모두 뉴욕의 상류층 지역. 메트로폴리턴 미술관은 어퍼 이스트사이드에 위치.

**** 가깝다는 뜻. 〈7번 아이언〉은 골프채의 규격으로 프로 골퍼가 칠 경우 평균 비거리는 120~150미터 정도.

F. 스콧 피츠제럴드였다. 롭은 내게 브룩스 브러더스에 대해, 그리고 팜비치와 웨스트팜비치의 차이*에 대해 가르쳐 주었고, 그건 분명 알아 둘 만한 중요한 정보들이었다. 또 롭의 이상하고도 특별한 점은 한때 존 스튜어트**를 빼닮았었지만 나이가 들면서 점점 스티븐 콜베어***를 닮아 간다는 점이었다. 두 사람 모두로 오해받은 적도 있었다. 또 내 친구들 사이에서 롭은 또 다른 변신으로도 유명한데, 성대한 밤을 보내다 어느 순간 〈롭〉이 아닌 〈밥〉으로 바뀌는 것이다. 그의 눈을 보고 내가 더 이상 인간이 아닌 야생 동물을 상대하고 있구나 싶어지면 쉽게 그 순간을 식별할 수가 있다. 나는 이번 여행에서 밥이 나타나길 바라고 있었고, 그건 경찰로부터 도망치거나 두려워 침대 밑에 숨어 본 지가 꽤 오래되었기 때문이었다. 맙소사, 나는 롭을 좋아한다. 녀석들 모두가 좋다. 너무나 오랜만이었다. 그럼 우리 어디 보물을 찾으러 가보자고!

우리의 목적지는 몬태나주의 웨스트옐로스톤이었고, 와이오밍주에서 바로 주 경계 너머이자 옐로스톤 국립 공원의 북서쪽 입구였다. 내가 전문가다운 시 해석 솜씨로, 우리가 브라운스크릭이라는 이름의 마른 강바닥 근처에서 보물을 찾으리라고 판단한 곳이 그곳이었다.

* 두 곳은 워스호를 사이에 두고 떨어져 있다.
** 미국의 싱어송라이터.
*** 미국의 코미디언.

솔트레이크시티에서 웨스트옐로스톤까지 간다는 건 꼬박 여섯 시간을 운전해야 한다는 뜻이었다. 지나는 곳 대부분이 아이다호주였다. 나에게는 이번이 첫 아이다호주 방문이었고 실망스럽지 않았다. 그 이유는, 만일 누가 나더러 눈을 감고 아이다호주를 떠올린 다음 가장 먼저 머리에 떠오르는 걸 말해 보라면 감자를 떠올릴 수 있게 되었기 때문이다. 물론 아이다호주에는 여러 장엄한 산들과 강, 그 밖에도 강력한 자연적 특징들이 있지만, 그 무엇도 〈아이다호 감자 로비〉만큼 강력하지 않았다. 그곳은 우리로 하여금 아이다호 감자가 우리가 입 안에 떠 넣을 수 있는 가장 고급스러운 갈색 녹말가루라는 믿음을 주었다. 우리가 북쪽으로 여행하며 경험한 최고의 순간이, 곧 블랙풋 시내의 아이다호 감자 박물관이 나타날 거라고 알려 주는 고속도로 표지판을 지나가던 때였던 것은 그런 이유다.

아이다호 감자 박물관은 고속도로 휴게소로 착각할 수 있는 땅딸막한 벽돌 건물 안에 있었다. 앞에는 거대한 감자 조형물이 있는 것이 완벽한 키치였다. 안에는 감자의 역사에 대한 매우 중요한 자료가 많을뿐더러 전자 장치로 작동하는 오싹한 감자 가족도 있었다. 누가 박물관을 디자인했든 그 사람은 우리가 지금 감자를 두고 하는 농담을 이해하고 있는 것 같았고, 그래서인지 거기에는 세계에서 가장 큰 감자칩도 있었다. 크기가 25 × 14인치였고, 1991년 프링글스를 만든 이들에 의해 생산된 뒤로 유리 진열장 속에서 가까스로 살아 있었다. 감자칩에는 작은 균열 두 곳도 있었다. 비록 내 추측이지만, 가공한 건조 감자들로 만든 자유의 종*처럼, 그건 그저 그 칩을 위대하게 해주는 한 부분인 듯했다.

　짧은 자동차 여행은 남성 유대감의 상징 중 하나로서 기대 이상의 역할을 해주었다. 아무도 우리가 대체 어디 있는지 모르는 가운데 남자 친구들끼리 차 안에 있는 것만큼 괜찮은 일은 없기 때문이다. 새로운 소식이 한 가지 있었다. 롭이 첫 아이를 낳은 지 얼마 안 되었는데, 딸이었고, 아주 사랑스럽게 푹 빠져 있었다. 댄이 결혼 상담을 시작하려 했고, 우리는 우리한테 그랬던 대로 「그 애는 정신을 좀 차릴 필요가 있어」 같은 식으로 안내하지는 말라고 충고했다. 그리고 매트는 그즈음 애플 사에서 일하고 있었는데, 그건 마치 윌리 윙카의 초콜릿 공장에서 일한다는 것과 다름없어 그런 곳에서 일하면 어떠냐는 질문들이 꽤 많았다. 그러나 진정 예전으로 돌아간 기분이 든 것은 차에서 내려 그 감자 박물관으로 들어설 때였다. 그 바보스러운 박물관에서 할 일이라고는 살짝 바보스러워지는 것뿐이었기 때문이다. 순식간에 세월은 녹아 어디론가 가버렸고, 우리는 대강 같은 수준의 성숙도를 지닌 대학 시절의 바로 그 무리들이었다. 이 성숙도는 선물 가게에서 정점을 찍었다. 우리가 나오려 할 때 데스크 너머의 멋진 신사분이 어디에서 왔냐고 묻더니 〈다른 주에서 온 이들을 위한 무료 감자〉가 있다며 우리 각각에게, 그 라벨이 자랑스레 내세우듯 아이다호산 〈100퍼센트 진짜 감자〉로 만든

---

* Liberty Bell. 미국의 독립 정신과 자유의 상징인 〈자유의 종〉은 금이 가 있는 형태로도 유명하다.

말린 감자 혼합물인 〈헝그리 잭 오리지널 해시브라운 포테이토스〉를 한 봉지씩 준 것이다. 인생이 우리에게 순수한 집단의 웃음을 선사할 때, 인생은 이미 우리를 엮어 준 셈이고, 우리는 다른 주에서 온 이들을 위한 무료 감자로 현기증이 날 지경이었다. 블랙풋을 빠져나오며 이렇게 쓰여 있는 세차용 천막을 보고 단체 사진을 찍겠다며 곧장 멈출 정도의 분위기였다. 〈난 내 말을 마요라 부르고, 가끔 마요는 네* 하고 울지.〉 너 하고 싶은 대로 해, 아이다호.

마침내 웨스트옐로스톤에 도착했을 때는 해 질 무렵이었다. 동네 외곽에 빌려 둔 집으로 찾아갈 즈음에는 웅장한 로키산맥이 겨우 윤곽으로만 보였다. 다음 날 아침, 대니멀이 준비한 식사에 〈다른 주에서 온 이들을 위한 무료 감자〉를 곁들여 먹은 다음 차를 몰고 와이오밍주 경계 바로 너머, 옐로스톤 국립 공원 입구로 갔다. 간밤에 마신 맥주의 숙취가 막 가시고 있었고 우리 모두는 그 순간을 공유했다. 새로운 곳에서 깨어났는데, 그 새로운 장소가 지상에서 가장 놀라운 천연의 장소들 중 하나였고, 그 순간 우리는 「젠장, 우리가 어떻게 이걸 해냈지?」라며 조용히 단체 포옹을 나누었다.

첫날 아침은 그 현장들을 확인하며 공원 북동쪽 주변을 차로 돌며 보냈다. 그건 우리를 삶아 죽이려는 많은 곳들을 방문했다는 뜻이었다. 옐로스톤은 활화산의 분화구 안쪽에 있는데, 그걸

* 말 울음소리인 neigh. 마요네즈의 -nnaise와 발음이 비슷해서 만든 말장난.

알고 있었거나 최소한 한때 알았겠지만, 다시 알게 되니 이상한 기분이었다. 우리는 차를 몰고 다니며 여기저기 땅에서 뿜어져 나오는 수증기를 보았고, 그 수증기들은 몰랐든 잊고 있었든 정말 활화산 안에 와 있다는 걸 되새겨 주었다. 옐로스톤 칼데라는 다시 터지면 우리 모두를 파괴해 버릴 거라, 만일 누군가 이 글을 읽고 있다면 아직 그런 일은 안 일어난 것이다. 우리가 거기 있는 동안 나는 매일 아침 신문을 확인했는데, 역시나 그 장소가 우리를 죽이려 한다는 사실을 재확인시켜 주었다. 곰에게 습격당한 두 사냥꾼에 대한 별개의 기사들이 있었다. 또 그 온천 웅덩이 중 한 곳에 빠진 어느 개에 대한 끔찍한 기사도 있었다. 그 주인이 뒤따라 들어갔고, 그다음 한 친구도 그를 구하러 들어갔는데, 친구는 다리를 잃었다. 다른 둘은 목숨을 잃었고.

차로 공원을 통과하며 차 안의 사내들은 옐로스톤에 대해 알고 있는 사실들을 공유했다. 대부분은 우리가 옐로스톤에 대해 별로 아는 게 없는 것 같다는 사실이 포함되어 있었다. 우리는 각자의 사전 준비 기간을 정확히 사전 준비를 안 하는데 쓴 것 같았다. 나야 구글 지도로 시를 해독하느라 내 준비 시간을 모조리 써버렸고 말이다.

아침 관광 후 우리는 브라운스 크릭이라는 이름의 장소를 목표로 삼기 위해 다시 와이오밍주에서 몬태나주로 넘어왔다. 평생 AP 스타일*로 글쓰기를 했더니, 〈브라운〉이라는 단어가 마치 고유 명사인 것처럼 시에서 유일한 대문자로 쓰여 있다는 사

---

* 미국 언론에서 기사 쓰기 교본으로 통하는 AP 통신의 기사 작성 지침.

실이 흥미를 끌었기 때문이다.

우리는 옐로스톤강에서 길 바로 건너편에 있는 등산로 초입에 도착했다. 주차를 하는 동안 롭이 우리가 가려는 거의 헐벗은 땅, 큰 나무는 거의 없고 관목들로만 뒤덮인 나지막한 언덕들을 보며 권위를 담아 말했다. 「여긴 곰이 있는 지역이 아니야.」 그는 댄과 내가 전날 저녁 여행 용품점에서 각각 50달러짜리 곰 스프레이를 사자, 그런 건 필요 없다는 주장을 폈었다.

우리는 등산로 입구에 있는 가게로 걸어 들어갔고 거기에는 지도라든지, 사람들에게 어떠어떠한 살인적인 동물이 지금 한창 철이라는 걸 알려 주는 최근의 안내문들이 있었다. 〈여긴 곰이 있는 지역입니다〉와 같은 게시물은 없었다는 점을 나는 지적하겠다. 대신, 그들은 그 정확한 문구를 가게 꼭대기의 나무판에 노란 글씨로 직접 새겨, 게시물이 날아가 버리거나 어퍼 이스트사이드에서 온 웬 멍청한 놈이 〈여긴 곰이 있는 지역이 아니야〉라고 생각하지 않도록 해놓았다. 우리는 롭을 한껏 비웃어 준 다음, 브라운스 크릭으로 향하는 등산을 시작했다. 가파른 굽잇길들을 한참 오르고 나서 우리는 마주치지 않았으면 했던 무언가를 마주했다. 사슴의 사체였다. 아마 여러분이 사슴을 떠올릴 수 있도록 그렇게 언급한 것 같긴 하지만. 사실, 이건 뭐랄까, 레고로 만든 사슴을 데려와 엄청난 높이에서 떨어뜨린 것 같았다. 나무 곳곳에 발굽들이 있고, 넓게 풀 벤 자리 위에 여기저기 뼈가 흩어져 있는 것이, 옐로스톤의 상형 문자로 〈여기는 진정한 곰의 구역이다, 이 개자식아〉라고 뚜렷이 설명하고 있었다.

롭은 재빨리 방어 태세로 들어서더니 나에게는 곰 스프레이 한 캔을 들고 앞쪽으로, 대니멀에게는 또 한 캔을 들고 뒤쪽으로 갈 것을 명령했다. 만일 우리가 성난 회색 곰과 우연히 마주치기라도 하면 그것이 분명 모든 걸 해결해 줄지 몰랐기 때문이었다. 우리는 컴컴한 방 안을 발끝으로 걷는 스쿠비 무리들*처럼 산길을 조심조심 걸어갔고, 각자 이제 죽음이 튀어나오려 한다는 걸 확신하고 있었다. 더 최악은 목적지인 브라운스 크릭이 산길에서 꽤 멀어, 무성한 관목을 헤쳐 나아가야 하는 지형을 통과해야 했다는 것이다. (포레스트 펜은 보물이 산길 가까이에 있지 않다는 힌트 하나를 흘렸는데, 집에서 컴퓨터 앞에 앉아 있을 때는 브라운스 크릭을 선택했다는 게 꽤 천재적으로 느껴졌지만, 이제는 굉장한 자살 행위로 느껴졌다.)

우리는 다들 곰이 자신을 이름으로 부르는 사람은 공격하지 않는다는 걸 알고 있었기에 「이봐, 곰아!」라고 규칙적으로 외치며 느리게 풀숲을 헤치고 나아갔다. 댄은 겁에 질린 어미와 새끼들이 놀라지 말라고 뒤에서 플라스틱 물병으로 소리를 냈다. 그리고 나는 점점 더 포레스트 펜이 뱅크시**의 창작물일지 모른다고 확신하게 되었다.

날씨는 10월 치고 터무니없이 더웠고 로키산맥은 티셔츠 차

---

* 미국의 만화 영화 시리즈 「스쿠비 두Scooby-Doo」의 주인공들.
** 신분을 숨긴 채 세계 곳곳에 풍자적이고 논쟁적인 그라피티를 남겨 온 예술가의 활동명.

림이면 될 날씨여서, 우리는 건조한 고지대에 순응하며 땀을 흘리고 조금씩 헉헉댔다. 그러나 결국에는 브라운스 크릭, 아니 최소한 마른 계곡 바닥처럼 보이는 한 곳을 찾아냈다. 우리는 위아래와 주변을 탐색하기 시작했고, 그건 왠지 그곳에 있어야 하는 것처럼 보이지 않는 거라면, 무엇이든 찾고 있는 이상한 작업이었다.

우리는 시의 이런 한 구절에 시선을 고정했다. 〈만일 그대가 현명하여 불꽃을 발견했다면, 빠르게 밑을 내려다보라, 그대의 모험도 끝나리니.〉 그러나 불꽃이 예를 들어 산길의 표식을 의미하는지 태양이나 다른 무언가를 의미하는지 알 수 없었다. 엿먹어라, 뱅크시.

계곡 바닥을 몇 시간 오르내리고 나자 우리는 녹초가 되었고, 그 먹이 사슬에서 빠져나갈 준비가 되었다. 숙소로 온 우리는 우리의 행복했던 예전 모습인 나이 든 아저씨들로 돌아가 영화 한 편을 틀어 놓고 잠들었다.

다음 날 아침, 떠나는 날을 제외하면 마지막 날이라 우린 관광객이 되어 올드 페이스풀을 보러 가기로 했다. 간헐 온천의 우묵한 부위 둘레에 설치해 둔 널빤지 산책로 위에서 분출을 기다리는 동안, 들소 한 마리가 불편할 만큼 가까이 다가왔는데, 우리는 녀석이 셀피를 찍느라 훨씬 더 가까이 다가오는 얼간이들을 공격하도록 응원했다. 올드 페이스풀과 관련해 나는 이 미국의 상징에 대한 내 인상을 전하지는 않겠다. 다만 한마디 한다면, 그 주변의 관광 기반 시설들 때문에 어딘지 모조품 같은 느낌이 들었다는 것. 마치 커튼 뒤에 디즈니의 기술자들이 있는 것 같았다.

대신, 대니멀의 소감을 들려주겠다.

「D 마이너스.」그는 차를 따고 떠나며 그렇게 말했다. 〈완전 실망. 있는 거라곤 수증기뿐. 온전히 믿지 말 것. 거대한 사정 따위는 없다.〉

「거대한 사정이 있었잖아!」내가 대꾸했다.

「그 허접때기는 그린 몬스터*도 못 넘겼을 걸. 너한테 달리 뭔 말을 해야 할지 모르겠다. 옐프 리뷰**는 한 개야.」

그것으로 할 일도 끝났겠다, 우리는 공원 외곽의 어느 댐 쪽으로 차를 몰았다. 〈따뜻한 물이 멈추는 곳〉이라는 펜의 단서를 조롱하면서. 우리는 아무것도 찾지 못했다. 물론 여러분은 이미 예상했겠지만.

그러나 그날 밤, 다시 숙소로 돌아와 우리가 동트자마자 떠나야 하리라는 걸 알게 되자, 마법이 일어났다.

나는 어떤 작별 인사를 할까 찾고 있었고, 그날 밤은 뭔가 중대한 것의 끝에 도달했을 때 드는 특별한 느낌, 이 우스꽝스러운 생각이 그리워질 것 같은 느낌을 띠기 시작했다. 무엇 때문인지 알겠나? 그것이 작동했다. 모든 면에서. 세월이 녹아 사라

* 미국 메이저 리그 보스턴 레드삭스의 홈구장인 펜웨이 파크의 녹색 담장. 높지만 공이 담을 맞고 2루타가 나오는 경우도 많아 타자들에게 인기 있는 목표물이다.
** 다양한 가게와 서비스에 대한 평점이 올라오는 웹사이트.

졌다. 우리는 대학 시절의 우리들처럼 그저 멍청한 상태로 돌아왔다. 그리고 어울리게도 그 마지막 밤에 완전히 멍청해졌다. 맥주가 흘러넘쳤고, 나는 내가 그때까지 만나 본 가장 많은 양의 잘 마른 고품질의 장작들 중에서도 좋은 것들만 골라 오느라 정말이지 차고를 엄청나게 여러 번 오갔다. 우리에게 숙소를 빌려준 이들이 원하는 만큼 마음껏 쓰라고 해서, 나는 자연스레 야외 모닥불 구덩이에서 열린 거꾸로 하는 젠가 게임에 참여했다. 그저 스모키 곰*이 나타나 그러지 말라고 손가락을 흔들기 전까지 얼마나 나무를 높게 쌓을 수 있는지 알아보려고 말이다.

우리 근처에는 오두막들이 거의 없었고 불 켜진 곳도 없었다. 그래서 우리는 살짝 소란을 피우며 다른 대학 친구들에게 술 마시고 전화를 걸어 모닥불 둘레에서 「너희들 사랑한다」라고 횡설수설하는 평소의 과정을 거쳤다. 그런 다음 나는 아무도 안 보고 있을 때, 이른 아침 운전이 걱정되어 아일랜드식 작별 인사**와 함께 내 2단 침대로 몰래 빠져나왔다.

오래가지는 못했다. 녀석들이 나를 찾아내어 방 불을 켜고, 담요를 홱 잡아당기며 겁쟁이라 부르는 등의 짓을 해댔기 때문이다. 한차례 싸워서 그들을 몰아냈지만, 금방 다시 돌아왔다. 그런데 이번에는, 이놈의 일을 정말 안 믿을 것이다…… 녀석들이 여자들과 함께 온 것이었다. 20대의 학교 교사들과. 나는 술 때문에 꿈을 꾸고 있나 보다고 확신했지만 아니, 그들은 실제였

* 미국 산림국의 산불 예방 캠페인 마스코트.
** 아무에게도 말하지 않고 자리를 빠져나오는 것.

다. 우리의 봉화를 보고 어딘지 모르는 곳에서 이쪽으로 걸어왔던 것이다. 롭은 이미 오래전에 밥으로 변해 있었고, 나는 침대로 돌아오려면 그와 주먹다짐을 해야 할지 모른다는 걸 알기에 바닥의 옷을 주워 입고 불과 소동이 있는 곳으로 돌아왔다. 그렇게 했던 게 너무 기쁘다. 왜냐하면 보즈먼에서 주말을 보내러 내려온 그 젊은 숙녀분들의 입이 어찌나 질펀하던지 보즈먼에는 아직 P. C. 경찰*이 안 왔다는 게 즉시 명확해졌기 때문이다. 내 머릿속에 있던 〈몬태나 학교 선생님〉의 그림이 어떤 것이었든 — 거기에는 평원 위의 한 칸짜리 학교 건물과 길게 늘어뜨린 치마가 포함되어 있었다고 믿는다 — 내 어린 시절의 사우시 여자애들처럼 술을 마시고 욕을 해대는 이 여자들 덕에 그 그림은 안팎과 위아래가 완전히 바뀌었다.

　다음 날은 주말의 마무리로는 완벽했다. 장엄한 그랜드 티턴을 통과해 내려간 다음 몰몬 평원**으로 접어드는 〈누가 운전 좀 해줄래, 나 토할 것 같아〉 여행이었다. 댄은 내내 코를 골았고, 차에서는 패스트푸드와 방귀 냄새 같은 악취가 났다. 모든 게 너무나 멍청했다. 완벽하게 멍청했다. 마치 오래전의 남학생 사교 클럽***에 돌아와 있는 것 같았고, 만일 누군가 이 순간 자신이 「남학생 사교 클럽은 멍청하잖아」라고 중얼거리고 있다는 걸

---

　* 편견 섞인 차별적 용어를 쓰지 않는 〈정치적 올바름Political Correctness〉을 실천하는 이들을 단어에만 집착한다고 비꼬는 표현.

　** 예수 그리스도 후기 성도 교회 신자들이 19세기부터 이주해 정착한 지역들.

　*** fraternity house. 미국 대학들의 독특한 동아리 문화로 주로 남학생들 간의 친목이나 파티를 목적으로 하고, 한 건물에 거주하기도 한다.

깨닫는다면, 나는 「정확해요」라고 말해 줄 것이다. 어른으로 사는 건 너무 심각하다. 나는 멍청한 게 그립다. 내겐 멍청한 게 필요하다. 당신의 친구들과 함께 멍청해지는 건 보장된 행복이다.

우리는 포레스트 펜의 보물을 찾지 못했다. 그것이 과연 존재하기는 했던 것인지조차 몹시 의심스럽다.

그러나 나는 펜의 공로 하나는 인정할 수밖에 없다. 그는 우리를 모험으로 끌어들였던 것이다. 그리고 그 과정에서 우리는 우리만의 보물을 찾았다.

난 그렇다, 하고 말했다. 고소해 보시길.

9

내가 탄 비행기가 다시 보스턴에 착륙했을 때는 가을이 절정이었다. 나뭇잎들이 선명한 색조로 변하고 날씨는 완벽한, 영광의 시기. 이러한 장관은 정확히 47분 지속된다. 뒤이어 모든 건 죽음의 색으로 변하고, 우리는 갈퀴와 겨울 외투를 어디에 두었는지, 왜 이런 기후에 살기로 결심했었는지를 빨리 기억해 내야 한다.

엎친 데 덮친 격으로, 나는 이 책 작업을 하려고 신문사 일을 쉬는 상태였다. 그건 내가 매일매일을 우리 집의 손님용 침실에 갇혀 외로움에 대한 책을 읽고 외로움에 대해 생각하며 보냈다는 뜻이었다. 내가 아는 한 가장 외로운 활동인 글쓰기에 종사하며 말이다.

로키산맥과 친구들, 내 뇌 밖으로 거대하고 광활하게 펼쳐져 있던 땅으로 탈출했다 돌아온 뒤, 나는 이제 뇌 안에서 지내라는 형벌을 받았다. 깜빡이는 커서, 그리고 해답으로 이어질 어떤 길을 품고 있다고 혼자 확신했던 포스트잇으로 가득한 벽만 바라보았다. 나의 아담한 창문 밖에서는 세상이 속속 얼어붙고, 말라 가고 있었다.

나는 많은 연구 자료를 읽었고, 읽으려다 미뤄 둔 자료는 훨씬 많았다. 커다란 계획도 세웠지만 실행에 옮기는 데 실패했다. 그건 식료품 목록으로, 슈퍼마켓에 가려고 집을 나서는 것이 나의 얼마 안 되는, 집을 벗어나 그놈의 컴퓨터에서 멀어지는 활동이었기 때문이다. 헬스장에도 꽤 갔는데, 그건 한 사람의 종알대는 머펫*을 실내에서 산책시켰다는 뜻이었다. 그는 우리의 망가진 사회적 연결에 대한 무시무시한 뉴스들을 읽고 있었고, 분명 대화를 나눌 누군가가 필요했다.

나의 외로운 두뇌는 외로움이란 체계적으로, 열정적으로 접근하면 해결 가능하다는 생각에 사로잡혔지만, 내 벽의 포스트잇들은 간절히 대답들을 구하고 있는 한 사람의 이야기를 뚜렷이 들려주었다. 그 대답들 속으로 잠깐 산책을 해볼까?

합창단을 시작하라. 조사 파일 어딘가에 〈우리 인간은 언어적인 종(種)일 뿐 아니라 음악적인 종이다〉라고 주장하는 올리버 색스의 말을 인용해 둔 것이 있었다. 이건 내가 인간과 음악에 대해 훑어보고 있었던 연구 자료 전체의 어딘가에 있었는데, 그 모든 게 완전히 공감되면서도 청각 예술에 대한 범죄라며 4학년 때 합창에서 실제로 쫓겨나 본 사람에게는 완전 소름이 끼쳤다. 크리스마스 음악회 직전, 나는 그 공연 내내 모든 마이크로

---

* 꼭두각시 인형들이 등장하는 미국의 티브이 쇼 「머펫츠」의 주인공들.

부터 멀찍이 떨어진 난간에 앉아 있게 될 거라는 정중한 통보를 받았다.

그러나 유대감의 도구로서 음악과 인간에 대한 그 연구는 논쟁의 여지가 없었다. 음악은 우리가 가진 가장 강력한 연결 장치이자, 행성의 다른 종들과는 뚜렷이 구별되는 우리만의 공구함에 들어 있는 하나의 작동 원리일지 모른다. 물론 많은 동물들도 노래를 한다고 할 수 있겠지만, 인간은 다 함께 노래하는 유일한 동물이다.

나는 어느 합창단이 토토*의 「아프리카」를 부르는 영상을 보았다. 이미 명예의 전당에 입성한 곡이지만 그 곡을 그렇게 환희에 차 연주하는 것은 본 적이 없었다. 단원들은 신중하게 편곡된 손가락 퉁기기로 빗방울이 떨어지는 소리를 만들다 손바닥을 문지르며 소나기로 옮겨 갔고, 이번에는 천둥소리를 흉내내려고 펄쩍 뛰어 가설 무대에 내려앉았다. 합창단은 그 일을 하며 젠장, 최고의 시간을 보내고 있는 것처럼 보였다. 보시다시피 이런 아름다움을 창조해 낸 집단 작업 말이다.

심지어 나는 몇몇 단짝 친구들에게 합창단을 시작해 보는 건 어떨지 제안해 보기도 했다. 그때마다 친구들은 즉시 「나는 형편없는 가수야」라는 말로 일축했다. 나는 그들에게 나보다 못할 가능성은 전혀 없을 거라고 계속 장담하며, 합창의 아름다움은 개개인이 전체에 의해 강화되는 데에서 온다는 점을 지적했다. 우리가 우리의 나쁜 목소리를 함께 숨긴다면 정말이지 보통의

* 미국의 록 밴드.

수준에 가까운 뭔가를 이루어 낼지도 모른다고 주장했다. 그러나 이런 나의 간청은 바늘 하나 옮길 만큼도 도움이 되지 않았다. 노래 부르기는 게에에이 짓이었다. 나 원, 젠장.

책 대결 모임. 여자들은 독서 모임을 잘 한다. 여자들끼리 하는 독서 모임에 가본 적은 없지만 내가 이해한 것은 이렇다. 그건 사실 책에 대한 모임이 아니라는 것. 책은 핑계다. 그러나 남성들을 위한 독서 모임? 나를 따라해 보자. 게에에이.

그래서 나는 〈대결〉이라는 단어를 그 안에 던져 넣었고 ─ 감 잡았나? ─ 그 생각을 몇몇 남자 친구들에게 제안해 보았다. 놀랍게도 반응이 끔찍하지는 않았다. 그러나 남자들은 뭐든 공격성이 포함되어야 모인다는 생각을 받아들이자니 끔찍이도 고루하게 느껴지기 시작했다. 더구나 이건 닻을 내릴 만한 일이 아니라는 소리가 뱃속으로부터 들려왔다. 비록 책에 관해서라면 그들 중 최고와도 붙을 수 있지만 말이다. 내 전공이 영문학이라는 얘기를 했었나?

남자들의 스포츠 리그에 참여하기. 했다! 정확히 두 경기. 그런 다음 나는 〈하키 채〉를, 녀석이 1990년대 중반 이후 안전하게 보관되어 있던 옷장 속에다 도로 갖다 놓아야 했다.

마크와 나는 로리가 몇 년째 뛰고 있던 하키 팀에 가입했지만, 금방 모든 게 빗나간 것처럼 느껴졌다. 리그는 뭐랄까, 보통 링크의 3분의 2 넓이 위에서 펼쳐졌는데, 팀당 5명이 아닌 4명이 뛰었고, 파란 선*에 대한 이상한 규칙들이 있었다. 마크와 나

---

* 가운데 중립 지대를 표시하는 선으로 오프사이드의 기준이 된다.

는 늙고 혼란에 빠진 두 명의 사내 같았는데, 이건 우리가 알고 있던 그 하키가 아니었기 때문이다. 더욱이 우리는 우리의 뇌가 기억하는 만큼 그다지 잘하지 못했고, 팀 내에는 20년이라는 나이 차 때문에 마음이 잘 통하지 않는 몹시 어린 친구들이 가득했다.

우리는 두 번째 경기에서 완패했고, 차를 타고 집으로 오며 마크와 통화를 했을 때는 경기에서 진 뒤 몸속을 세차게 흐르는 온갖 우스꽝스러운 감정들을 ─ 나 자신과 팀원들, 심판, 상대 팀, 골키퍼, 그리고 내 무릎에 화가 난 그 원시 수프 상태*를 ─ 경험했다. 나는 그만해야 할 것 같다고 말했다. 그러자 녀석이 어찌나 안도하는 소리를 내던지 과장해 말할 것도 없다. 마크 역시 같은 기분이었고 나가고 싶다고 했다. 앞으로 나아가는 게 아니라 뒤로 가는 느낌이었다.

너무도 기분이 나빴다. 나는 팀 스포츠를 생활의 일부로 유지해 온 사람들이 부럽기 때문이다. 거기에는 놀랍고도 입증된 가치가 있다. 경쟁, 특히 살짝 거친 경쟁은 우리의 DNA에 깊이 새겨져 있는 일종의 전사의 욕구를 충족시킨다. 마크와 나는 하키가 이런 갈망을 채워 줄 거라는 희망을 가졌지만 그 상황은 맞지 않는 옷과 같았고, 그래서 우리는 더 악화되기 전에 헬기로 탈출했다. 게다가 나는 부끄러움에 대한 연구자인 브레네 브라운Brené Brown의 연구를 조금 읽고 있었는데, 그녀는 중년들이 어린 시절과 청소년기에 살아남기 위해 필요했던 갑옷을 벗어

* 영국 생물학자 J.B.S 홀데인이 1928년 발표한, 생명 기원이 된 원시 바다의 상태.

야 한다고 강조하고 있다. 그러니 어깨 패드를 다시 입는 것과 관련된 무언가는 그 그림에 맞지 않았던 셈이다.

가나. 순수한 연구 목적으로 내가 계획하고 있던 세 개의 여행이 있었는데, 각각은 좋은 이유로 실패했다. 첫 번째 계획은 가나에 가보는 것이었다. 함께 일하는 동료의 말 때문이었다. 자신이 가나를 방문한 적이 있는데 남자들 사이의 관계가 어찌나 친근한지 감동적이더라는 것이었다. 그리고 그 이유, 그가 미국인 여행객으로서 한 주 동안 추론한 이유는 그 문화가 게이를 믿지 않아서였다. 뭐랄까, 그건 불법이었다. 말하자면 우리가 할 수 있거나 될 수도 있는 실제의 무언가로 여겨지지 않았던 것이다. 이것은 절대적으로 미친 것이지만, 그 결과, 그의 주장에 의하면, 게이로 오해받는 것에 대한 두려움이 없어 장벽도 없더라는 것이었다.

나는 단짝 친구에게 사랑한다고 말하기 위해 몹시 취하지 않아도 된다면 인생이 어떨지 한번 보기로 작정했다. 그래서 실제로 가나에서 온 사람에게 물어보았는데 — 그는 조지의 예일대 친구 중 한 명이었다 — 해도 해도 너무나 거꾸로 이해했다고 대답하는 것이었다. 그 친구가 말하길, 가나에서 게이라는 것은 불법이라 남자들은 게이로 오해받는 것을 두려워하며 산다고 했다. 그건 그저 남자들의 우정에 존재하는 장벽이 아니라 철조망 울타리였던 것이다. 굳이 가까이 간다면 상당히 아플지 모른다.

나는 좀 더 꼬치꼬치 캐물었고, 살해되고 있는 사람들에 대한 기사도 몇 건 읽었다. 그러면서 이것이 굉장히 심각하고 복잡한 문제라는 걸 깨달았다. 나는 그저 아프리카에서 한 주를 보내며 어떤 영감을 얻었다고 생각하는 또 한 사람의 미국인 여행객이 되고 싶지는 않았다. 그래서 가나에는 가지 않았다.

스칸디나비아. 나는 스칸디나비아에는 가본 적이 없다. 그러나 나는 스스로를, 우리 나라에서는 작동하지 않지만 다른 국가들에서는 작동하는 것처럼 보이는 것들에 주의를 기울이는 사람이라고 생각하기를 좋아한다. 스칸디나비아 국가들은 어찌나 많은 것들을 바로잡았는지 거의 불쾌할 정도다. 게다가 그들의 날씨야말로 내가 당시 경험하고 있던 겨울보다 더 최악임에도 불구하고 보통 가장 행복한 나라들의 목록에서 연단을 쓸어 버린다는 사실까지.

또 언뜻 보기에 모든 사회적 이슈들, 건강 관리와 남성 육아 휴직부터 에너지와 수송, 노화에 대한 관리와 자전거에 대한 관리까지, 스칸디나비아인들은 북해 건너편에서 우리를 바라보며 완전 구제 불능의 아마추어들이라는 듯 고개를 젓는다. 또 그들은 지독히 아름답고 스타일까지 멋지다. 난 그들이 살짝 밉다.

코펜하겐에 지독히 잘생기고 멋진 스타일에, 〈휘게〉를 전 세계로 확산시킨 장본인인 마이크 비킹Meik Wiking이라는 사람의 행복 연구소가 있다는 걸 알게 되었을 때, 나는 비행기에 올라타 이 사내가 뭘 팔고 있는지 알아보는 게 좋겠다고 결정했다. 영어에서 〈후가〉로 발음되는 휘게는 번역이 쉽지 않은 단어이지만, 거기에는 어떤 안락함, 함께하는 시간, 만족과 건강의 개념이 섞여 있고, 그 모든 쫀득하게 좋은 것들이 이 한 단어에 감싸여 있다. 부드러운 담요를 감고 이글대는 불가에 앉아 있는 친구들을 생각해 보라.

나는 연구소로 이메일 한 통을 발사했다. 거창한 질문과 함께. 〈제가 코펜하겐으로 가면 마이크 비킹이 저에게 휘게를 보여 줄 수 있는지 궁금했습니다. 그냥 얘기만 해주는 것 말고 경험할 수 있게 도와줄 수 있는지 말이죠.〉 휘게에 대해 내가 가장 충격이었던 것은 그것이 멋진 개념이라는 점이 아니라 사람들이 그걸 적극적으로 추구한다는 점이었다. 그건 그들 문화의 자발적인 부분이다. 부드러운 조명과 촛불, 집단으로 온화해지기 위해 함께 모이는 것에 대한 지역적 강박이 있다는 것. 상상이 가는지?

그의 비서가 마이크가 무척 바쁘다고 알려 주었다. 인터뷰는 불가능할 것 같지만, 대신 연구소로 그들의 업무를 배우러 올 어느 그룹에 참여할 기회를 주겠다고 했다. 그건 내가 추구하던 게 아니었다. 그래서 코펜하겐에도 가지 않았다.

요다를 찾아라. 음, 그러니까 어떤 모험이 있다고 치자. 어느 시점에 당신은 그런 사람이 있는 것처럼 느끼기 시작한다. 연장자, 당신 여정의 열쇠를 갖고 있는 자, 당신에게 결승선의 방향을 알려 주고 당신과 주위 사람들을 구해 줄 만능약, 마법의 약, 마법의 칼이 어디 있는지 알려 줄 자. 이 사람은 해답들을 갖고 있는 자가 아니다. 최고의 질문들을 던지는 자다.

어느 날, 따뜻한 물로 샤워를 하며 나는 계속 「제국의 역습」의 장면을 떠올려 보고 있었다. 거기에서 루크 스카이워커는 얼음 행성인 호스의 눈보라 속에서 죽어 가고 있다. 그때 오비완 케노비의 유령이 나타나 다고바 행성계로 가서 요다에게 배워야 한다고 말한다.

그 샤워 중의 생각을 실행 가능한 무언가로 바꿔 준 것은 사회적 연결이라는 이 분야에는 정말이지 확실한 한 명의 요다가 있다는 사실이었다. 그의 이름은 로빈 던바. 앞에서도 그 이름을 언급했었다. 바로 던바의 숫자, 인간의 뇌는 한 번에 약 150개의 사회적 연결만을 다룰 수 있다는 그 생각의 장본인 말이다. 또 내가 저 앞에 언급했던 연구, 즉 남성은 어떤 활동을 필요로 하는 반면 여성은 어떻게 전화로 우정을 유지할 수 있는지에 대한 연구를 내놓았던 인물이기도 하다. 그 밖에도 수백만 가지가 있다. 공감의 의미로 머리를 끄덕이게 만드는 연구를 만날 때마다 거기에는 어떤 식으로든 던바의 이름이 있는 것처럼 보였다. 더욱이 그는 나이가 지긋하고 귀여운 느낌의 옥스퍼드 대학교 교수였다. 만일 내가 어린이 책을 위해 세계 최고의 우정 전문가인 인물을 창조해야 한다면 그는 아마 옥스퍼드 대학교 교수에, 귀여운 노인일 것이다.

그래서 나는 던바에게 다소 호들갑스러운 이메일을 보냈다. 나의 모험에 대해 설명했고, 우정에 대한 이 모든 수수께끼를 푸는 걸 도와줄 수 있는지, 비행기에 올라타 옥스퍼드로 만나러 가도 되는지 물었다. 유럽에서 기사 쓸 체류지 몇 곳을 장만할 계획이라는 것도 언급했는데, 너무 섬뜩하게 집착하고 있는 걸 드러내지 않기 위해서였다. 사실 틀린 말은 아니었던 게, 그 무렵에는 아직 스칸디나비아에 갈 계획이었고, 이 외로움이라는 문제와 관련해, 특히 노인들의 고독과 관련해 세계 선두인 영국의 몇몇 곳도 들를 생각이었다. 내가 가장 흥미를 느끼고 있던 곳은 영국 북서부에 위치한 실버라인으로, 그곳은 대화 상대가 필요한 어르신들을 위한 24시간 콜센터였다. 내가 읽은 바에 의하면 그들은 매일 만 통의 전화를 받는데, 가장 흥미로운 것은 전화하는 이들 대부분이 왜 전화를 하는지 드러내는 일이 좀처럼 없다는 것이다. 대부분은 칠면조 굽는 법 같은 것에 대해 조언을 구한다. 어떤 여성은 매시간 전화를 걸어 시간을 묻는다. 외로움에 대해 솔직하게 말하는 사람은 거의 없다. 그리고 전화하는 사람 중 남성은 더더욱 적은데, 슬프지만 놀라운 일은 아니다.

그러나 내 주요 목표는 던바였다. 겨우내 고독하게 글을 쓰다 보니 암에 반창고를 붙이는 일에는 점점 흥미가 떨어졌기 때문이다. 나는 근본적인 것들을 다루고 싶었다. 게다가 나에게는 여전히 거의 답을 얻지 못한 몇 가지 핵심 질문들이 있었다.

우리는 어디에서 길을 잘못 든 것인지?

정말 여성이 남성보다 친구 문제에 있어 더 뛰어난지?

만병통치약으로 가는 길을 역설계하는 것은 가능한지?

심리학은 실제로 답을 갖고 있는지?

그리고 나는 기본적으로 현명한 어른의 조언을 갈망했다. 어쩌면 우리가 갖고 있는 가장 영원하고 유용한 질문 중 한 가지를 물어볼 수 있을지도 몰랐다. 만일 제 나이로 돌아가 어떤 과정들을 밟으신다면, 그것들은 뭘까요?

나는 던바에게 보낼 이메일을 썼고, 다시 고쳐 쓰며 꽤 많은 시간을 보냈다. 마침내 〈보내기〉 버튼을 누른 다음 행운의 손가락을 꼬았다.

답장은 없었다.

또 한 통을 보냈다. 전형적인 〈안녕하세요, 다시 한번 귀찮게 해드려 죄송하지만, 그냥 마지막 메일 받으셨는지 궁금해서요〉 메일. 물론 이건 받는 입장에서 가장 짜증 나는 이메일이다.

더더욱 귀뚜라미 소리만.

나는 순진하게도 그가 혹시 내 이메일들을 못 받고 있는 건 아닐까 궁금해했다. 그는 당시 명예 교수로 등록되어 있었고, 그건 대학들이 「은퇴했지만, 어느 정도 가까이 있다」고 말할 때 쓰는 정중한 방식이다. 그가 더 이상 자신의 옥스퍼드 대학교 계정 이메일을 확인하고 있지 않는 거라고 추측/희망했다.

대책 없이 낭만적인 게 나라는 인간이라, 난 그냥 영국행 비행기에 올라타 이 사람을 찾을 수 있을지 보기로 결심했다. 스스로 이 일은 이런 식으로 일어나기로 예정되어 있던 거라고, 나는 이 우정을 위해 일해야 한다고 장담했다. 고맙게도 내 친구 앤드루에게 이 계획을 알려 주었을 때, 그 — 더 나은 저널리스트이자 더 제정신인 인간 — 는 내가 완전 얼간이라는 것을 알려 주었다. 그러더니 내게 편집자가 던질 법한 현명한 질문을

181

던졌다. 「대학의 미디어 홍보 부서에는 연락해 봤어?」

이래서 편집자들이 돈을 많이 버는 것이다. 나는 대학의 PR 담당자에게 이메일을 발사했고, 신속한 답장이 왔고, 며칠 뒤에는 던바로부터 짧고 정중한 이메일이 왔다. 자신은 이제 옥스퍼드에 잘 가지 않으니, 유럽에 있을 때 알려 달라고, 하지만 만나기가 쉽지는 않을 것 같다고 했다.

세계 최고의 우정 전문가가 나와 친구가 되길 원치 않았다. 나는 다시 한심한 인간의 상태로 돌아와 필사적으로 마지막 한 방을 날렸다. 그에게 그냥 직접 찾아갈 수 있는 날이 하루쯤 있는지 물었고, 어디 있든, 언제든 편안한 시간에 가겠다고 했다.

답장은 없었다.

그리하여 나는 다고바 행성계에 가보지도, 요다에게 배우지도 못했다.

* * *

겨울이 왔다. 나는 이 문장에 담긴 그 모든 은유적인 면을 써먹을 작정이다. 그건 몹시 사실이었으니까. 나는 낮 동안에는 내가 배운 모든 것들에 대해 글을 쓰며 보냈고, 밤 시간은 왜 그것들을 내 일상에서 확실한 무언가로 옮기는 데 실패했는지 질문하며 보냈다. 내 오랜 친구들과의 우정 대부분은 분명 이 모험을 시작했을 때보다 굳건해졌다. 그러나 나의 하루하루는 딱 나의 멍청한 편집자가 왜 남성이 우정에 젬병인지 써보길 요청했을 때와 같았다. 일-가족-식료품점. 유일하게 바뀐 거라고는 이제는 우정이 매일의 우선순위여야 한다는 걸 뼈저리게 알고 있다는 사실이었다. 그저 공백이었던 것이 이제는 뚜렷한 실패로 보였다. 나에게는 어울려 놀 사람이 없었고, 난 그 사실을 알았다.

나는 그때까지 거쳐 온 여정의 전체적인 윤곽을 돌아보았고, 그 모든 게 헛일이었는지 솔직히 궁금했다. 내 이야기란 그저 한 시대를 살고 있는 어떤 남자의 서사였나? 사회적 규범들이 그를 학교 식당에 혼자 앉아 있는 한심한 인간이 될 운명에 갖다 놓는 그런 시대 말이다. 내 유일한 〈친구들〉이란 결국 내 피드에 있는 이들이었나? 대화라는 것은 그저 내 귀에 틀어 둔 팟캐스트들 속에서 오갔던 무언가였나? 언제나 사회 과학자를 초청해 얼마나 우리에게 연결을 위한 도구들이 적었고, 실제의 연결들은 더 적었는지 인터뷰하는 듯이 보이는 쇼들 말이다.

나는 그놈의 것을 내 문제들 바깥에서 과학적으로 풀어 보려고 시도해 왔고, 그건 잘되지 않았다. 그리고 그 이유는 저 모든 바보 같은 포스트잇들을 보고 있으니 단순하면서도 뼈아프게 명백했다. 우정은 과학이 아니라는 것. 우정은 마술이고, 그것이 작동할 때 그 속임수의 작동 원리는 관객에게 보이지 않는다는 것. 두 인간이 함께하면, 특별한 연금술이 그 관계를 무언가 위대한 것으로 변화시킨다는 것.

우리는 지금처럼 많은 전문가들이 사람들의 유대감을 강화하는 법에 대해 얘기해 주는 시대에 살아 본 적이 없다. 그러나 지금만큼 서로의 유대감이 약한 시대에 살아 본 적도 없다. 예일대의 행복 교수는 나에게 심리학은 답을 갖고 있다고 말했다. 그러나 우리에게 한 가지를 얘기하는 전문가의 연구가 있으면, 겉보기에 정반대를 얘기하는 전문가의 연구도 있었다.

나는 너무 많은 것을 과학에 의존했고, 창조의 마술을 거기에서 곧바로 빨아들였다. 발견할 때의 두근거림을 신뢰하기보다 알고리즘을 찾으려 애썼다. 두 인용구가 계속 내 머리에 맴돌았는데, 둘 다 전문 지식이 기쁨에게는 악마라는 걸 너무도 잘 이해했던 전문가들의 말이었다. 음악 평론가 레스터 뱅스는 음악에 대해 글을 쓴다는 건 건축에 대해 춤을 추는 것과 같다고 했다. 글쓰기의 거장이자 문법학자였던 E. B. 화이트는 유머를 분석하는 건 개구리를 해부하는 것과 좀 닮았다고 했다. 아주 재미있지도 않은 데다, 개구리는 그것 때문에 죽는다는 것.

그러니 전문가들이여, 엿 먹어라. 나 자신의 전문 지식도 엿 먹어라. 왜냐하면 이제까지 성공했던 쪽은 오로지 기꺼이 속내를 내보이며 시작해야만 가능했던 행복한 우연들의 이야기였다.

가장 확실한 효과가 있었던 것(보물 사냥)과 가장 확실하게 실패한 것(수요일 밤)을 보며, 나는 그것들이 동전의 양면이라는 것을 알게 되었다. 그러나 성공한 실험 쪽에는 한 가지 기본적인 이점이 있었다. 갈 곳. 수요일 밤은 행복하고도 차분했지만, 갈 만한 곳을 떠올리지 못해 끝나 버렸다. 한편, 보물 사냥은 너무나 짜여진 데다 지나치게 꾀를 부렸고, 모든 작동 부품들이 노출된 우정을 위한 속임수 마술의 시도였다. 그러나 그것을 작동시킨 것은 보물 사냥이 아니었다. 그 모든 것을 차분히 생각해 보게 한 건 나중에 덧붙인 생각, 남자들의 완벽한 우정 모험을 위한 베이스캠프로 쓰려고 빌린 집이었다. 그 작은 집은 짜여지지 않은 연극을 위한 무대를 제공했다. 마치 운동장과 통학 버스, 기숙사와 물품 보관실, 그 밖의 모든 장소들이 그저 그것들과 연결된 더 큰 활동들을 위한 집결지 역할을 하게 되어 있는 것처럼. 맞다, 우리를 모이게 한 건 그 굵직한 활동들이었지만, 끈끈함을 제공한 것은 그 중간의 장소들이었다.

그럼요, 왜 아니겠어요, 셜록*. 누구나 안다. 친구들과 주중에, 혹은 주말에 떠나 어딘가에 집 한 채를 빌려 불가에서 아주 늦게까지 깨어 있는 외박 파티를 즐기는 것만큼 좋은 건 없다는 것을. 그리고 이것 또한 누구나 안다. 그런 여행의 주된 장애물은 소위 시간과 돈, 망할 놈의 일정 조율이라는 것을.

나는 계속 산발적으로 여행을 하는 것으로는 내 우정의 문제들이 해결되지 않으리라는 것을 알았다. 나는 어떻게 하면 모든 걸 집에서, 매일의 일과에서 작동하게 할지 파악할 필요가 있었다. 사우스 바이 사우스웨스트에서 발표를 했을 때, 우리의 토론회를 후원했던 스타트업은 성인들로 하여금 그들의 친구들과 놀 시간을 짤 수 있게 해주는 앱을 개발한 곳이었다. 이 앱이 수천만 달러를 벌어들일 거라 생각하고 싶지만, 조용한 스타트업의 죽음으로 끝날 거라는 의심도 든다. 왜냐하면 〈다들 가능

---

* 너무 뻔한 얘기를 하는 사람을 놀리는 관용 표현.

한 날짜들을 얘기해 보자〉는 문장만큼 〈우리 한번 모여야지〉의 매력에 빠르게 독을 치는 것은 없기 때문이다.

그래서 나는 그 앱에 투자하지 않았다.

그러나 나는 오스트레일리아에 가보는 것에 대해서는 진지하게 생각해 보았다.

나는 대신 전화를 택했다. 이건 현명한 결정이었다고 생각하는데, 일단 오스트레일리아는 멀었다. 물론 항상 가보고 싶었고, 남반구의 여름으로 탈출하면 내 영혼을 덥힐 수 있으리라는 확신이 들었다. 그러나 더 이상 내 국내 문제들을 해외로 날아가는 것으로 풀려는 시도는 하지 않으리라 결심했다. 더욱이 매우 실질적인 면에서도 세계 반대편까지 가는 여행은 과해 보였는데, 그 〈남자들의 창고〉에서 내가 발견하게 될 걸 내가 이미 알고 있다는 의심이 들었기 때문이다. 바쁘게 지내면서, 바쁘게 지내고 있을 남자 어르신들.

그 개념은 그토록 단순했다. 맙소사, 그 이름은 우리에게 그 개념에 대해 알 필요가 있는 모든 걸 말해 주고 있었다. 남자들의 창고. 나를 매혹시킨 것은 어떻게 그렇게 단순한 무언가가 수천 명의 삶을 〈전문가들〉이 해내지 못했던 방식들로 변화시켰는지였다.

오스트레일리아에서 시작된 〈남자들의 창고〉 현상을 설명하는 데에 두 개의 기원설이 있는데, 각각은 복잡한 만큼이나 단순하다. 첫째는 실제로 맥신 키토Maxine Kitto라는 한 여성에 대한 이야기이다. 키토는 1990년대 초, 굴와라는 신비로운 이름을 지닌 남부 오스트레일리아의 어느 항구 도시에서 노인 복지 센터의 프로그램들을 운영하다 뚜렷한 사실을 알게 되었다. 여자들만 수업에 나오고 있다는 것. 더 안 좋은 사실은 그들 대부분을 센터에 데려다주는 게 그 남편들이었다는 것이다. 그래서 키토는 〈창고〉라는 이름으로 남성들을 위한 공간을 하나 만들었고, 그다음이 가장 중요한데, 딱히 많은 걸 하지 않았다. 그녀는 〈창고〉를 위한 프로그램 계획표 같은 것은 만들지 않았다. 대신 남자들을 내버려두고 알아서들 꾸려 보라고 했다. 이것이 사회적 천재의 행위였는지 그저 괴팍한 노인들과 옥신각신하길 원치 않았던 현명한 여인의 행위였는지는 모르겠다. 그럼에도 불구하고, 그것이 오늘날 전 세계적인 선풍을 일으킨 무언가의 열쇠였다. 우리는 이 사실로 되돌아올 것이다.

키토의 〈창고〉는 그녀가 센터에서 일하는 내내 유지되었다. 그녀는 자신이 기본적으로 현대의 제4차 〈남성 운동〉의 기초가 될, 게다가 본질적으로 끔찍하지 않은 유일한 운동이 될 개념의 잔불을 남겨 두었다는 것도 모른 채 일상적인 삶을 살았다. 우리는 이 사실로도 되돌아올 것이다.

그러나 그 전에 우리는 둘째 기원설, 괴팍한 노인이 나오는 이야기를 해보아야 한다. 그의 이름은 딕 맥고언Dick McGowan이었고, 빅토리아주의 통갈라라는 작은 동네의 실력자였다. 1998년, 맥고언은 직장에서 쫓겨난 데다 모든 게 전반적으로 잘 풀리지 않는 상태였다. 우울증에다 원인 불명의 심장 발작이 있었고, 당뇨 때문에 한쪽 다리를 절단해 휠체어를 이용하고 있었다. 그가 품위 있는 기분 전환을 위해 지역의 어르신 센터를 찾았을 때, 그는 그곳의 서비스들이 자신의 남성성을 바보 취급한다기보다 남자들이 실제로 뭘 원하는지 오해하고 있다는 것을 깨달았다. 그는 그 욕구들을 이런 말로 간단명료하게 요약했다. 「남자들에게는 어딘가 갈 곳, 무언가 할 것, 누군가 대화를 나눌 사람이 필요하죠.」

꽤나 실력자였던 덕분에 맥고언은 정부에서 약간의 돈을 끌어왔고, 맥신 키토가 처음 시작한 생각을 발전시켜 어르신 케어 센터 뒤에다 〈남자들의 창고〉라는 이름의 공간 하나를 만들었다.

그러나 딕 맥고언 어르신은 거기에서 멈추지 않았고, 이 말은 해야겠는데, 이 사람에 대해 몇 가지를 아는 것만으로도 나는 뭐랄까 그를 아는 느낌이다. 그럼에도, 이다음의 행동이 전형적인 딕이라는 느낌이다. 죽기 직전 그는 내셔널 오스트레일리아 은행의 회원 소식지의 한 기자에게 연락을 취했다. 내 생각에, 지점마다 서가들에 그 소식지가 놓여 있어 노인들이 거기에서 그걸 읽는 것 같다. 상업 시스템이 우리가 더 이상 은행에서 기다리느라 많은 시간을 보내지 않아도 될 정도로 진화한 탓도 있지만, 사실 어릴 적에도 나는 은행 소식지를 읽으며 시간을 보낸 기억은 거의 없다.

그럼에도 맥고언의 창고 개념은 먹혔고, 퍼졌다. 그리고 가장 중요한 것? 「그것은 전문가들이 개입한 덕분이 아니라는 거죠.」

이건 배리 골딩Barry Golding 박사의 말이다. 그는 전문가이고, 내 맹세하는데, 이 책에 나오는 마지막 전문가다. 그리고 내가 멀리 오스트레일리아에 있는 골딩과 통화했던 주된 이유는 내가 전문가로부터 자유로워질 명분, 내 본능과 직감에 따르며 느슨해질 명분을 찾고 있기 때문이었다.

골딩은 인간과 학습에 대해 연구하는 심리학자로, 가장 초창기 〈남자들의 창고〉들이 불쑥불쑥 생겨나고 있을 무렵 우연히 오스트레일리아의 시골 지역에서 연구를 하고 있었다. 골딩이 창고들을 알게 된 시점에는 아마 대여섯 개쯤 있었던 것 같고, 그는 그 발상에 마술처럼 단순한 무언가가 있다는 걸 즉시 알아봤다고 했다. 창고는 신사들에게 선심 쓰는 체하지 않았다.

「기존의 모델들은 남성들을 결함 모델의 소비자들이나 의뢰인들, 환자들, 학생들로 생각했어요. 나이 든 남성들에게는 다소 문제가 있고, 그들을 위해 뭔가 해줄 필요가 있다는 생각 말이죠. 여러 가지 면에서 우리는 지금도 그 모델에 갇혀 있어요. 〈남자들의 창고〉가 한 일은 그들에게 스스로 뭔가를 해볼 권리를 준 거예요. 〈남자들의 창고〉는 그 공간 안에서 할 일을 지시하지 않았죠. 그것이 알려 준 거라고는 〈남자들〉과 〈창고〉뿐이었어요.」

체계적이지 않기. 그게 그렇게 쉬운 거였나? 내가 진정 갈구했던 것이 그저 조직화되지 않은 상호 작용을 위한 조직화된 수단들이었단 말인가? 「〈남자들의 창고〉가 체계적이지 않았다는 사실이 결정적으로 중요하죠.」 골딩이 내게 말했다. 「만일 그 창

189

고에 사람들이 등록할 일정이나 과정, 혹은 관리를 맡은 누군가가 있었다면, 창고는 작동하지 않았을 거예요. 창고가 작동한건 남성들에게 원하는 걸 하고, 내키면 오고, 내키면 참석할 권리를 주었기 때문이죠.」

자, 이제 〈남자들의 창고〉라는 발상이 지니는 〈남성 운동〉으로서의 측면으로 되돌아가 보자. 운동이긴 하지만 이 경우는 한가지가 나머지 운동들과 다르다. 형식적인 비형식성이란 그 안에 어떠한 이데올로기도 없다는 뜻이기 때문이다. 그 〈남성 운동〉의 범주에 있는 움찔할 만한 현대의 전임자는 바로 이들일것이다. 〈프로페미니스트*들〉. 이들의 중심 전제는 남성들에게는 바로잡아야 하는 태생적인 문제가 있다는 것이다. 〈남성들의권리〉 얼간이들. 이들은 그들이 여성들과 전쟁 중이라는 걸 인정하지 않으려는 온갖 종류의 약삭빠른 방식들을 지니고 있다. 그리고 1980년대와 1990년대의 신화시학자들. 그들은 야생으로 돌아가기, 땀 오두막**, 통과 의례 등등을 통해 좀 더 원시적이고 부족적인 세계로 회귀하는 것을 추구했다. 나는 신화시학자들이 무언가 중요한 것들을 잘 알고 있었다고 생각한다는 것을고백해야겠다. 그들의 주된 문제는 지지자들 다수가 이 〈운동〉이 여성을 제외해야 한다고 믿었다는 사실이었다.

남자들의 창고 〈운동〉은 이와는 달리 도그마로부터 더없이

---

* 페미니즘을 지지하는 남성. 여성 당사자가 아니라는 점을 구별하기 위해 〈찬성하는〉, 〈지지하는〉이라는 뜻의 〈pro-〉를 붙인다.

** 북미 인디언들이 몸을 씻거나 기도를 올릴 때 쓰는 오두막.

자유롭다. 이 운동은 그저 내 친구 딕 맥고언이 언급했던 기본적인 선언을 따르고 있다. 〈남자들에게는 어딘가 갈 곳, 무언가 할 것, 누군가 대화 나눌 사람이 필요하다.〉이 말 어딘가에, 뭐 하나 논쟁적인 게 있나? 없다. 놀랍지 않은가?

오히려, 이 안내 원칙은 프로이트의 자기 결정성 이론을 충족시키는 충격적일 만큼 단순한 방식이다. 자기 결정성 이론에서는 인간이 만족하기 위해 세 가지가 필요하다고 주장한다. 자신이 하는 일에 대해 유능하다고 느낄 필요가 있고, 그들의 삶에서 진짜라고 느낄 필요가 있으며, 타인들에게 연결되어 있다고 느낄 필요가 있다는 것. 그는 이 세 기둥들 — 자율성, 유능성, 공동체 — 이 인간의 행복에 본질적인 것이라고 여겼다.

결국 『남자들의 창고 운동 *The Men's shed Movement*』이라는 책까지 쓴 골딩은 — 그는 〈어깨를 나란히 하고〉라는 놀라운 선전 문구도 만들었다 — 창고들이 30년째에 이르도록 꾸준히 연구를 해왔다. 그는 건강상의 이점을 증명하기 위해 윤리적인 어떤 이중 눈가림 연구를 진행하는 것은 불가능하지만 — 그건 그저 그들이 더 슬프고 일찍 죽는다는 걸 증명하려고 한 집단의 노인들에게서 이 자원을 빼앗는다는 뜻일 것이다 — 자신은 〈창고〉의 남성들이 그들의 동료들보다 건강하고, 정신 건강 역시 더 튼튼하고, 길게 유지하는 것처럼 보인다고 장담했다. 〈저는 인터뷰 때 이렇게 말한 남성들을 본 적이 있어요.《창고가 없었다면, 나는 죽었을 거예요.》그게 좋은 데이터가 아니면 뭐죠?〉

사실 아주 좋은 데이터가 또 있다. 지금도 세계 어딘가에서 하루에 약 하나꼴로 문을 여는 새로운 〈남자들의 창고〉가 있다는 것.

나는 그저 어딘가 갈 곳, 무언가 할 것, 누군가 대화 나눌 사람이 필요했다. 나에겐 친구들이 없는 게 아니었다. 친구들과 규칙적으로 어울릴 방법이 없었을 뿐.

그리하여 남자들의 창고가 내게 필요한 해결책이었을까?

그 발상의 대부분은 논쟁의 여지가 없었다. 몇 년 전, 세상에는 두 개의 이상적인 놀이터가 있다고 믿었던 놀이터 디자이너에 대한 기사를 읽었던 게 기억난다. 하나는 물과 모래가 있는 놀이터였고, 다른 하나는 쓰레기장이었다. 둘 다 체계적이지 않고, 즉흥적인 놀이를 위한 실험실이었다.

그러나 남자들의 창고의 기본 규칙 중에는 누구에게나 — 여성을 포함해 — 열려 있고, 주로 은퇴자들을 대상으로 삼는다는 것이 있었다. 전적으로 체계가 없는 건 아니었다.

내가 원했던 건 나에게 이미 있는 친구들과 놀 장소였다. 기사 때문에 수많은 외로운 이메일들을 계속 받으며 배운 점은, 나는 단순히 누군가에게 친구가 없다고 해서 그와 친구가 되고 싶어 하는 유의 사람은 아니라는 것이었다. 이게 날 나쁜 인간으로 만들지는 모르겠지만, 그것이 사실이다. 그리고 내가 구상하고 있던 것에 여성들이 포함되지 않았던 건, 사실 나의 더 좋은 친구들 대부분이 여자들이기 때문이었다. 적어도 여자 친구들을 만날 때는 남성으로서의 그 온갖 이상한 짐과 감정의 벽 없이 진짜 대화로 들어가기가 더 쉽다는 의미에서 말이다. 우리는 또 좀 더 진짜로 연락하며 지내는 것처럼 보인다. 내가 실질적으로 신경 쓰는 150명의 친구 이름을 적는 그 기이한 짓을 했을 때, 남녀의 인원은 거의 50대 50으로 갈렸다. 게다가 그 포스트잇에 있던 여자들과 나의 관계는 남자들 대부분과의 관계보다 더 돈독하게 느껴졌다. 여자들과의 내 우정은 좋았다. 이런 점에서, 실종된 것은 남자들이었다.

저 멀리 오스트레일리아에 있는 골딩과 통화를 나눈 뒤 몇 주간, 이 모든 생각들이 내 두뇌 속에서 보글보글 끓고 있었다. 점화하는 데 외부의 기폭제가 필요한 생각들을 저장해 두는 그 멍하고 희미한 공간에서 말이다. 영감은 마침내 어느 늦은 밤에 찾아왔다. 나는 소파에 누워 티브이의 채널들을 무한히 넘기는 중요한 일을 하고 있었다. 그저 내 뇌를 좀 조용하게 해주고, 어쩌면 잠들게 해줄 충분히 바보스러운 무언가를 찾고 있었다. 내가 영화「다 큰 녀석들」을 보기 시작한 것이 그때였다.

10

역사상 모든 호모 사피엔스 중 이런 말을 확신에 차 할 수 있는 자는 내가 유일할 것이다. 〈영화 「다 큰 녀석들」이 내 인생을 바꾸었다〉고. 그러나 그런 일이 일어난 건 사실이었고, 매우 드라마틱한 번갯불 순간까지도 완벽했다.

만일 여러분이 〈취향〉이라는 걸 지녔거나 〈시간을 보내기에 더 좋은 일들〉을 아는 사람이라면 이 영화를 안 보았을 테니, 기본 정보를 좀 제공해도 양해해 달라. 〈다 큰 녀석들〉에는 애덤 샌들러와 크리스 록, 데이비드 스페이드, 케빈 제임스가 나온다. 그 각각은 꽤 오랫동안 같은 유형의 다양한 영화들을 만들어 온 이들이라 그 모두를 한 텐트 밑에 데려다 놓는 건 좋지도 나쁘지도 않은, 그러나 분명 돈 되는 영화 한 편을 만드는 보장된 방법이다. 왜냐하면 관객 중에는 항상 무해하고 웃긴 오락거리 ─ 문제의 그날 밤 내가 찾고 있던 바로 그것 ─ 에 맞는 한 명이 있기 때문이다.

나는 〈행복하게 그저 그런〉 장르의 여러 경쟁작들을 제치고 「다 큰 녀석들」을 보기로 결정했다. 사실 중년 남성들의 우정에 대한 참고 자료 어딘가에 그 제목이 언급된 걸 본 적이 있었다. 특정 내용은 기억나지 않았다. 나는 그 분야의 많은 학위 논문들을 읽고 있었고, 그 대부분은 기억이 안 나니까. 그러나 그 가벼운 언급은 분명 내 두뇌의 지하실에 있는 보관실 한 곳에 뚜렷이 거미줄을 치고 있다가, 내 둔한 엄지손가락이 다음 영화로 넘기려는 걸 딱 멈춰 세울 만큼의 힘과 함께 다시 나타났다.

그 영화는 바로 내가 원하던 것이었다. 나를 행복하게 해주는 유치한 유머 한 다발. 왜냐하면 난 유치한 유머에서 여전히 웃음을 찾는 그런 어른이 되는 일이라면 아주 오케이이기 때문이다. 그러나 그 평범한 야단법석은 모두가 사랑했던 야구 코치의 장례식 때문에 고향으로 돌아온 어린 시절 친구들에 대한 의외의 감동적인 플롯으로 감싸여 있었다. 그들은 호숫가에 멋진 오두막을 빌리고 거기에서 다시 만나, 서로를 얼마나 그리워했는지를 깨닫는다. 그리고 그 호숫가의 사랑스러운 오두막에서 언제까지나 행복하게 살 수 있다면 하고 바란다.

영화가 시작되자마자 나는 그 영화가 실제로 내가 사는 곳 인근에서 촬영되었다는 걸 기억해 냈다. 영화에 아는 장소들이 나오면 언제나 이상하게 짜릿한 법이다. 한 장면에서 친구들은 유명한 해산물 식당인 우드맨스로 식사를 하러 가는데 — 영화에서는 이상하게도 햄버거 가게로 바뀌어 있었다 — 그 시간 그곳은 내 엉덩이가 위치한 곳에서 몇 블록밖에 떨어져 있지 않았다.

우드맨스에서의 그 장면을 보고 있는 동안, 내 두뇌의 지하실에서 다시 조명들이 켜지며 또 다른 작은 거미줄이 모습을 드러냈다. 나는 갑자기 영화와 관련된 다른 무언가를 기억해 냈고, 어찌나 놀랍던지 순간 그게 실제라는 걸 믿을 수가 없었다.

나는 소파에서 벌떡 일어나 신발을 신은 다음 외투를 입었고, 문을 열고 잼싸게 1월의 추위 속으로 나갔다. 쿵쾅대는 심장으로 진입로를 빠져나왔을 때는 거의 자정이었고, 5분 뒤 동네 호수에 있는 작은 숲속에 차를 댔다. 그 주변에는 아담한 호숫가와 야구장 두 곳, 농구장 한 곳, 작은 정자 하나가 있었다. 우리 아이들이 여름 캠프를 가는 곳이었고, 나 역시 대충 잡아 1조 번은 갔었다. 그러나 그때까지 한 번도 주차장 뒤편 한 구석에서 시작해 나무가 우거져 있는 곳으로 이어지는 작은 비포장도로를 가본 적은 없었다.

차 문을 열고 밖으로 나오자마자 난 대략 그런 기분을 느꼈다. 누군가 다른 사람, 어쩌면 경찰관에게 왜 한밤중 숲속을 떠돌고 있는지 설명해야 하는 상상을 할 때 드는 그런 기분 말이다.

휴대폰 조명을 켜고 비포장도로를 따라 걸었다. 긴장되고 불안한 것이, 온갖 밤의 소리들이 날 해치려는 느낌이었다. 유일하게 위협적이지 않은 소리라고는 꽝꽝 언 땅 위에서 내 부츠가 내는 바스락거리는 소리였다. 길을 따라 백 미터 정도 간 지점에서 나는 호숫가의 건물을 식별할 수 있었다. 좀 더 가까이 다가가자 달빛이 내가 소파에서 벌떡 일어난 지 8분여 만에 무언가를 확인시켜 주었다. 꿈처럼 느껴지는 무언가를.

거기, 그것이 바로 내 앞에 서 있었다. 「다 큰 녀석들」에 나오는 오두막이.

나는 영화의 오두막 장면들을 그 호숫가에서 촬영했었다는 사실을 까맣게 잊고 있었지만, 일단 생각이 떠오르자 그 오두막이 사실 동네 소유라는 것, 주민들에게 대여도 한다는 얘기를 들었던 것까지 기억났다.

나는 현관에 이르러 삐걱대는 나무 계단을 밟고 올라갔고, 거실 창을 통해 조명으로 안쪽을 비추어 보았다. 방 안은 커다란 벽난로가 차지하고 있었다. 그 순간 내가 보였을 반응이 구체적으로 기억나지는 않지만, 거기엔 아마 허공에 주먹을 내리꽂는 동작이 포함되어 있었을 것이다. 왜냐, 우주가 완벽히 줄지어 서 있을 때, 그것이 우리가 할 수 있는 유일한 동작이기 때문이다.

이건 보물 사냥을 마치고 집으로 돌아오는 비행기에서부터 내내 나를 비웃고 있었던 이 주제, 〈어딘가 갈 곳〉이라는 이 전체적으로 단순한 문제에 대한 완벽 이상의 답, 바보스러울 만큼 적절한 답으로 느껴졌다.

다음 날 나는 동네의 행정 위원회 앞으로 산만한 이메일 한 통 — 나는 분명 다른 유의 메일은 알지 못한다 — 을 급하게 보냈다. 〈수요일 밤마다 만나는 남자들의 모임〉에 쓸 오두막을 빌리려고 노력해 왔다는 것을 설명했다. 계속해서 내가 동네의 선배 동료들에게 영감을 얻었다는 것, 내 동료들이 40대의 남성들, 즉 〈아침 일찍 일어나야 하는 아빠들〉로 구성되리라는 것 등등을 넘치도록 설명했다. 모든 것은 우리가 적어도 이론상으로는 장소를 난장판으로 만들지 않을 책임감 있는 어른들이라는 걸 명확히 하려는, 꽤 티 나는 시도였다.

45분 뒤 나는 그 오두막이 겨울에는 운영하지 않는다는 걸 알려 주는 신속한 답장을 받았다. 〈봄에 다시 연락 주시면 위원회를 통해 귀하의 요청을 재검토하겠습니다.〉 이 일시적인 실패는 사실 좋은 일이었는데, 내뿜어져 나오던 열기를 살짝 식혀 주었기 때문이다. 내 혈관에서 아드레날린이 빠져나가자, 나는 내가 이미 중요한 결정을 내렸다는 것을 깨닫고 기뻐했다. 더 차분한 상태로 내 이메일을 다시 읽으며, 나는 내가 분명 〈남자들의 창고〉와 〈수요일 밤〉을 합치게 되리라는 것을 깨달았다.

3월의 마지막 주 월요일, 행정 위원회에 나갈 저녁 7시 시간대를 얻었다. 오랜 기다림 덕분에 만들고 싶었던 것이 무엇인지에 대해 구체적으로 생각할 여유가 있었다. 또 위원들로 하여금 이 사랑스러운 자산을 몹시 중년들의 남학생 사교 클럽처럼 들리는 무언가에 건네주도록 하려면 무슨 이야기를 해야 할까 고심해 볼 수 있었다.

그 작은 동네에 살던 4년 동안 나는 실제로 위원들의 모임에는 가본 적이 없었다. 동네 회관의 중간층에 있는 회의실에서 열린 그 모임이 얼마나 간소한지를 보고 놀랐다. 조금 앉아서 기다릴 작정으로 약속 시간에 맞춰 갔지만, 나를 곧바로 부르더니 긴 탁자 끝에 앉으라고 했다. 네 명의 위원들 — 세 명의 남성과 의장인 여성 한 명 — 이 반대쪽 끝에 앉아 있었다.

그 다음은…… 좋다, 내가 그다음에 일어난 일을 정확히 기억하고 있다고 거짓말하지는 않겠다. 내가 실제로 기억나는 건 전부 느낌들이었다. 나는 내 입에서 말들이 정말 빠른 속도로 흘러나오고 있던 것을 알고 있다. 내 입이 마른 느낌이었다는 것도 알고 있다. 내 최초의 기사, 그리고 어쩌면 뉴 키즈 온 더 블록 크루즈와 졸업생 땡땡이 날, 영화 「다 큰 녀석들」까지 얘기했을 거라고 믿는다. 그들이 한두 번 웃었다고 말하고 싶다. 그리고 나는 내가 이 남성들의 우정 문제에 대한 긴 이야기를 훑을 때, 공감하며 가장 고개를 끄덕인 위원은 사실 외로운 여성이라고 느꼈던 걸 기억한다. 그녀는 이해했다. 사실, 위원들 모두가 이해한 것처럼 보였다. 나는 내 안의 두근거림을 느낄 수 있었다. 일이 정말로 이루어질 예정이었다.

그리고 순식간에, 그 모든 것은 단 하나의 질문, 내가 운 없게도 솔직하게 답해 버린 질문과 함께 산산이 흩어져 버렸다.

「선생님은 이 수요일 밤에 누군가 음주를 할 거라고 예상하십니까?」 남자 위원들 중 한 명이 물었다.

나는 어떤 술자리를 만들 의도는 아니라고 대답했다. 전체적인 초점은 술집이 아닌 모일 만한 장소를 찾는 것이었다. 「하지만 맞습니다.」 내가 대답했다. 「제가 상상하기에 약간의 맥주 정도야 마시겠죠.」

나는 탁자 반대편에서 헛기침하는 소리를 들을 수 있었다. 나는 그들의 목구멍에서 실망감이 떨어져 나오는 것을 느낄 수 있었다. 마치 이렇게 말하는 듯했다. 「젠장, 난 이 친구의 우스꽝스러운 계획이 좋았는데. 왜 그냥 우리한테 거짓말하지 않은 거지?」

동네의 소유지에서 술을 마시는 것이 불가능한 건 아니라고, 그들이 설명했다. 그건 그저 아주, 아주 비쌀 뿐이다. 그러려면 주류 판매 허가증, 보험 증권, 그리고 흥을 깨는 궁극적인 존재, 즉 바깥에 경찰 임무 수행원까지 필요하다. 제기랄, 그들에 의하면 내 생각이 꽤 마음에 들어 어쩌면 오두막을 빌리는 주민들에게 부과하는 175달러의 요금을 기꺼이 보류할 수도 있겠지만, 이 다른 비용들 때문에 여전히 하룻밤에 약 천 달러는 들 거라고 했다.

방 안의 에너지가 사라져 버렸다. 내 어깨는 축 쳐졌다. 잠시 침묵이 흘렀다. 책임자인 여성은 내게 유감이라고 했고, 나는 그녀가 진심이라는 걸 이해했다. 시간을 내준 데 대해 위원들에게 감사를 표했고, 탁자를 밀고 일어나, 멍하니 걸어 나왔다.

본능적으로, 나는 그 일이 실현되기에는 너무 좋은 일이라는 걸 알고 있었다. 모든 게 너무 딱 들어맞았다. 나는 현실의 인생에는 할리우드 결말 같은 건 없다는 걸 알 만큼은 기자 생활을 충분히 오래 해왔던 셈이다.

나는 이제 전문가들이 〈침체〉라고 묘사한 단계로 접어들었다. 영화 「다 큰 녀석들」이 내 삶을 바꾸어 놓은 건 진짜였다. 내 삶을 탈선시켜, 멍청한 길로 데려다 놓았고 거기에서 나는 알아서 어떤 환상의 땅으로 들어서고 말았다. 오두막으로 한 무리의 친구들을 초대해 문을 밀어 젖히고 이렇게 말하는 어느 날을 상상했던 것이다. 「이게 전부 우리 거야. 수요일 밤마다.」 그런 다음 우리는 비비탄 총을 쏘고 캠프파이어에 둘러앉아 이런 철학적인 질문들에 답했을 것이다. 「가장 최근 바지에 똥 싼 게 언제야?」 그리고 집에 있는 가족에게 가 한결 나아진 기분을 느꼈을 것이다. 설명하기는 불가능하지만 확인하기는 쉬운 방식으로.

그러나 나는 아무런 계획 없는 사람이 되어 4월 초의 하루하루를 무작정 돌아다녔다. 이 무렵은 내게 연중 가장 짜증이 치미는 때다. 이쯤이면 난 이미 겨울을 마칠 채비를 하고도 남는다. 이미 약간의 햇살까지 얻은 느낌이다. 그러나 겨울은 날 놓아주려 하지 않았다.

나는 〈수요일 밤의 창고〉를 위한 생각들을 재편성하고 되살리려고 막연하게 시도해 보았지만, 모든 생각들이 막다른 길처럼 보였다. 매주 다른 사람의 집에서 모이는 것은 약 5분만 괜찮지 엄청나게 지원을 해대느라 골치가 아플 것 같았고, 모두에게 중립적인 장소로 통하는 환경에 걸어 들어갈 때만큼 자유롭게 느껴질 것 같지 않았다. 술집 같은 곳에 방을 빌리거나 하는 것도 매한가지일 것 같았다. 비용을 떠나, 전혀 우리만의 장소로 느껴지지 않는 데다, 우리더러 캠프파이어를 하거나 비비탄을

쏘지는 말라고 당부하는 흥을 깨는 웨이터가 있을 것 같았다.

나는 일-가족-식료품점이라는 평범한 일과로 돌아왔다. 다음으로 뭘 해야 할지 몰랐다. 내가 무얼 기다리고 있는지도 몰랐다. 어려움을 해결해 줄 답을 갖고 나타나는 어떤 마술 같은 조력자? 그런 게 바로 동화 속에서 영웅이 되려는 자가 궁지에 몰려 모든 희망을 잃었다고 느낄 때 일어나는 일이다. 실제의 인생에서 그런 일은 결코 일어나지 않는다.

그러나 내게 일어난 일이 딱 그런 일이었다.

동네 회관에서 실패를 경험한 뒤 2주가 지난 어느 날, 나는 내 책상 전화기에 와 있는 음성 메일을 확인하러 편집국으로 왔다. 위원 중 한 명인 앤디에게서 메일이 와 있었는데, 그는 내 산만했던 발표 때 가장 말수가 적었던 사람이다. 그의 메시지는 간결했다. 내가 처한 곤경에 대해 계속 생각했고 어쩌면 자기가 답을 줄 수 있을지 모르겠다는 생각이 들었다는 것이었다.

며칠 뒤인 토요일 오후, 나는 앤디를 만나러 그의 집으로 갔다. 짧은 거리를 운전하는 동안 나는 나 자신이 지금 어디로 가고 있는지 이미 알고 있기를 바라며 손가락을 적극적으로 꼬고* 있었다.

그는 내가 많이 가보았던 구불구불한 길 어딘가에 살고 있었고, 나는 그 지형을 우리가 종종 멈출 일 없이 가로지르는 길들을 아는 그런 두리뭉실한 방식으로 알고 있었다. 가령, 내가 아

* 행운을 비는 동작.

직 시작점에 있는지, 혹은 중간에 있는지, 거의 끝에 왔는지만 말할 수 있었다. 나는 집이 길 끝에 있기를 정말로 바랐다.

길을 따라 운전하며 우편함 위의 숫자들이 하나씩 지나가자, 내 등골로 흥분이 타고 오르는 걸 느낄 수 있었다. 차가 마지막 언덕을 넘고 앤디의 소유지가 시야에 들어왔을 때, 나는 스스로에게 진정하라고 조언했다. 왜냐하면 주차를 하고 내려서 완전 얼간이처럼 행동하지 않아야 했기 때문이다. 그러나 나 자신에게 간절히 바랐던 것을 확인해 보라고 기쁨의 몇 초는 허락했다. 거기가 그 헛간이 맞았다.

집 앞에 주차를 하자 앤디가 나를 맞으러 나왔다. 그는 나보다 열 살쯤 위로, 둥글고 친근한 얼굴을 하고 있었다. 악수를 청하며 나를 환영하더니 내가 그의 메시지에 회신했을 때 전화로 했던 그 이야기를 이어 갔다. 이야기는 기본적으로 이렇게 이어졌다. 그는 시내에서 자랐고, 어릴 적 이 웅장한 농장 — 에식스 강이 거대한 습지로 굽이굽이 흐르는 탁 트인 경관이 있는 — 으로 와 가축들 돌보는 일을 돕곤 했다. 그러나 대부분은, 동네의 여느 아이들처럼 높이 솟은 헛간에서 놀곤 했다. 1800년대 초에 지어진 이 헛간은 뉴잉글랜드 엽서에서 곧바로 튀어나온 것처럼 생겼다. 앤디가 어릴 적 그 헛간은 비공식적인 주민 센터 같은 기능을 했고, 복층 — 헛간 한쪽으로, 건물 전체의 길이만큼 이어졌다 — 은 그와 친구들에게는 동아리 방과 같았다.

몇십 년 뒤로 빨리 감아 보자. 그는 인생에서 성공을 거두었고 이웃 동네에 〈꿈의 집〉을 지어 막 마무리하는 중이었다. 그러던 어느 날 밤, 저녁을 먹느라 길 바로 위쪽 식당에 있는데, 마침 수십 년 동안 그 농장을 소유했던 가족이 그곳을 팔려고 내놓을 거라는 얘기를 들었다. 「그대로 문을 열고 나가, 농장으로 차를 몰았고, 그 가족한테 뭘 원하는지 물어보았죠.」

복층으로 향하는 계단을 올라가는 동안 그는 뒤따르는 내게 몇 가지 내키지 않는 양해를 구했다. 위가 좀 난장판인데, 그의 10대인 딸내미와 친구들이 그 위에서 파티를 여는 걸 모르는 척하고 있기 때문이라고 했다. 「자잘한 일로 힘 빼면 안 되죠.」 그가 말했다.

계단을 다 올랐을 때, 내 앞에 보이는 풍경은 그리 많지 않았다. 오래된 소파 몇 개. 낡아 빠진 의자 몇 개. 벽 위의 크리스마스 전구 한 줄. 그 풍경을 보니 대학가의 공동 주택이 떠올랐다. 모든 게 이미 망가져 있어 망가뜨릴 게 별로 없는 그런 곳.

완벽했다.

게다가 최고는 내가 실제로 무슨 별도의 말을 할 필요가 없었다는 점이었다. 앤디도 그곳이 완벽하다는 걸 알고 있었다. 그는 이해했다. 그는 내가 위원회 앞에서 늘어놓았던 장광설을 모두 들었고, 나는 그날 내가 남학생 사교 클럽을 구하고 있다는 낌새라도 들까 봐 엄청나게 조심을 했었다.

그런데 그가 나에게 남학생 사교 클럽을 선사한 셈이었다.

                              * * *

　여러 해 전으로 거슬러 올라가, 나는 아르헨티나에서 온 유명
한 저글러를 인터뷰하느라 독일의 어느 카페에 있었다. 말하자
면 긴데 어쨌든, 대화 중간에 그가 자신이 그날 아침 5킬로미터
달리기를 하러 갔다고 했다. 그런데, 머리 위에 공 하나를 올려
놓고 균형을 맞추면서 달렸다는 거였다. 나는 왜 그런 짓을 했
냐고 그에게 물었고, 그의 변명 없는 대답을 잊을 수 없다. 「왜
냐하면 인생이 한 편의 영화라고 생각하면 멋지거든요.」
　어느 늦은 월요일 밤, 손으로 만든 초대장 10여 장을 보조석
에 놓은 채 집에서 차를 몰고 나오는데 이 말이 내 머리 속에 떠
올랐다. 나는 봉투마다 〈1급 비밀〉, 〈당신만 볼 것〉이라고 써두
었다. 속에는 헛간으로 가는 길을 손으로 그린 지도가 날짜, 시
간과 함께 들어 있었다. 왜 그런 짓을 했냐고? 인생이 한 편의
영화라고 생각하면 멋지기 때문이다. 바깥에 한창 비가 쏟아지
고 있다는 사실조차 내 작전이 영화 같다는 느낌을 더해 주었을
뿐이다.
　나는 내 친구들을 새로운 수요일 밤 뭐시기에 다른 여러 방식
으로도 초대할 수 있었다. 그러나 상식에 벗어난 이 경로를 택
한 건 내가 실제로 전하고 있는 말로부터 약간의 코믹한 거리
두기가 필요했기 때문이다. 그 말은 「나는 그러니까 당신을 아
는 정도이지만, 당신이 정말 좋고, 당신이 저의 새 클럽에 왔으
면 좋겠어요. 그러면 우리는 영원히 친구가 될 수 있을 거예요」

였다. 게에에이.

나는 첫 번째 사람의 집 앞에 차를 대고 그의 우편함을 열었다. 그 사람 앞으로 쓴 것을 찾느라 초대장들을 뒤적이다가 잠시 멈추어 스스로에게 정말로 확신하는지 물어보았다. 왜냐하면 일단 전하고 나면 되돌릴 방법이 없었기 때문이다.

나는 그 생각을 저지르고 싶은지 아닌지를 묻고 있던 게 아니었다. 아니, 나는 내 손에 쥔 봉투들에 적힌 열두 명의 이름들에 질문을 던지고 있었다. 왜냐하면 〈다 큰 녀석들〉의 오두막이 내 모든 문제들에 대한 해답이 될 거라 확신하게 된 순간부터, 나는 내 작은 실험에 실제 누구를 초대할지를 두고 복잡한 마음의 계산을 해왔기 때문이었다.

나는 로리와 마크 같은 〈베스트 프렌드〉뿐 아니라 어린 시절의 몇몇 다른 이름들부터 시작했다. 내가 우리의 역사 때문에 좋아했고 여전히 가깝다고 느낀, 그러나 더 이상 실제로 많이 만나지는 않는 친구들. 나는 한 걸음 물러나 벽에 붙은 10여 명의 이름들을 물끄러미 보았고 — 맞다, 나는 다시 그 포스트잇으로 돌아왔다 — 그 무리들을 정기적으로 헛간에 모이게 한다는 게 얼마나 근사할지 잠시 음미하는 시간을 가졌다.

그러나 그 이름들을 볼수록 점점 더 나는 무언가 잘못되었다는 걸 알게 되었다. 나는 그들 한 사람 한 사람을 형제처럼 좋아했다. 그러나 그대 다시는 고향에 가지 못하리*.

우리는 영원한 소년들이겠지만, 더 이상 소년은 아니었다. 우

---

* 미국의 소설가 토머스 울프의 유명한 소설 제목이기도 하다.

리 각각은 서로 다른 길을 따라, 다른 곳으로 갔고, 더 이상 서로의 생태계에서 중심부가 아니었다. 그래도 괜찮았다. 그런 게 인생이었다.

나는 벽에서 그들의 이름을 떼어 내며 죄책감을 느끼지 않았다. 그들은 정의를 내리자면 평생의 친구들이었다. 그러나 내겐 일상의 친구들이 필요했다.

그래서 그 순간 내가 느낀 것은 초조한 흥분과 나의 약한 모습이었다. 왜냐하면 새로 써 붙인 10여 명은 각각 최근에 알게 된 친구들이었기 때문이다. 도시에서 케이프 앤으로 이사 왔을 때, 그중 누구도 7년 이상 알고 지낸 사람이 없었다. 대부분은 그 절반의 기간 정도 알고 지낸 이들이었다. 몇몇은 결코 잘 안다고 할 수도 없었다. 그러나 그 모두의 공통점은 내 새로운 생태계의 일부라는 것, 내가 그들에게 어떤 연결된 느낌, 어떤 형언할 수 없는 감정의 불꽃을 느꼈다는 것이었다. 그건 아마, 그냥 아마도, 우리가 단순한 지인 이상이 될 것 같다는 신호였던 것 같다.

그러나 그 비 오는 밤 그들에게 줄 초대장을 들고 운전하고 다니려니 불안했다. 나는 내 여정 전체를 사람들을 다시 모이게 하는 데 썼지만, 우정을 내 일상의 삶으로 다시 통합하는 데에는 거의 아무 효과가 없었다.

난 이제 새 모임을 시작하려는 중이었고, 죽도록 겁이 났다.

11

수요일이 왔고, 그날은 일을 쉰 덕분에 집 안을 서성이며 내 서재에서 모든 감정을 한 바퀴 돌아볼 수 있었다. 경악, 자만심, 심한 자기 의심, 기쁨, 고통, 죄책감, 자부심. 아주 충분한 운동을 했다. 쓸데없는 걸 과도하게 생각하는 거야말로 내가 가장 좋아하는 기분 전환용 마약이다.

다행히 식구들이 버지니아주로 친지들을 만나러 가고 없었다. 그러나 그들의 부재가 집을 너무도 고요하게 만드는 바람에, 나는 그 정적을 자신에게 큰 소리로 수사적 질문들을 던지는 한 성인 남성의 목소리로 채웠다. 「난 왜 그냥 모두에게 내가 무슨 일을 꾸미고 있는지 얘기하지 않았던 거지? 왜 딴 사람들처럼 볼링 시합에나 참여할 수 없었던 거지? 왜 모든 게 항상 그렇게 영화 같아야 했던 거지?」

나는 내 스트레스 수준이 졸업반 땡땡이 날 직전 의자에 앉아 있던 때의 수준에 이른 것을 느꼈는데, 또 다시 끔찍이도 혼자였던 데다 마음이 약해졌기 때문이었다. 나를 구원할 유일한 것은 역시나 영화 속 인물 같아지고 싶어 하는 다른 인간뿐이었다. 그러나 내 이전의 묘기들이 그저 그것 자체 — 술책들 — 였던 반면 여기에는 걸려 있는 것이 있었다. 그것은 〈나는 뭔가 할 말이 있다〉고 말하는 나였다.

내가 정확히 무슨 말을 하려고 했던 거냐고? 좋은 질문이다. 게다가 나는 초대장을 전달하려고 야간 운전을 하는 동안 그걸 실행에 옮기기 시작했다. 마음속 초안은 완전한 연설문으로 변했고 화요일 오후에는 편집국에서 그걸 타이핑해 출력했다. 겉면에는 검은 마커로 〈1급 비밀〉이라 썼는데, 왜냐, 이왕 저질렀으니까.

내 수요일 아침의 서성임은 수요일 오후의 서성임으로 바뀌었고, 그 정도 속도라면 장엄한 연설을 할 무렵에도 여전히 서성이고 있을 것 같았다. 그러기는 싫었다. 그래서 나는 임시 연단으로 쓸 우유 궤짝들을 찾으러 창고로 갔고, 차를 몰고 주유소로 간 다음, 맥주 아이스박스들 앞에서 너무 많은 시간을 애쓰며 보냈다. 뚜렷한 존재론적 이유들 때문에. 내 머리 속에서 경쟁하던 생각들이 마침내 몇 가지 선택에 동의하자, 나는 맥주와 약간의 얼음을 아이스박스에 실었고, 30분 일찍 도착해 기다릴 수 있도록 헛간을 향해 돌진했다.

앤디는 주차하는 동안 나를 맞았고, 조명을 어떻게 끄는지 보여 준 다음 행운을 빌어 주었다. 그런 다음 길 건너의 집으로 가 버려 날 헛간 제비들과 쿵쾅이는 심장 소리와 함께 남겨 두었다.

여러분은 내가 누가 가장 먼저 도착했는지를 기억할 거라 생각하겠지만, 모든 게 어찌나 빠르고 흐릿하게 흘러가던지 주위를 둘러보니 모두가 와 있었다. 내가 느끼기에 5분도 안 되는 사이에 열 명이 계단을 밟고 헛간으로 올라왔고, 다들 복층으로 된 남학생 사교 클럽의 처음 보는 광경을 난간 너머로 천천히 넘겨다보며 당혹스러운 표현들을 과시했다. 그들은 악수를 나누고 맥주를 집어 들며 내가 아마 자기네를 모조리 살해라도 하려나 보다, 하는 가설을 몇 가지 버전으로 중얼거렸다.

나는 두 명이 올 수 없다는 걸 알고 있었고, 으레 묻는 〈대체 무슨 일을 꾸미고 있는 거야?〉라는 문자들을 제외하면, 나머지는 답이 없거나 애매한 답을 했었다. 그래서 머릿속 인원 파악이 10명에 이르자 나는 반사적으로 모두가 왔다고 발표했고, 그 말의 무언가가 그 모두를 마치 교육받은 듯 조용히 자리에 앉게 만들었다. 분명히, 그들은 내가 뭘 꾸미고 있는지 파악하느라 초조해하고 있었다.

「실망시키면 안 돼요!」 나머지의 응원에 한 사람이 외쳤고, 갑자기 나는 중년의 첫 해, 두 번째 해에 접어든 한 무리의 사내들 앞에 서게 되었다. 그들의 얼굴은 혼란스러움과 즐거움 사이에 있었다. 네 명은 아이들을 통해 만난 이들이었다. 세 명은 그들의 아내를 통해 알게 된 이들이었다. 셋은 헬스장 형제들이었다. 이제 그 모두가 내 얘기를 기다리고 있었다.

나는 카드놀이용 탁자 위에 우유 상자들을 얹어 연단을 만든 다음, 그 위에 연설문을 놓고 목소리를 가다듬었다.

「혼음 파티에 오신 여러분을 환영합니다.」

그건 아마 더 이상 하면 안 되는 농담인 것 같았지만 먹혀들었다. 어색함이 폭발하는 바람에, 내가 다시 이야기를 시작했을 때는 모두가 더 느슨해지고, 안정되었다. 덕분에 좋았던 게, 왜냐하면 나는 그들에게 이야기를 시작했기 때문이다. 모든 이야기를. 여러분이 이 책에서 읽은 이야기. 내가 살아온 이야기. 멍청한 임무부터, 복잡하게 뒤엉킨 2차 행동을 거쳐, 그들 다수로 하여금 오고 가며 알고 지냈을 뿐인 한 사내로부터 우스꽝스러운 〈1급 비밀〉 초대장을 받게 만든 생각에 대한 현재의 변화까지.

그건 알다시피 긴 이야기이다. 클리프노트* 버전으로만 전해도 시간이 좀 걸렸지만 아무도 나를 재촉하지 않았다. 그들이 무언가 긴 여담들로 내 이야기를 지연시킨 적도 있었는데, 이 모든 게 여성의 엉덩이와 함께 시작된다는 내 이론을 너무 빠르게 끝냈을 때였다. 멈추고 다시 얘기를 좀 해보라고 했다. 다들 나를 교대로 갈구느라 생긴 중단도 아주 많았다.

그러나 나는 내 고백들이 받아들여져 가는 걸 볼 수 있었고, 어떤 일이 일어나고 있다는 분명한 느낌이 있었다. 그 불꽃이었다. 이거야말로 마법이나 다름없는 인생의 그 순간들 중 하나라는 그 느낌. 이 열 명의 친구들은 나를 이해하는 것 같았다. 이제

* 고전들을 핵심 위주로 축약, 정리해 놓은 학습 교재.

그들은 이 일에 어떻게 자신들이 끼게 된 것인지 알고 싶어
했다.

나는 잠시 동안, 매주 월요일마다 〈숙녀들의 밤〉을 여는 우리
헬스장의 여자 회원들에 대해 얘기했다. 그들은 다 함께 운동을
한 다음 멕시칸 식당으로 가 마가리타를 마시며 세상의 문제들
을 풀곤 했다. 그게 부러웠던 나는 그들이 그날 밤을 얼마나 목
숨 걸고 지키는지를 강조했다. 그들은 절대 그 모임을 빼먹지
않았다. 인생의 계획들을 그 둘레에다 짰다. 그것은 그들의 정
신적 헬스클럽이었다.

이제 나는 모두에게 우리를 그 헛간으로 안내한 운 좋은 발견
뿐 아니라 〈수요일 밤〉에 대해, 〈남자들의 창고〉에 대해, 「다 큰
녀석들」에 나왔던 오두막에 대해 얘기해 주었다.

「그래서 여기서 뭘 하려는 거냐고요? 왜 여러분을 초대했냐
고요? 제가 중년 남성을 위한 남학생 사교 클럽을 시작하는 걸
까요? 그렇지는 않습니다. 아마도요. 조금은.」

나는 설명을 해주었다. 헛간의 소유주가 홀수 수요일마다 우
리한테 헛간을 내어 주는 데 동의해서 우리는 여기에 올 수 있
고 또……

나는 정말로 그 문장을 어떻게 끝맺어야 할지 몰랐다. 그 순
간 내가 한 말은 「어울려 놀 수 있다」였지만 나는 그 어느 것에
도 너무 매달리지 않는 데 의도적으로 매달렸다. 목표는 체계를
만들지 않는 것이었다. 우리가 무엇을 하게 될지, 우리가 무엇
이 될지는 그것에 흥미를 느낄 모두에게 열려 있었다.

그러나 나는 규칙성은 부여해 둔 상태였다. 그것이 저 언젠가 내가 정신과 의사와 첫 통화를 하며 어른들의 우정을 작동시키는 법이라고 배운 첫 번째였고, 우리가 홀수 수요일마다 헛간을 쓰도록 조율해 둔 것도 그래서였다. 그 정도면 가족들과의 일정에 대해 너무 많이 물어보지 않고 시작하기에도 좋고, 적어도 한 명은 어느 수요일이 홀수 수요일인지 파악할 수 있을 것 같았다.

이쯤에서 나는 왠지 수레를 말 앞에 가져다 놓는 잘못을 저질렀던 것 같다. 마치 그들 모두가 이미 내 생각에 관심이 있는 것처럼 말했던 것이다. 그러나 그들의 얼굴은 내게 정말 관심이 있다고 말하고 있었고, 그래서 나는 더 나아가 내가 꺼낼 수 있을 거라 확신하지 못했던 한 가지 생각까지 제안했다. 〈홀수 수요일〉이 이미 그때까지의 가장 끝내주는 일이 되어 버린 이상 그건 수순이었다. 그 생각이란 그들 각자가 친구 한 명, 원한다면 〈입회 약속자〉를 데려오는 것이었다.

그 제안을 한 건 중년의 아빠들을 남학생 사교 클럽 입회 약속자처럼 대하면 기막히게 재미있을 것 같아서였지만, 그와 별개로 모임을 분권화하고 싶어서였다. 나는 그 모임이 가능하면 빨리 〈빌리의 모임〉처럼 느껴지지 않기를 바랐다.

그러나 그 순간, 그 자리는 아직 누가 봐도 내가 주도한 자리였고, 그래서 나는 내 강연 시간을 그들 모두가 듣고 싶어 하는 한 가지 주제로 마무리했다. 왜 나는 그들 각각을 선택했었는가, 하는 의문.

일반적으로, 나는 너무 모든 걸 챙긴다. 나는 학교 식당에 혼자 앉아 있는 누구도 한심하다고 느끼지 않았으면 한다. 동시에 내 이성적인 뇌는 그 개념에는 한계들이 있다는 것을 알고 있다. 나는 모든 사람을 초대하는 것이 추수 감사절 전야에 독이 될 거라는 걸 확신하게 되었다. 만일 그 대신 내가 가장 가까웠던 이들, 그 예전의 추수 감사절 전야에 실제로 모였던 이들만 모아 소규모로 모임을 가졌더라면, 그 모임은 실현되었을지도 모른다. 반대로 나는 모두를 즐겁게 해주려 했고. 아무도 즐겁게 해주지 못하는 데 성공했다.

〈홀수 수요일〉의 경우에는 12명 더하기 나로 시작해 보기로 결심했다. 베이커의 12*. 만일 여러분이 지금 어이없다는 소리를 낸다 해도 뭐라 하지 않겠지만, 여러분의 이름과 연관된 숫자가 있다면 그에 대해 친밀한 감정 같은 건 갖지 말라고 감히 말하겠다. 게다가 베이커의 12는 내가 쫓고 있는 것에 맞는 것처럼 보였던 게, 너무 크지도 작지도 않고 희망적으로 딱 적당했다.

그러나 숫자에 매달려 최고 좋은 점은 그것이 젠장, 숫자라는 점이었다. 거기에는 제한이 있었다. 숫자는 선택을 강요했다.

「그래서 이 자리에 누가 있죠?」 나는 말을 이어 갔다. 「자, 저는 12명을 초대할 거라고 결심했고, 그래서 포스트잇에다 한 뭉치의 이름을 썼습니다.」 이 지점에서 나는 이것이 사이코 같은

---

* 13을 뜻함. 과거 영국의 제빵사들이 빵 열두 개를 주문하면 한 개를 더 주던 관습에서 〈제빵사의 12 a baker's dozen〉는 13을 뜻하게 되었다.

행동이라는 걸 인정하려고 잠시 멈추었다. 비록 다들 그 절반도 알아채지 못했지만. 「그리고 저는 그것들이 최종 목록이 될 때까지 엄청 고쳤고요. 그 최종 목록을 보고 놀랐다는 걸 인정해야겠습니다. 저는 여러분 중 몇 명은 잘 알지만, 몇 명에 대해서는 아주 조금만 알 뿐이죠. 서너 명의 경우 오히려 아내 분을 더 잘 알고요. 하지만 공통분모는 여러분 모두가 좋은 사람들처럼 보였다는 것입니다. 그게 다였어요.」

내가 여기서 멈추었던 건 그 말이 스며들기를 원했기 때문이 아니라 이미 스며들었다는 걸 느낄 수 있었기 때문이다. 그날 밤 모든 순간들 중에서 이 순간이 최고로 느껴졌던 순간이었다. 나는 속내를 드러내는 무언가를 해냈다. 한 무리의 사람들에게 그들을 좋아한다고, 우리는 친구가 되어야 한다고 생각한다고 말한 것이다. 그러나 그건 위축된 느낌이 아니었다. 반대로, 기를 불어넣어 주는 느낌이었다.

그래서 그 방에 누가 있었냐고?

게리부터 시작하겠다. 왜냐하면 그는 내가 이 지역으로 이사 온 뒤 처음 사귄 친구였고, 첫눈에 친구가 된 경우였기 때문이다. 우리는 아이들의 유치원 후원 모임에 있었고, 게리는 그 행사의 진행자였다. 일차적 목적이 돈을 빼내는 것인 모임들이 보통 그렇듯, 곧바로 갑갑하게 느껴졌다. 게리는 그 자리를 느슨하게 만들려고 정중하게 애쓰고 있었지만, 분명 먹히지 않고 있었다. 그래서 그는 어느 순간 그 방이 얼마나 지독히 갑갑한지에 대해 빠른 열변을 토했고, 나는 게리가 셔츠를 찢었을 때 겨

216

우 고개를 끄덕이다 멈추었다. 몸에서 와이셔츠를 바로 찢어 버렸던 것이다. 그런 다음 그는 그 털 난 아빠 배를 공중에 실룩이며 그대로 현장 경매를 진행했다. 약간의 불편한 비웃음도 있었지만, 내 생각에, 그의 묘기가 정말 웃기다는 점을 발견한 건 아내와 내가 유일했던 것 같다. 그건 〈나를 봐〉라는 의미의 불쾌함이 아니었다. 아니, 그건 차라리 장난스러운 꾸짖음이었다. 마치 이러는 것 같았다. 「자신을 좀 보세요. 여러분이 그렇게 딱딱하지 않았던 때가 기억나시나요?」 경매가 끝났을 때 나는 곧바로 그에게 갔고 유치원에서의 첫 아빠 친구가 생겼다.

나는 실제로 유치원 아빠 셋을 초대했는데, 돌이켜 보니 우습다. 그중 하나가 앤드루였다. 쿨에이드를 마시고 우리 헬스장에 가입하라고 설득한 뒤로 우리는 이미 가까운 친구가 되어 있었다. 다른 이는 라이언이란 사람으로, 예술 학교에 다니며 로봇 만드는 일로 돈을 벌었고, 말하자면 케이프 앤으로 이사 온 뒤 어울려 논 첫 사람이었다. 자연스럽게, 나는 그의 아내를 통해 그를 만났다. 라이언과 앤드루는 나와 별개로 카약을 하는 사이가 되었고, 그래서 우리 셋은 일종의 한 팀, 그러나 거의 잘 모이지 않는 그런 팀이었다. 이번 일이 그 관계를 희망적으로 바꿔 줄 것이었다.

다음은 세 명의 헬스장 형제들. 일단 브라이언이 있었다. 그는 누구에게든, 무슨 말이든 많이 하지 않는 강인하고 조용한 유형이었다. 그러나 어쩌다 연결이 되었는데, 커다란 이유는 그가 『보스턴 글로브』의 구독자라는 것이었다. 그에게는 종종 제기하고 싶은 불만 사항들이 있다는 의미였다. 케빈의 경우에는 나로서는 〈설명하기 힘든〉이라는 말로만 설명할 수 있는 그 굉장한 이유들 때문에 즉시 호감이 갔던 사람이다. 그가 가끔 화요일 밤에 모여 바 트리비아*를 하는 모임에 참여하라고 나를 초대했을 때 우리는 실질적인 친구가 되었다. 그리고 존이 있었다. 그는 아내와 헬스장을 운영했다. 존과 나는 공통의 관심사가 굉장히 많았고 그건 전형적인 우정의 재료이지만, 실제로 우리로 하여금 지인의 범주를 넘어서게 해준 것은 훨씬 더 강력한 불쏘시개였다. 양쪽 다 제삼자를 싫어하는 형태의 공모. 어느 날 우연히 그 사람의 이름이 대화에 올랐을 때 우리는 각자 반사적으로 주변을 둘러본 다음 목소리를 낮췄고, 자리를 떴다. 다들 그렇게 말하듯, 내 적의 적은 나의 친구다.

존을 통해 롭을 만났다. 롭은 존과 함께 자란 가장 친한 친구였고, 그의 아이들은 우리 아이들과 학교에 같이 다녔다. 우리의 막내 아이들은 같은 반이기도 했는데, 그건 대단한 일이었다. 어느 부모가 여러분에게 알려 주겠지만, 보통은 맏이들끼리 동갑일 때 다른 부모들과 가장 많은 관계를 형성하는 경향이 있기 때문이다. 롭은 굉장한 사람이었고, 우리는 그가 2인 건설 회사를 운영하고 있는 〈작은 세계〉 안에서 인맥들을 공유하고 있었다. 우리가 처음 만났을 때, 그의 동업자가 내가 직장에서 가장 친한 동료의 남편이었다. 그 사람은 결국 미술 교사가 되기 위해 일을 그만두었고, 롭은 그 자리에 스콧을 고용했는데, 스

---

* 펍에서 손님들을 대상으로 여는 퀴즈 대회. 펍 퀴즈라고도 부른다.

콧 역시 내 아내의 동네 친구 모임 중 한 명의 남편이었다. 우리는 늘 잘 어울려 놀았었고, 그래서 나는 스콧을 초대했다. 아내의 동네 친구 모임 남편들 중 역시 같은 범주 — 지인의 수준을 살짝 넘어설 만큼 함께 시간을 보냈지만, 실제로 친구가 될 만큼 충분하지는 않았던 좋은 사람들 — 에 있는 톰도 초대했다.

그리고 마지막으로 스티브가 있었는데, 나는 그에게 초대장을 쓰며 가장 긴장했었다. 나는 그의 아내와 헬스장에서 아는 사이였고, 그를 만난 건 겨우 몇 번이었다. 그러나 꽤 괜찮은 사람처럼 보였고, 나와 귀여운 무언가도 공유하고 있었다. 내가 지금 사는 집에서 그가 어린 시절을 보냈다는 것.

만일 여러분이 한 사람을 그가 사귀고 있는 친구들로 판단할 수 있다면, 나는 성공적이라고 말할 것이다. 이제 모두에 대한 빠른 소개가 끝나자, 나는 공식적으로 할 말이 바닥났다. 그래서 긴장한 채 오랜 농담으로 공백을 채웠다. 「더 이상 질문이 없으면, 그럼 우리, 혈서로 이름을 써서 서명합시다.」

나는 웃었지만 조용한 정적이 흘렀고, 그 정적은 익숙한 두려움이 내 등골을 타고 오르기 시작할 만큼 충분히 길었다. 나는 나의 모든 개인적인 이야기를 거기에 던져 버렸고, 내 이야기는 모두가 보도록 적나라하게 거기 침묵 속에 그냥 있었다. 그리고 나는 학교 가기 전날 밤 내가 그들의 머리 위에 던져 놓은 폭탄 때문에 질문이 많을 거라고 의심했다.

그러나 아무도 아무런 질문도 하지 않았다. 아무도 날 갈구려고 앞으로 나서지도 않았다. 그건 모두 나중에 다가올 일들이었다.

아니, 그들이 그 순간 했던 일은 내가 결코 잊지 못할 어떤 것이었다. 그들은 나에게 매우 진심 어린 한바탕의 박수를 보내 주었다.

다음 날 새벽, 나는 4시 반에 잠이 깼다. 나의 뇌가 전날 너무 마실 게 많았거나 생각할 게 많았을 때면, 아침에 벌을 주려고 즐겨 하는 짓이었다. 둘 다 많았던 밤이었다.

나는 앤디에게 9시 반 전에는 헛간을 비워 주겠다고 약속했었지만, 결국 시간을 확인할 생각이 들었을 때에는 이미 10시 반이었고 우린 아직도 한창이었다. 맥주는 별로 남아 있지 않았지만, 대화는 여전히 밖으로 쏟아져 나오고 있었고, 아무도 문가로 움직이려 하지를 않는 것 같았다.

이것이 무엇이었든 간에…… 작동한 셈이었다. 제기랄, 작동한 것이었다.

그러나 또 다시 작동할까? 다음 날 아침 집안을 서성이며 복기하다 나의 뇌가 뫼비우스의 띠처럼 꼬여 버린 건 그래서였다. 여러분이 아직 아무런 의심도 안 할 때, 나는 이미 의심을 하며 일어난 일에 대해 왈가왈부하는 일을 두 차례는 할 수 있다. 그러나 그날 밤에 대해 왈가왈부하고 있던 것은 아니었다. 내 돈키호테 같은 여정 전체가 그 지점으로 이어진 것이었고, 마침내 모든 걸 쏟아 냈을 때 그 반응은 내 기대를 초과했다. 헛간에는 마법이 감돌았다. 굉장한 기분이었다. 그러나 그건 일시적인 기분이었다. 내가 다시 서성였던 것은 그걸 어떻게 되풀이하느냐는 질문 때문이었다.

우리가 마침내 자리를 정리하기로 하고 다음 홀수 수요일에 보자며 작별 인사를 나누었을 때, 나는 이미 내 계획에 나 있는 빈틈을 느낄 수 있었다. 우리에게는 멋진 사람들이 있었다. 멋진 공간도 있었다. 이제 필요한 건 멋진 목적이었다. 어딘가 갈 곳, 무언가 할 것, 누군가 대화를 나눌 사람.

우주가 시킨 일인지, 나만의 신문은 그날 아침 사회 심리학자가 쓴 이런 헤드라인의 기사 하나를 발행했다. 〈행복을 찾고 있나? 대신 목적을 찾아보라.〉나는 이미 목적에 대해서는 꽤 많은 자료를 읽었는데, 목적은 우정, 외로움과 같은 공간에 살기 때문이다. 그곳은 정신과 감정의 상태가 몸의 건강에 깜짝 놀랄 만한 영향을 줄 수 있는 영역이다. 블루 존들의 사례에서 보았지만, 아침에 일어날 이유가 있고 우리의 삶이 의미를 지닌다고 믿으면 우리는 현저히 더 건강해질 수 있다. 목적은 본질적으로 아리스토텔레스가 말한 행복의 정의이다.

그러나 만일 개인들의 목적을 침대에서 벌떡 일어나기 위한 이유로 정의할 수 있다면, 한 집단의 목적이란 매일매일 나타날 이유라 할 수 있다. 나는 의도적으로 이 부분을 수요일 밤을 위해 비워 두었었다. 우리에게 목적이 필요하다는 건 알았지만 나는 그것이 집단을 통해, 유기적으로 다가오기를 바라고 있었다.

그런데도 나는 다음 날 아침 서성이며, 우리가 나중이 아니라 금방 목적을 찾을 필요가 있다고 걱정했다. 멤버들과 작별 인사

221

를 나눌 때 그중 한 명이 물었다. 「그러니까 그냥 2주 뒤에 여기로 돌아와 이걸 다시 하는 건가요?」 그는 별 목적 없이, 그저 자신이 계획을 잘 이해한 건가 싶어 확인차 물었던 것이었다. 그러나 그 질문을 들으니 정작 내가 계획을 이해한 건지 궁금해졌다.

둘러앉아 대화하는 것이 이롭다는 증거는 한가득 있고, 그건 기본적으로 우리가 한 일의 전부였다. 그건 너무나 좋았다. 그러나 그것이 우리가 하기로 계획한 일의 전부였기에 문제였다. 남자들로 하여금 어깨를 나란히 하게 하는 활동이 없다면, 우리는 그 헛간 복층을 〈공동 사색〉을 위한 곳으로 느낄 위험이 있었다. 둘러앉아 우리의 문제에 대해 얘기하는 것을 화려하게 말해 본 것이다. 남자들은 그런 일은 본능적으로 전염병 피하듯 피하는데, 전염성이 있는 것이나 마찬가지이기 때문이다. 과학은 우리가 우울한 이의 말에 귀 기울이면 우울해진다는 것을 증명했다. 아주 가까운 친구의 경우를 제외하면 아무도 그런, 뭐랄까 감정을 받아 줄 품을 갖고 있지 않았고, 우리는 아직 그 단계도 아니었다.

나는 너무 앞서가고 있었고 — 충격적이라는 걸, 나도 안다 — 세 잔째 커피도 도움이 되지 않았다. 마침내 세상이 잠에서 깨어났고, 내 전화는 친구들에게서 온 메시지들로 번쩍이기 시작했다. 모두가 불이 붙어 있었다. 모두가 흥분해 있었다. 모든 게 알아서 잘 풀릴 거라니까, 맞지? 커피 잔 내려놓고 샤워나 하라고, 이 친구야.

12

다음 2주 동안은 모든 게 좋았다. 멤버들 중 한 명과 우연히 마주치기라도 하면, 키득거리지 않기가 힘들었다. 모든 게 터무니없고 근사하게 느껴졌다. 그리고 그 〈비밀〉이 새어 나간 게 분명했다. 그들의 아내 몇 명과 심지어 아이들 몇 명까지 헛간에서의 일로 나를 심문하려 했기 때문이다. 「헛간에서 일어난 일은 헛간에 둡시다」가 나의 대답이었다. 그리 창의적인 농담은 아니지만* 긁어 부스럼 만들지는 말자.

우리의 다음번 홀수 수요일이 돌아왔을 때, 나는 알림 문자를 보낼 필요가 있을까 궁금해졌다. 핵심은 수요일을 항상 계획에 넣어 둔다는 것이지만, 아무래도 첫 모임이니 알려 주는 게 맞을 것 같았다. 그때 나는 한 멤버로부터 유치원 졸업식 때문에 못 오겠다는 말을 들었다. 그건 사실 좋은 의미였던 게, 그가 적

---

* 2003년 라스베이거스시가 광고 문구로 써 인기를 끈 〈여기에서 일어난 일은, 여기에 둡시다〉를 흉내 낸 것이다.

223

어도 수요일을 인지하고 있고 오고 싶어 한다는 의미였기 때문이다. 그런 거지? 아, 젠장, 나는 다시 초조해졌다.

그 주 월요일이 전몰 장병 기념일이었는데 — 그러니까, 여름의 시작이라고들 하는 — 수요일 밤에는 어찌나 춥던지 헛간에서 모이면 얼어 죽을 것 같았다. 다행히 우리가 대안을 찾자마자 단체 문자에 자연스레 불이 붙더니 케빈이 자기 집에서 모임을 갖자고 제안했다. 좋은 생각이었다. 왜냐하면 그건 그날 밤 스탠리 컵 최종전에서 뛰고 있을 보스턴 브루인스*를 볼 수 있다는 뜻이었기 때문이다. 몇몇 사람이 몇 가지 학년 말 행사들이 있는 기간이라 참석하기 힘들다는 문자를 보내 왔고, 그날 모임은 우리 네 명으로 그쳤다.

그래도 거실에 앉아 있으니 완벽했다. 전에 언급했지만 넷은 대화를 위한 완벽한 숫자로 여겨지기 때문이다. 게다가 참석한 멤버 중 한 명이 스티브였는데, 그는 내가 알기로 이 모든 일에 가장 적게 참여한 사람이었다. 그러나 큰 걸음을 해 나타났고, 오붓한 인원 덕분에 그가 우리 집에서 어린 시절을 보냈다는 사실 이외의 무언가에 대해 처음으로 이야기를 나눌 기회를 가질 수 있었다.

게리도 왔다. 유감이지만, 셔츠를 입은 채로. 그리고 물론 케빈도 있었다. 그는 이미 내게는 적극적인 친구였고 그건 우리 둘 다 바 트리비아를 좋아하는 덕분이었다. 우리가 친구가 된 건 분명 헬스장에서였지만, 정기적으로 어깨를 나란히 하게 된

---

* 미국의 아이스하키 구단. 스탠리 컵은 북미의 프로 아이스하키 리그 경기이다.

데에는 그 단순한 과외의 일이 필요했다. 우리 둘은 「가라테 키드」에서 악역을 맡은 배우 이름을 기억해 내느라 신문 한 장을 같이 굽어보았었다.

그게 우리에게 필요한 전부였다. 우정이란 엄청나게 단순하지 않으면 복잡한 법이다. 이것은 나의 뇌가 어떤 거창한 목적, 무언가 몰두할 것이 없으면 수요일 밤이 엎어질 거라는 불안으로 질주한다고 느껴질 때 혼자 계속 되새겨야 했던 말이다.

그 순간 우정은 아직 단순했다. 브루인스의 경기를 보며 둘러앉아 있는 그저 몇 명의 남자들. 그리고 단순함이 작동하고 있었다.

* * *

마침내 날씨가 풀렸고, 우리는 헛간에서 농장 가장자리에 있는 한 지점으로 자리를 옮겼다. 염습지를 통해 흐르는 강이 내려다보이는 곳에 화덕 하나를 설치했다. 터무니없게 경치가 좋은 곳이었고, 전혀 눈치가 안 보일 만큼 앤디의 집에서도 충분히 멀었다. 세 번째 수요일에는 거의 대부분이 참석했고, 하루를 마무리하며 손에 차가운 음료를 쥔 채 모닥불 주위에 둘러앉아 있으니 원시적인 즐거움이 있었다. 우리는 몇 차례 기분 좋게 웃었다. 그러나 그날 밤 일들 중 가장 기억나는 것은 자리가 끝날 무렵, 마침내 칠흑처럼 어두워진 뒤였다. 모두가 그저 화염 주위에 둘러서서, 불꽃이 춤추는 걸 보며 아무 말도 하지 않았던 길고 좋았던 시간이 있었다.

여름이 좋은 분위기를 띠었다. 우리는 빈 깡통에 공기총을 쏘며 헛간과 불 주위에서 더 많은 밤들을 보냈다. 어떤 날 밤에는 카약과 패들보드*로 소함대를 이루어, 해안에서 떨어진 섬들 주변으로 노를 저으러 갔다. 7월 말은 내가 가족과 2주간 집을 비울 일이 생겼고, 남학생 사교 클럽은 잠시 휴식을 가졌다. 적어도 나는 그렇게 생각했다.

돌아오고 난 뒤의 첫 홀수 수요일, 나는 헛간 복층에서 아무도 오지 않으리라는 걸 스스로 받아들일 때까지 꼬박 한 시간을 앉아 있었다. 더 우스운 건, 나 역시 은근히 좋았다는 것인데, 사실 나도 참석하고 싶지 않았기 때문이다. 나는 전반적으로 피곤했다. 게다가 2주마다 치어리더가 되어야 하는 상황에도 지쳤다. 내가 모임을 강요하고 있는 것처럼 느껴졌다. 모두가 아직 그 모임을 우리의 일보다는 나의 일로 언급했기 때문이다. 내가 일부러 강요하지 않으려 했던 영역 — 활동, 우리가 실제로 하게 될 것, 목적 — 은 아직은 마법처럼 나타나야 했다. 우리는 기본적으로 둘러앉아 얘기하려고 모이고 있었고, 나는 그것이 아주 오랫동안 그저 계속되리라는 것을 알았다.

2주 뒤, 홀수 수요일이 왔다가 가버렸다. 나는 거기에 대해 언급하지 않았다. 다른 누구도 언급하지 않았다. 그날 밤 누가 헛간에 왔었는지 나는 모르는 게, 내 소파에서 혼자 곯아떨어져 있었기 때문이다.

* 위에 서서 노를 저어 움직이는 보드.

226

어느 날 아침 나는 헬스장에서 앤드루와 마주쳤고 전반적인 상황에 대해 긴 대화를 나누었다. 대화는 유익했는데, 그 친구는 나라면 결코 못 할 방식들로 이성적이기 때문이다. 앤드루는 나더러 영국으로 날아가 매복하고 있다가 노교수에게 친구가 되어 달라고 간청하는 짓은 하지 말라고 설득했던 그 장본인이다.

운동 후 몸을 풀며, 그는 내가 시작한 이 일을 스스로 얼마나 자랑스러워해야 하는지에 대해 격려 연설을 해주었다. 비록 이번 일은 그렇게 되었지만. 즉, 모임은 실패했지만. 거기에서 시작된 관계들은 그렇지 않을 거라고. 워낙 재수 없게 조리 있고 설득력 있는 인간이라, 나는 이후 몇 시간은 밝은 면을 보려 최선을 다하며 보냈다. 그 멤버들 개개인과의 우정이 이 구상 덕분에 더 강력해졌다는 데에는 의심이 없었다. 그건 첫날 밤 이후로 돌아오지 않은 두 멤버와의 우정도 마찬가지였다. 한 사람은 톰으로, 그는 내 아내의 가장 친한 동네 친구 중 한 명의 남편이다. 그는 자신은 모임 안에 있으면 사회성이 떨어지는 편인데다 대체로 집돌이라는 것을 인정했다. 그러나 이런 얘기를 친구처럼 털어놓았고, 그래서 우리는 이후에도 몇 번 어울려 놀았다. 그의 집 뒷마당 모닥불 가에 함께 있는 동안 우리의 아이들은 주위에서 시끄럽게 뛰어놀았다. 다른 한 명은 브라이언으로, 헬스장에서 만난 더 과묵한 사람이었다. 나는 그가 모임형 인간일 거라 생각하지 않았지만 일단 초대했었고, 그가 다시 오지 않을지도 모른다고 충분히 예상했는데 그건 맞았다. 그러나 근처에서 그를 만날 때면, 아주 작은 부분들에서 좀 더 가까워진 느낌이었다.

나는 이 사람들 각각에게 「당신들이 좋아요」라고 말했던 것이다. 이건 남성들 간의 우정에서 놀랍도록 대담한 행동이다. 동시에, 우리가 사람들을 좋아한다는 걸 알면 그들도 우리를 좋아하는 쪽으로 기운다는 것은 과학적으로 증명되었다. 우리는 뭐랄까 이걸 직관적으로 이해하지만 좀처럼 그렇게 하지는 않는데, 우리가 누군가를 진정으로 좋아할 때를 위해 아껴 두어야 하는 행동이라는 인상이 있기 때문이다.

그 열두 명의 멤버들에게 나는 비밀을 털어놓았었다. 나는 당신을 좋아하고, 더 좋은 친구가 되고 싶어요. 그랬더니 젠장, 뭔 일이 있었게? 그게 먹혔다. 나는 그들 역시 나를 좋아한다고 확신했다. 그들 각각이 잠시 길을 벗어나 나를 놀리려고 엄청난 양의 시간을 썼기 때문이다. 자랑은 아니지만.

달력이 9월로 넘어갔다. 아이들은 학교로 돌아갔고 밤은 더 짧고 선선해졌다. 우리는 8월 한 달을 모임 없이 보냈고, 아니면 나 이외의 누군가가 참석한 최소 한 번의 모임을 가졌고, 가을의 첫 홀수 수요일이 다가오자 나는 뭘 해야 할지 확신이 안 들었다. 그때, 오후 2시 직전에 케빈이 전체 문자를 보냈다. 〈오늘 밤 격투 클럽?〉 그는 그렇게 멋진 인간이었다. 그는 늘 「난 참석」이라고 말하는 첫 번째 사람이었고, 모임을 유지하는 데에 있어 가장 활발했다.

궁극적으로 모두의 일정에 안 좋은 밤이었다는 게 증명될 게 뻔했지만, 우리는 다시 깨어났고 문자들이 앞뒤로 날아다녔다. 나는 그날 이 책을 쓰면서 시간을 보냈었다. 전체 문자에다 〈내가 지금껏 생각한 최악의 아이디어〉 덕분에 이야기가 절정에 이르렀다고 빈정거리면서 이 책 이야기를 언급했을 때, 나는 분명 어떤 조언을 구하고 있었다. 조언이 도착했다, 마치 도착했어야 했다는 듯이. 단체로 나를 드라마 퀸*이라고 크게 외치면서. 그러나 중요한 대화가 시작되었고 나는 이런 말들을 들었다. 과하게 비판적으로 생각하고 있는 거야(케빈). 그 여름날은 거칠었지(존). 난 말 정액을 마셨어**(롭). 그때 위대한 게리께서 구름으로부터 영원한 문자를 지니고 들르셨다.

우리는 한동안 게리로부터 연락을 받지 못했었다. 난 놀랐던 게, 그는 첫날부터 몸짓을 통해 뚜렷한 정서적 연결을 보여 준 사람이기 때문이다. 초기에, 그는 나에게 난데없이 밤에 이런 문자도 보냈었다. 〈빌리, 신경 써줘서 고마워. 진심으로.〉 그는 그렇게 좋은 사람이었다. 아니, 그렇게 대단한 사람이었고, 이 날 밤 그는 눈부셨다.

안녕 홀수 수요일의 멤버들과 빌리, 게리에요. 말 정액과 빌리의 아름다운 우울은 제쳐 놓고, 나는 이 아이디어가 필수적이거나 가치 있거나 하지 않다 해도, 흥미는 자아냈다고 생

---

* 자신을 비극의 주인공인 양 과장하는 사람을 놀리는 표현.
** 에너지를 얻었다는 농담. 말 정액은 종종 짓궂은 농담이나 터무니없는 도전 과제에서 역겨운 강장제로 등장한다.

각해요. 고마운 마음이에요. 나는 아직 회원 할래요. 빌리, 당신의 첫 『보스턴 글로브』 기사는 그 아이디어를 이렇게 정의했었죠. 남자들은 1. 하나의 목표로 유대감을 쌓는다, 2. 그들의 가족을 돌본다. 이 일이 실패한 것처럼 굴지는 말자고요. 나는 첫날 밤 〈헛간〉에서 만났던 누구든 소파를 옮긴다거나 공항에 간다고 하면 도울 거예요. 그 사이에는 여러분들처럼 아빠이자 남편이자 몽상가로서 균형을 맞추려 애쓰고 있고요. 지금은 우리 딸의 운동이 끝나길 기다리느라 헤이버힐의 어느 바에 있어요. 여러분 모두 사랑해요.

이거야말로 내가 들을 필요가 있던 말, 우리 모두가 들을 필요가 있던 말, 특히 〈1단계: 하나의 목표로 유대감을 쌓는다〉를 되새겨 주는 말이었다.

그날 밤 대화를 마무리하며, 우리는 목표가 무엇인지 파악하는 2주 간의 시간을 가진 뒤 모두 헛간에 모이자고 결의했다.

* * *

1941년, 조르주 드 메스트랄Georges de Mestral이라는 이름의 스위스인 기술자는 숲속을 산책하다가 자신의 바지와 개가 도꼬마리로 뒤덮인 것을 알아차렸다. 이런 일을 겪은 이들의 대부분은 그냥 「아이 씨」라는 반응을 보이며 구시렁거린다. 그러나 드 메스트랄은 열두 살에 (장난감 비행기로) 첫 특허를 보유한 인물이라, 「아이 씨」라고 말한 다음 집으로 가 도꼬마리 한 개를 현미경으로 관찰해 보았다. 그는 그것이 어떻게 그렇게 모피와 섬유에 자신을 단단히 부착하고도 적당한 압력으로 떨어질 수 있는지 알아내고 싶었다. 그의 눈에 들어온 건 작은 갈고리 수천 개였고, 그것이 하나의 영감을 촉발했다. 14년간의 시도와 오류 끝에 그는 마침내 그 작은 갈고리들의 모조품을 만드는 데 성공했다. 그리고 그것을 벨크로라 불렀다.

나의 여정 내내, 나는 사람들을 끈끈하게 만들어 주는 무언가를 지칭할 용어를 떠올리려고 해왔다. 그건 돌이켜 보며 정의 내리기에는 쉬운 것이었다. 우리는 거의 대부분의 근사한 우정을 보고 거기에 닻을 내려 준 요소를 짚어 낼 수 있으니까. 그러나 그 어떤 것을 의도적으로 설계하려고 하면 — 내 인생에서 지난 3~4년의 이야기 — 내가 찾고 있는 그것에 쉽게 이름을 붙일 수가 없었다. 그건 더 나은 이름을 얻지 못한 채 〈그 어떤 것〉으로 남아 있었다.

〈벨크로〉라는 단어가 몇 번 내 머리를 스쳐 갔는데, 그게 내가 찾을 수 있었던 가장 근접한 기술어였기 때문이다. 단단하게 붙어 있지만 쉽게 떨어질 수도 있는 두 개의 조각. 그러나 단어 자체가 너무 산업적으로 느껴지고 귀에 거슬려, 사람들 간의 우정이 지니는 부드러움을 포착하지는 못했다.

우리의 헛간 정상 회담이 성사되고 〈그 어떤 것〉이 무엇이 될지에 대해 다시 골똘히 생각하던 중, 나는 영감을 얻으려고 드 메스트랄로 하여금 벨크로를 발명하게 한 그 영감에 대한 이야기를 읽었다. 그가 프랑스어 단어인 velour(벨루어), 그리고 crochet(크로셰)를 합쳐 벨크로라는 이름에 도달했다는 것을 알아냈을 때, 나는 그 영감을 찾았다는 걸 알았다.

그 말은 영어로는 〈벨벳 갈고리〉라고 번역된다.

루스와 주디. 그들이 내가 〈벨벳 갈고리〉란 단어를 읽고 처음 떠올렸던 이들이다.

내가 두 사람을 처음 만난 건 루스가 내게 편지 한 장을 보낸 뒤였다. 그녀는 막 70대에 들어서고 있었고, 몇 년간 내 기사들을 읽으며, 나야말로 자기와 주디라는 이름의 한 여성 사이의 우정 이야기를 들려줄 만한 사람일지 모른다고 느꼈다고 했다.

두 사람이 만난 건 1970년대였다. 당시 주디가 지역 신문에 놀이 그룹을 함께할 엄마들을 찾는 광고를 실었었다. 루스가 나타났고, 둘은 즉시 죽이 맞았다. 둘 다 오래된 자전거에 애착이 있었고, 한 시간 정도 이곳저곳에서 타려고 슬쩍 끌고 나오기 시작했다. 그것이 하루 종일이 걸리는 여행과 일박 여행들로 변했고, 어느새 그들은 블루키와 브라운 베어 — 그들이 자전거들에 붙여 준 별명 — 를 비행기나 기차, 보트에 싣고 있었다. 아이슬란드와 아일랜드, 네덜란드, 그리고 로드아일랜드주부터 노바스코샤주의 저 끝에 이르는 북동 해안을 탐험하기 위해서였다.

루스가 내게 편지를 쓴 것은 그들의 이야기에서 무언가가 변했기 때문이다. 나이가 들며 질병이 함께 찾아왔다. 두 사람 다

유방암에 걸렸다 살아남았다. 블루키와 브라운 베어는 더 이상 전투에 활발히 참여하고 있지 않았고, 그들은 자신들의 인생 한 장(章)이 끝에 이르고 있다는 것을 느꼈다. 그래서 그들은 새로 시작했다. 전기 자전거로.

나는 그들이 새 전기 자전거로 떠난 장대한 모험인 마사스 빈 야드 여행에서 이틀 간 그들의 뒤를 따라다녔다. 내가 둘을 따라잡느라 끙끙대는 동안 두 사람은 수다를 떨고 깔깔대며 인생의 시간들을 보내고 있었다. 마치 깡충깡충 뛰어다니는 두 아이들 같았다. 젠장, 심지어 주디는 우리의 숙소까지 유스호스텔로 예약해 두었다. 두 사람의 관계는 흐뭇하게 지켜볼 만했고, 물론 그 관계에는 자전거 이외에도 무언가가 훨씬 더 많았다. 그러나 두 사람은 자전거 타기가 둘을 이어 주었던 것을 인정했다. 그것이 그들의 〈그 어떤 것〉이었다. 그들의 벨벳 갈고리.

갑자기, 나는 사방에서 벨벳 갈고리들을 발견할 수 있었다. 내가 기사로까지 썼던 한 무리의 사람들 중에는, 1970년부터 매 일요일 아침마다 한 명이 어린 시절을 보낸 집 앞에서 길거리 하키를 해 온 사람들이 있었다. 로리와 그의 대학 친구들이 뉴 햄프셔주의 위니페소키 호수에서 겨울마다 벌였던 연못 하키 토너먼트도 있었다(마지막 두 해 겨울에는 내가 교체 선수였다). 두 경우 모두 하키 자체는 끔찍했다. 하키는 차가 가득한 거리나 커다란 금이 간 꽁꽁 언 호수에서 순조로이 진행할 수 있는 경기가 아니기 때문이다. 그러나 그것이 벨벳 갈고리였다.

내 인생 여기저기에도 벨벳 갈고리들이 흩어져 있었다. 바 트리비아나 서핑처럼 단순한 활동을 중심으로 돌아갔던 관계들이 그랬다. 더 나아가 나는 벨벳 갈고리가 떨어지면 우정에 무슨 일이 일어나는지도 볼 수 있었다. 한때 나는 윌, 스콧이란 이름의 두 친구와 꽤 가까이 지냈는데, 둘은 우리 집에서 바로 모퉁이를 끼고 돌면 나오는 곳에 살고 있었다. 우리 셋은 지금 생각해도 말이 안 되는 이유들로, 리얼리티 쇼「서바이버」를 기반으로 한 상상의 리그를 만들었다. 매주 스콧네 집에 가 그 쇼를 보았고, 실시간으로 실존 인물들을 두고 치열한 교섭을 벌였다. 이 놀이는 몇 년 동안 이어졌다. 그리고 모두 다른 곳으로 이사 가고 나자 벨크로는 떨어졌다.

아주 소소하지만 꽤 많은 의미를 지녔던 사촌 마이클과의 일화도 있었다. 그는 나보다 약 스무 살이나 나이가 많아 난 언제나 그를 우러러보았다. 어릴 적에는 공동 주택에서 우리 집 아래층에 살았는데, 내가 여덟 살인가 아홉 살쯤 되었을 때, 자신이 보스턴 마라톤에 나갈 거라고 했다. 흥미로운 결심이었던 게, 그는 선수도 아니었던 데다 경기는 약 한 달밖에 안 남아 있었기 때문이다. 마라톤 당일이 되자 우리 가족은 악명 높은 뉴튼 힐스의 시작점인 약 26킬로미터 지점 근처로 갔다. 드디어 마이클이 통과하는데 꼭 죽을 것처럼 보였다. 아무리 봐도 그가 16킬로미터를 더 버틸 가능성은 없었다. 그러나 마이클은 정확히 해냈다. 세월이 흐르고, 그는 자신이 그날 끝마칠 수 있었던 유일한 이유는 나와 내 동생을 보았고, 우리가 자기를 얼마나 우러러보는지를 알았고, 자기가 포기하는 걸 보면 우리 마음에

상처를 줄 거라는 걸 알았기 때문이라고 말하곤 했다. 그가 이 얘기를 한 시점이 내가 보스턴 마라톤을 뛰어야겠다고 결심했던 순간이었다. 그게 흥미로운 결정이었던 건 나는 선수가 아니었기 때문이다. 그래도 나는 뛰었고, 그것이 이번에는 60대인 마이클에게 다시 도전해야겠다는 자극을 주었다. 그가 다시 대회에 나왔을 때, 나는 코스에서 가장 평판 나쁜 지점인 하트브레이크 힐 정상에서 손으로 쓴 표지판을 들고 기다렸다. 거기에는 이렇게 써 있었다. 〈하트브레이크는 이제 그대의 뒤에 있다.〉*

그 표지판은 현재 그의 사무실에 걸려 있고, 우리는 매년 하트브레이크 힐 정상에서 그 표지판을 함께 들고 경기를 구경하기로 협약을 체결했다. 유일한 예외가 있다면, 우리 중 한 명이 달리고 있을 때였다. 물론 마이클은 이후로도 매년 달리고 있어, 우리가 실제로 서로를 보는 건 그가 그 정상에서 나랑 껴안으려고 멈출 때가 유일하다. 그래도 그건 놀랍다. 그것이 우리의 벨벳 갈고리인 셈이다.

* * *

다음 〈홀수 수요일〉이 오기 전에 나는 오래전 했어야 하는 일을 했다. 나는 내게 처음 〈수요일 밤〉에 대해 얘기해 주었던 오지에게 전화를 했다. 문득 그 실제 멤버들이 수요일 밤마다 실

---

* 상심(heartbreak)한 사람을 위로하는 풍으로 만들었다.

제로 뭘 했는지 실제로 물어본 적이 없다는 게 떠올랐기 때문이다.

「우린 항상 한 가지 활동을 하려고 시도했어요」가 그의 첫 마디였는데, 그건 내가 들을 필요가 있기도 하고 없기도 한 말이었다. 「여름에 날씨가 좋으면 배를 타러 가죠. 두 명한테 요트가 있어 그걸 많이 해요. 종종 산악 자전거도 타러 갔고요. 뭐 다양하지만, 우리는 항상 한 가지 활동에 기반을 두려고 해요.」

「겨울철에는, 멤버 한 명에게 근사한 헛간이 한 채 있어요.」(참조 항목: 들을 필요가 있는/ 들을 필요가 없는.) 「그 헛간에는 셔플보드 테이블과 탁구대가 있고, 또 우리가 하는 이런 배드민턴 유형의 게임이 있죠. 사람들은 그저 오면 되고, 항상 뭔가 할 거리가 있어요. 우리는 그냥 둘러앉아 있지를 않지요.」

그는 이 모든 얘기를, 사람들이 보통 별로 해줄 말이 없다는 말투로 얘기할 때처럼 빠르게 설명했다. 그냥 어딘가 갈 곳과 무언가 할 것.

우리는 그의 〈수요일 밤〉 중 하루에 내가 참석해 본다는 잠정적인 계획을 세운 다음 전화를 끊었다. 답들이 놀랍도록 단순하지만 엄청나게 복잡하다는 느낌이 들었다. 아니면 아마 내가 그렇게 들을 수밖에 없던 상황인지도 몰랐던 게, 나는 이미 겨울의 헛간과 여름의 바다가 포함된 한 가지 활동을 슬슬 궁리해 보고 있었기 때문이다. 바로 보트를 만드는 것이었다.

내가 살고 있는 동네, 에식스는 한때 〈세계 조선의 수도〉였다. 돛대가 두세 개 달린 범선 시절의 오래된 얘기이지만 동네 이곳저곳에는 여전히 보트용 창고들이 몇 군데 있었고, 그 안에는 빈둥거리다가 이따금 배를 만드는 한 무리의 노인들이 있었다. 어딘지 내 아이디어에 낭만적으로 들어맞는 무언가가 있었다. 물론 아주 복잡한 일이었던 것이, 일단 내가 보트 만드는 법을 전혀 모르는 데다 막대한 비용과 노력도 필요한 일이었다. 헛간 주인 앤디에게 가서 이렇게 말하면 군색하리란 것은 더 말할 필요도 없었다. 「매주 홀수 수요일마다 헛간 복층을 써도 된다고 했던 것은 저도 알지만, 겨우내 헛간 전체를 써도 될까요?」

내가 마음에 두었던 배는 파일럿 긱으로, 여섯 명에 키잡이 한 사람까지 앉을 수 있는 커다란 조정 경기용이었다. 나는 그 배를 타는 여자들 몇 명을 알고 있었고, 그들은 일주일에 2~3일 아침에 모여 바다에서 아주 즐겁고 왁자지껄한 시간을 보내곤 했다. 따라 할 가치가 있는 일로 보였지만, 그들이 가입한 조정 클럽은 보트 수가 한정되어 있어 엄청난 수요가 있었다. 그래서 나는 겨우내 우리도 하나 만들면 여름에 탈 수 있으리라는 생각을 했던 것이다. 그러나 그 생각을 멤버들 몇 명에게 꺼냈을 때, 결코 굉장한 반응을 얻지 못했다. 왜 그런지 짐작할 수 있었다. 혹은 적어도 내가 그 거창한 제안에 더 푹 빠져 있지 않은 이유는 알 수 있었다. 그건 벨벳 갈고리가 아니었다. 오히려 아무것도 없는 상태에서 그런 뭔가를 시작한다는 것은 쇠고랑을 차는 일이었고, 안 그래도 비슷한 일이 산더미 같은 성인들에게는 또 하나의 부담이었다.

존이 우리는 펌프 트랙을 만들어야 된다는 아이디어를 처음 언급했을 때, 나는 분명 그게 모임을 구원할 계획이라 생각하지 않았다. 대신 내 반응은 이랬다. 「대체 펌프 트랙이란 게 뭔데 그래?」

존은 헬스장 운영자였고, 둘 다 공통의 지인 한 사람에 대해 우스꽝스러운 비호감을 갖고 있다는 걸 알게 된 뒤로 친구가 되었다. 딱 그렇게 우리는 겉으로 인사치레를 유지하면서도 밑으로는 솔직한 속삭임을 공유하는 주니어 등급의 절친이었다. 진짜 우정으로 가는 길은 그때부터 꽤 빠르게 속도가 붙었는데, 우선 헬스장에서 일주일에 두 번을 만났던 데다 — 일관성과 활동성 양쪽에 체크 — 그 밖에도 매우 특별한 관심사들을 이상할 정도로 많이 공유한 것 같았기 때문이다. 그중 하나가 BMX 크루저였다. 그건 좀 독특해서 딱히 유명하지는 않은 자전거로, 덩치가 큰 아이들을 위한 대형 BMX 자전거다. 나는 오래전 한 대를 샀는데 나를 위한 서른 번째 생일 선물이자, 절대로, 정말로 어른이 되지 말자는 약속이었다. 매번 보고만 있어도 연석을 점프해 올라가고 싶은 충동을 느낀다.

그해 여름의 어느 시점에 존이 30분 거리에 오래된 BMX 트랙이 있다는 걸 발견했다. 어느 토요일 아침, 우리는 경주를 보러 아이들을 데리고 가보았다. 그렇게까지 재미있지는 않는데, 직접 타 보지도 못하면서 BMX 트랙 옆에 있는다는 건 꽤 힘들기 때문이다. 우리 아이들은 즉시 자기 친구들을 몽땅 데려와 실제로 타 보자며 다음번 계획을 짜기 시작했다. 어린이의 마음에 더트 점프*의 매력은 그런 것이다. 몇 주 뒤 우리는 아이들의 친구들과 다시 왔고, 결론은 훨씬 더 신나는 날이었다는 것이다. 내 생각에는 어른들이 아이들보다 더 신나게 탄 것 같지만. 특히 이 어른, 나는 정말이지 한 번에 거의 1미터씩 공중을 날았다.

덕분에 나는 존이 내게 펌프 트랙이란 「BMX 트랙 같은 건데, 다만 훨씬 작은 장소에 맞고, 자전거를 위한 롤러코스터 같은 것」이라고 말했을 때, 듣고는 아주 좋아했다.

* * *

나머지 멤버들을 설득하는 데에는 약 18초가 걸렸다. 〈우리 뭘 할까〉를 정하는 정상 회담을 위해 거의 모두가 헛간에 모였고, 내가 존에게 발언권을 양도하자 그가 빠르게 그 아이디어를 설명했다. 정말이지 그러자고 말할 필요도 없이 결정됐다. 물론이죠, 펌프 트랙을 만듭시다. 우리에게 약간의 부지와 혹시 가능하면 흙을 퍼 나를 약간의 장비도 줄 수 있냐고 동네에다 설득하는 소소한 업무는 내가 맡는다는 데 동의한 다음, 우리는 맥주 몇 병과 몇 번의 즐거운 웃음을 터뜨리는 일에 착수했다.

우리가 정말 펌프 트랙을 만들게 될까? 젠장, 난 알 수 없었다. 그러나 그건 멋지고 부드러운 벨벳 갈고리였고, 정확히 우리에게 필요했던 수준의 유치함이었다. 삽을 꺼내어 귀여운 장

* 흙으로 된 둔덕을 이용해 공중으로 도약해 다양한 묘기를 부리는 자전거 종목.

애물 몇 개를 만들자는 생각은 내면의 아이와 모든 면에서 딱 맞았고, 우리가 그걸 하게 될 거라고 말만 했는데도 다들 붕 떠 있던 게 가라앉으며 앞으로 나아갈 수 있게 된 것처럼 느꼈다. 내가 그날 밤 일중 가장 기억나는 건, 내가 웃고 있던 한 순간이다. 그 웃음과 함께 거대한 무게가 내 어깨에서 덜어진 것 같은 천분의 1초가 찾아왔다. 내가 그 편집자의 사무실에서 걸어 나온 지 2년 반째였다. 이후로 나는 단순히 내가 관심을 기울이지 않았었다는 이유로 망가진 무언가를 고치려고 달려왔었다. 그 순간 나를 잠잠하게 만든 건 내가 다시는 그걸 내 관심사에서 미끄러져 나가게 내버려두지 않을 거라는 확신이었다. 나는 우정에 항상 시선을 둘 테지만, 그건 더 이상 전력으로 집중해야 하는 무언가로 느껴지지 않았다. 게다가 헛간 안의 사람들을 둘러보고 있으니, 감히 말하는데, 내가 그들을 감염시켰다는 걸 알았다. 그들 역시, 그들이 전에 하지 않던 방식으로 우정에 시선을 두고 있었다. 그리고 일단 우리가 우리를 지켜주는 사람들에 둘러싸여 있다고 느끼면 편해지는 건 쉽다.

그날 오후에 나는 오지에게서 깜짝 전화를 받았었다. 나는 그가 어딘가 바람이 엄청나게 부는 곳에 있다는 걸 바로 맞출 수 있었다. 또한 그가 술을 몇 잔 걸쳤다는 것도 맞출 수 있었다.

「우리는 우리가 수요일 밤을 바꿔 놓았고, 오늘이 바로 그 수요일이라는 얘기를 하고 싶었어요!」 그가 크게 소리치며 또 한 번 수요일을 강조하자 그 주위의 웃음소리를 들을 수 있었다. 오지는 동료들과 요트 위에 있었고 나는 그들이 모임에 참석해도 되느냐는 내 문의에 대해 논의하고 있었다는 것을 추측했다. 뒤에서 다들 이런 얘기를 외치는 걸 들을 수 있었기 때문이다. 「그 친구한테 오고 싶으면 좋은 테킬라 좀 가져와야 한다고 해. 아주 좋은 테킬라 말이야!」

언제 내가 올 것인지에 대한 잡담이 오갔지만 그 순간 나는 내가 가지 않으리라는 걸 알았다. 그럴 필요가 없었기 때문이다. 그저 이 할아버지들이 10대들처럼 행동하는 소리를 들으며, 나는 그곳에서는 볼 것이 없기에, 볼 필요가 있는 것도 없다는 걸 알았다. 〈수요일 밤〉은 이벤트가 아니었다. 그건 약속이었다. 그들의 주요 활동은 서로를 위해 참석하는 것이었다. 의향을 보여 주는 것. 그것이 〈수요일 밤〉의 과학이었다.

13

「잠깐 시간 돼요? 당신에게 완벽히 들어맞는 질문 두 가지가 있거든요.」

나는 나를 이 혼란으로 끌어들였던 매거진 편집자의 사무실 입구에 서 있었고, 그는 빨간 펜에서 시선을 들어 올리며 한 바탕 웃음을 쏟아냈다. 프랜시스는 내게 딱 맞는 임무일 거라는 주장들로 나를 낚은 다음, 곧장 『보스턴 글로브』를 떠나 대학 동문회보 편집자라는 한결 편안한 자리로 이직했었다. 나는 내 임무와 그의 이직 사이에 무슨 연관이라도 있나 의심했지만, 그의 빠른 잠적은 마주 앉아 그 의심을 풀어 볼 기회조차 없을 거라는 뜻이었다.

그랬던 그가 이제 다시 돌아와 나를 놀라게 했다. 그는 2년 정도 떠나 있다가 『보스턴 글로브』의 매거진 수석 편집자로 돌아왔는데, 만일 위대한 저널리즘 일에 종사하며 자유 시간을 전부 포기하길 원한다면 딱 좋은 자리이다.

「앉으시죠.」 프랜시스가 책상 위 교정쇄들을 한쪽으로 쓸어내며 내게 말했다.

그의 사무실에서 앉으라는 권유를 수락했던 마지막 날, 나는 내 삶이 바뀌려 한다는 것을 몰랐었다. 나는 이제 내 삶이 바뀌었다는 사실에 대해 그에게 고마워하며 그 자리에 있었다. 그러나 나는 또한 그가 그 모든 데이터를 내 앞에다 흔들며, 남성들에게는 친구가 없으며 그것이 공중 보건의 위기라는 주장을 처음 하기 시작했을 때, 내가 물어보길 마다하지 않았던 무언가의 바닥에 닿길 원했다. 바꿔 말하면, 이 모든 증거들을 한꺼번에 끄집어내고 있던 게 왜 하필 그였지?

그는 또 한 번 웃음을 터뜨렸다. 내가 만일 프랜시스를 한 문장으로 묘사해야 한다면 쉽게 웃는 자라고 할 것이다. 그리고 이 웃음은 이런 뜻이었다. 당신, 나를 간파했군.

「〈뉴스란 편집자들에게 일어나는 일〉이라는 격언 알아요?」 그는 그 말을 한 뒤 그때까지 중 가장 큰 웃음을 터뜨렸다. 「나는 그냥 나 자신이 항상, 친구들과 보낼 시간을 잘 내지 않는다고 느꼈어요. 그래서 생각했죠. 〈20년 후에는 어떤 모습일까?〉」 그는 우리가 동갑인 데다 아직 어린 아이들을 둔 가정이 있으니, 나라면 같은 일들이 슬며시 기어드는 것을 느낄지 모른다고 쉬운 내기를 했다고 말했다. 「나는 엄밀히 말해 외롭지는 않았어요. 하지만, 이미 외로워질 가능성에 도달한 상태였고, 그건 뭐랄까 이런 느낌이었어요. 〈다른 사람들도 이걸 느끼고 있을까?〉 그거 알아요? 가끔 우리가 인생의 무언가를 알아채면, 이 모든 것들이 여운을 남기기 시작하고, 아마 예전 같으면 알아차리지 못했을 방식으로 그걸 알아차린다는 거죠. 그래서, 제 생각에 저는 그걸 느꼈고, 그 다음 의무총감의 발표들을 보았고, 여기에 뭔가 있는지 궁금증이 들기 시작했어요. 저는 제 자신의 느낌들을 시험하고 있었지요. 〈이건 그냥 나일까, 아니면 이런 식으로 느끼는 다른 사람들이 있는 걸까?〉」

그 질문에 〈있다〉라고 말함으로써 분명 내 삶의 방향이 바뀌었다. 그래서 나는 그 질문이 그에게도 똑같은 변화를 가져왔는지 물어보았다.

「그게 핵심 질문이에요. 저도 그에 대해 많이 생각해 봤죠. 그런데 복잡하더군요. 그리고 제가 여기 와 있는 바람에 모든 게 더 복잡해지고 있어요. 제가 만일 아직 어딘가 다른 곳에 있었더라면 이야기가 훨씬 더 간단하게 풀렸을 거예요.」 그는 어깨를 으쓱했다. 그의 말에 의하면, 그는 이곳을 떠난 뒤 큰 계획들을 세웠고, 함께 어울리는 것과 관련해 몇몇 옛 친구들에게 손을 뻗었다고 했다. 전반적으로 더 나은 일/생활의 균형을 유지하겠다고 다짐했었다고 했다.

그러더니 그는 잠시 말을 멈추었다. 그의 얼굴이 변했다. 그 결심의 기쁨은 우리가 현실이라 부르는 것 안으로 달려 들어갔다. 「나는 100퍼센트 성공한 경우는 아니었어요.」 이어서 말했다. 「그리고 내가 깨달은 것 중 일부는 이를테면 내가 이런 식으로 만들어졌다는 거죠. 일에 모든 걸 쏟아 붓는다는 거예요. 그래서인지 내가 생각했던 것보다 이 습관을 깨기가 더 힘들었고요.」

그의 목소리에는 약간의 죄책감 이상의 무언가가 담겨 있었다. 그것이 인생의 함정이다. 한 가지에 시간을 쏟는다는 것은 그 밖의 모든 것들에서 시간을 끌어온다는 뜻이다. 이상적인 목표야 〈우선순위를 차례대로 정리해 보세요〉이지만, 그런 개념은 주관적이고 유동적인 면들을 지나치게 단순화한다. 아마 더 현실적인 목표는 우리의 우선순위들을 정하고 그 어느 것도 등한시하고 있지 않다는 확신을 지니는 것이리라. 그의 경우, 좀 더 말랑한 무언가를 위해 언론 출판계의 빡센 임무들에서 벗어난다는 것은 자신에게 중요했던 무언가를 등한시하는 일이었다. 그래서 이 두 번째 승부는 그 나머지를 등한시하지 않고도 그것을 가질 수 있을지 모른다는 걸 증명하는 것이었다. 그리고 그는 단순히 잘 안다는 것만으로 유리한 출발점에 있었다.

「여길 떠나 있는 동안 골프를 시작했어요.」그가 말했다. 책상 양쪽에서 불어난 웃음을 위한 멈춤. 「하지만 골프는 그냥 핑계죠.」그가 말을 이었다. 「당신이 기사에 썼던 것들 중 한 가지 말이에요. 저로서는 한 번도 들어본 적 없던 얘기였지만 영원히 기억할 거예요. 어깨를 나란히 하고 세상을 보는 것에 대한 부분 말이죠. 제가 기대했던 것은 제 친구 카일과 한가한 소리나할 시간을 갖는 것이었는데, 이 골프라는 게 우리가 아이들이나 집에서 일어나는 일들에 대해 얘기하는 동안 손을 바쁘게 놀리는 그런 일이더군요.」

그가 마감으로 가득한 언론 출판의 세계로 돌아온 것은 그 관

246

계들에 쓸 시간이 줄어든다는 뜻이었지만, 나는 그가 아직 가능할 때 그걸 작동하게 하려고 확실히 분발하고 있는 것을 보니 기뻤다. 「지난 주말, 그러니까 토요일 밤에, 카일과 둘이 영화를 보러 갔었어요. 10시 반 상영이었는데, 그 시간이면 저에게는 취침 시간이나 마찬가지죠. 하지만 우리는 아이들이 자러 가는 9시에 나와서 잽싸게 한잔을 하러 갔고, 거기서 좀 떠들다가 12시 반까지 영화를 봤죠. 그 친구를 데려다줬고요. 마치 데이트 같은 게, 굉장하더군요. 뭐랄까 마치 제가 그런 중요한 일들을 하고 있는 듯한 느낌이었는데, 왜냐하면 당신이 쓴 많은 부분이 그 이후로 제게 들러붙어 있었기 때문이죠. 이 일은 톡 튕기면 모든 게 바로잡히는 그런 스위치가 아니었어요. 여전히 할 게 많았죠. 하지만 그냥 거기에 걸맞은 약간의 언어를 가지는 것만으로도 그것에 대해 더 잘 알게 되더군요.」

요약하자면 그런 얘기였다. 좋은 편집자들은 저렇다. 우리가 뒤엉킨 생각들을 그들에게 산더미같이 쌓아 놓고 나면, 그들이 우리가 이야기의 등뼈를 찾을 수 있도록 도와줄 것이다.

내 모험에 있어 〈그 후로 언제까지나 행복하게〉 같은 순간은 없을 것이다. 갖고 와 모두를 구해 줄 약도 없고, 톡 튕기면 모든 걸 바로잡아 줄 스위치도 없다. 언제나 뭔가 해야 할 일이 있을 것이다. 그러나 나는 그 언어를 지니고 있었고, 아마 그 정점에 머물 약간의 도구들도 있는 것 같았다. 그리고 프랜시스는 모든 것 중에 가장 단순한 도구를 썼다며 나를 칭찬했다.

「당신은 모습을 드러내고 있잖아요. 사람들이 한 말이 맞아요. 인생의 90퍼센트는 그냥 모습을 드러내는 거예요. 당신한테 똑 부러지는 뭔가가 있는지, 새로운 할 말이 있는지 등등은 아무도 신경 안 쓰죠. 그냥 거기 친구들을 위해 있다는 게 중요한 거예요. 어떤 면에서, 그것이 제가 당신과 함께 시작한 이 여행에서 배웠던 점이에요. 이 이야기는 그냥 거기에 있다는 것, 〈너를 친구로 두었다니 멋진 일이야〉라고 말해 주는 게 사람들에게 몹시 중요하다는 것에 대한 이야기죠.」

「그럼요, 저는 당신을 친구로 생각해요.」 나는 그에게 그렇게 말했다. 「그리고 다시 돌아와 줘서 기뻐요.」

나에게는 처음부터 다시 시작하기 환상이 있다. 가끔 그 환상은 꿈으로도 나타나는데, 그 꿈에서 나는 과거의 어느 시점으로 돌아가 인생을 다시 살 기회를 얻는다. 딱 한 번, 그 많은 일들을 망치지 않으면서 말이다. 또 다른 경우, 그 환상은 실제의 세상을 배경으로 나타나는데, 거기에서 나는 거의 모르고 지냈던 전직 동료가 화재로 전 재산을 잃은 걸 알게 되어 그에게 이렇게 초조하게 묻는다. 온갖 장소들, 그러나 항상 사무실 화장실에서. 양말도 전부 새로 사고 다시 시작해야 하지만, 뭔가 굉장한 게 있지 않느냐고. 그는 자기는 경험 전체가 해방되는 계기를 찾고 있었다고 고백했다. 비록 그의 얼굴은 자신이 그걸 큰 소리로 말하면 안 될 것 같은 기분이었다고 내게 말하고 있었지만.

다행히도, 인생에는 그런 다시 시작하기 환상들을 위한 치료법이 있다. 그건 육아라 불린다.

지금, 나는 이 페이지들에서, 확실한 조언을 건네고 싶은 욕망에 엄청나게 저항해 왔다. 내가 베풀어도 마음이 놓이는 조언, 유일하게 부탁받지 않은 조언은 이것이다. 부탁받지 않은 조언은 하지 말 것.

나는 질문에는 재주가 있지만 대답에서는 꽁무니를 빼는데, 그건 우정은 마음의 문제라 실질적인 〈전문가〉라는 게 없기 때문이다. 이 실례를 보여 주기 위해, 나는 우리가 전문가의 평가를 거친 〈전문 지식〉을 전례 없이 많이 갖고 있지만, 단절을 느끼는 사람들 또한 지금보다 많았던 적이 없다는 점을 다시 지적할까 한다. 물론, 여러 연구들은 안내자 역할을 해주고, 외로움과 그 영향에 대한 끔찍한 데이터는 안 좋은 혈액 검사 결과만큼이나 진지한 행동 개시 명령으로 받아들여져야 한다. 그러나 치료를 위한 뚜렷한 처방이란 것은 거의 없는 데다, 이건 아는 것으로 절반은 이기는 그런 싸움도 아니다. 고립의 놀라운 위험, 든든한 관계들이 주는 건강상의 기적에 대해 알게 된다는 것은 분명 첫 걸음이자 행동 개시 명령이다. 그러나 인생을 위해 친구들을 만들어 가는 다른 모든 발걸음은 정말이지 의향에 관한 이야기이다. 의향을 가지는 것, 의향을 보여 주는 것, 일상의 삶에서 의향을 우선시하는 것.

육아는 그러나, 매일의 안내자를 필요로 한다. 그 대부분은 따분하다. 〈그냥 신발을 문 가까이에 둬. 그럼 아침 내내 찾느라 고생 안 해도 될 거야.〉 그 대부분이 아이들을 살아 있게 유지시키는 단순한 서비스에 속한다. 「내가 너라면 그 가위를 그 소켓에 꽂지 않을 거야.」 그러나 좀 더 깊이 있는 순간들도 있다. 아이들에게, 만일 다시 돌아가 뭔가를 할 수 있다면 모든 걸 어떻게 다른 식으로 할 것인지에 대해 조언할 기회가 있을 때가 그렇다. 그건 마치 카 시트에 묶여 있는 청중에게 조촐한 졸업식 연설을 하는 기분이다.

「젊은이들은 그들의 삶을 가지고 뭘 해야 할까요?」 그건 좋은 질문이고, 작가 커트 보니것Kurt Vonnegut이 언젠가 좋은 대답을 내놓았었다.

「분명히, 많은 것들이 있죠.」 그가 말했다. 「하지만 가장 대담한 일이라면 외로움이라는 끔찍한 병을 치유할 수 있는 안정된 공동체들을 만드는 것입니다.」

우리 아이들이 커서 살아갈 세상은 내가 태어난 세상과는 많이 다를 것이다. 그래서 내 졸업식 연설들은 개개인으로서의 그들뿐 아니라 아직 이름이 없는 세대, 내가 — 격려, 그리고 일종의 부추김 둘 다의 의미로 — 〈마을 주민들〉이라 부르고 있는 미래 세대의 구성원들에게 전하는 것이다.

Z세대 뒤에 태어난 〈마을 주민들〉은 오바마의 당선으로 시작되어 트럼프로 이어진 시대, 사회적 가능성과 사회적 분열이 함께 가는 것처럼 보이는 세상에서 첫 숨을 들이쉬었다.

다행히도, 그 세상은 오래된 오류들을 바로잡고 있는 세상이다. 그러나 오래된 교훈들이 등한시되거나 잊히고 있는, 특히 이 안정된 인간 공동체라는 영역에서 잊히고 있는 세상이기도 하다. 사회적 기술에 성공의 기반을 두고 있던 우리 종(種)이,

대체 어쩌다가 우리가 드디어 연결된 바로 그 순간에 산산조각 났던 걸까? 예전에 작동했던 무언가가 이제는 중단된 걸까?

그 대답은 〈그렇다〉가 틀림없을 것이다. 우리가 긴 역사 동안 친구들의 공동체들을 만들고 유지하는 일을 얼마나 잘해 왔는지만 고려해도 그건 뼈아픈 일이다. 호모 사피엔스의 역사에서 어느 순간의 이름을 대든 여러분의 직계 조상들이 나온다. 자식들을 성공적으로 길러 내, 그 결과 그들이 자기 자식들을 기를 만큼 살려 낸 이들 말이다. 그런 일에는 사회적 연결망이 필요하다. 마을 하나가 필요하다. 나는 〈마을 주민들〉이 다시 한번 그 사실을 깨닫기를 바란다.

현대의 낭만적 서사에서 〈생존〉은 어떤 고독한 행위로 그려진다. 세상에 맞서는 인간. 영화를 만들 때에도 공동의 싸움에 함께 맞서는 평범한 대중들보다는 억센 개인들이 더 도움이 된다. 그러나 우리 인간의 역사란 외톨이들이 아닌 모둠, 집단, 공동체, 친구들의 역사다. 우리가 누군가에게 기댈 수 있고, 그들이 우리에게 기댈 수 있다는 걸 안다는 것은 인간의 교류 활동에서 가장 만족감을 주는 일 중 하나다. 거기에는 뚜렷한 상호의 이득이 있다. 당연히. 그러나 뚜렷한 기쁨도 있다. 인간관계에서 생겨나는 불꽃은 마법이나 다름없는 인간의 행동들 중 임신이라는 불꽃과 비교할 때에만 2위이다. 내가 너를 좋아하고 네가 나를 좋아하면 우리는 함께이고, 이 산들을 혼자 오르지 않아도 될 것이다.

그러나 인터넷 시대가 오며 모든 것들이 변했다. 인간성의 역사에서 이 시대는 〈전과 후〉를 가르게 될 것이다. 그것은 연결자이며 분리자다. 나는 내가 이 문장들을 쓰고 이것들이 읽히는 사이에 흐르는 매초 동안에도 이 걱정들이 별나고 예스럽게 들릴 거라는 것이 두렵다. 뭔가 새로운 것이 온라인으로 이동하고 면 대 면으로 일어나기를 멈출 때마다, 우리는 세상이 주는 〈사회적 자본〉의 공급을 고갈시킨다. 그것은 우리가 사람들 사이의 긍정적인 관계들로부터 이끌어 낸 가치들을 위한 과학적인 용어로, 생태계에서 가장 중요한 자산일지 모른다.

기본적인 수준에서, 더 많은 것들이 자동화될수록 우리는 개인으로서의 서로를 점점 더 이해하지 못하게 될 것이다. 왜냐하면 서로 대화를 나누는 데 쓸 시간이 줄어들 것이기 때문이다. 이미 우리는 온라인으로 쇼핑을 하고, 소파 위에서 영화를 보고, 앱으로 식사를 주문한다. 젠장, 심지어 우리는 연인까지 온라인으로 구한다. 불꽃 튀는 관계를 찾아 실제 밖으로 나가 여러 사람들과 대화를 나누어 볼 필요 자체를 배제하는 것이다.

성인에게 교류를 강요했던 한 가지 — 고용 — 는 몇 년 사이, 너무나 급격해 4차 산업 혁명이라고도 불린 지진 같은 변화를 거쳐 왔다. 증기, 전기, 디지털…… 재택근무? 집에서 일하는 사람의 수는 끝이 안 보이도록 계속 증가하고 있고, 코로나바이러스의 출현은 그걸 가속화했을 뿐이다. 그러나 이미, 사무 공간을 공유하기 위해 꽤 많은 돈을 지불하는 〈코워킹〉 공간들이라는 반대급부의 산업을 낳기도 했다. 많은 사람들이, 고립되어 일하는 것이 온통 축복뿐인 고독은 아니라는 걸 깨달았기 때문이다.

그 모든 것은 우리의 〈바쁨〉이라는 신화, 우리 문화에서 잘 알려져 있고, 일종의 성공의 배지로 떠받들어지는 그 신화와 조화를 이룬다. 여기에는 두 가지 큰 문제가 있다. 첫 번째, 사실 우리는 지금 그 어느 때보다 덜 바쁘고, 자동화가 의심의 여지 없이 그걸 도와 왔다. 우리가 인스타그램을 멍하니 넘기거나 넷플릭스에서 볼 것을 고르느라 허비하는 시간은 여기에서 바쁜 것으로 치지 않는다. 그리고 두 번째, 〈바쁜 삶〉을 〈충만한 삶〉과 혼동하면 안 된다. 그 미끼 상술은 너무나 오랫동안 계속되어 왔다. 그래서 나는 다시 한번 반복하려 한다. 우리는 잘못된 정보에 의해 잘못된 정보를 받아 왔다는 것.

그러나 내가, 특히 부모로서 가장 우려하는 것은 오늘날 삶의 많은 부분이 소셜 미디어로 채워져 있다는 점이다. 나는 내 삶의 너무 많은 시간을 페이스북과 인스타그램을 스크롤하느라 허비했지만, 이제 중독 상태로 되돌아갈 가능성은 없다. 나는 기본적으로 사람들을 좀 더 긍정적으로 대하고 있다. 정말로 그렇다. 또 그들을 사회적 역할보다는 실제의 사람들로 더 생각하고 있다. 그건 나의 교류가 직접 만나서, 혹은 전화나 이메일, 문자 메시지 같은 사적인 일대일 기술을 통해 이루어지기 때문이다. 실패의 여지 없이, 그런 교류들은 사회적 자본이라는 은행에 훨씬 더 긍정적인 예금을 남기며 끝날 것 같은 느낌을 준다.

이것이 〈마을 주민들〉이 자라나 살아갈 세상이고, 나는 내 아이들을 마냥 숨겨 둘 수 없다. 아이들은 인터넷에 의해 점점 더

253

특정한 마을들로 나뉜 세상에서 어른이 될 것이다. 그 세상에서는 하위문화 내의 하위 포럼 안에 하위 댓글들이 있고, 그 각각은 더 넓은 공통점을 비추기보다는 차이를 강조하기 위해 존재할 것이다. 그래서 내가 지은 별명, 〈마을 주민들〉은 그들로 하여금 〈우리〉와 〈그들〉이 아닌 〈우리들〉로서 세대와 함께 생각해 보자는 ─ 그들의 마을들(그들은 여러 마을들에 속할 것이기에)이 우리 사회를 형성하기 위해서는 함께 공감대를 이루어 나가야 한다는 걸 깨닫자는 ─ 하나의 도전 과제이다. 그것이 인간의 문화가 진화해 온 긴 이야기이고, 그건 이대로 버려져서는 안 된다. 오히려 앞으로 나아가도록 요구해야 한다.

그리고 한 명의 아빠로서, 나 자신의 도전 과제는 내 이전 세대의 아버지들이 해왔던 것과 마찬가지일 것이다. 그것은 내 아들들에게 그들이 태어난 세상에서 〈한 명의 남자가 되는 법〉을 가르치는 일이다. 그건 남성 호모 사피엔스 안에 있는 유전자 코드의 고유한 진실들 간에 균형을 맞춰야 하는 일이기도 하지만, 남자들은 〈이러이러해야 한다는〉 학습된 나쁜 습관들로부터 탈피해야 하는 일이기도 하다. 『살롱』지에 쓴 놀라운 에세이에서, 사회학자 리사 웨이드Lisa Wade는 이렇게 썼다. 〈가까운 친구가 되기 위해, 남자들은 기꺼이 그들의 불안정을 고백하고, 타인들에게 친절하고, 공감하고, 때로는 그들 자신의 이기심을 희생할 필요가 있다. 그럼에도 《진정한 남자들》은 이러한 것들을 요구받지 않는다. 그들은 오히려 이기적이고, 경쟁적이고, 감정적이지 않고, 강인하고(전혀 불안정함 없이), 그리고 감정적인 문제들을 도움 없이 다룰 수 있어야 한다고 배운다. 좋은 친구가 된다는 것은, 그러므로, 좋은 친구를 필요로 하는 것 못지않게 계집애 같다는 말과 동급이다.〉

그런 처방들이 우리를 오늘날의 모습으로 이끌었다. 우정에는 젬병인 남자들의 세대. 그러나 부모 세대들의 대단한 점 가운데 하나는 하나같이 자신들이 한 실수를 자신의 자녀들은 피했으면 하는 욕구를 지니고 있다는 것이다. 나는 초연한 척하는 것 등등에는 일등인 X세대 출신이다. 이제 우리 X세대는 우리에게 낯설게 느껴질지 모를 방식들에 자녀들이 사회적으로, 정서적으로 참여하는 걸 막는 일에 집착하고 있다. 어제의 게으름뱅이들이 오늘날의 헬리콥터 부모가 된 셈이다.

우리 아이들의 학교에는 운동장에 〈친구 벤치〉라는 게 있는데, 아이들이 무리에 끼지 못한다고 느끼면 거기에 앉아 있을 수 있다. 내가 운동장 꼬마였을 때 주위에 그런 게 있었다면, 놀림받을까 두려워 아무도 그 근처에는 안 갔을 것이다. 그건 학교 식당에 혼자 앉아 있는 것보다 열 배는 최악이었을 것이다. 나는 큰애에게 그 벤치를 쓰려다 망설인 적이 있는지 물어보았는데, 그 애는 정말로 그 질문을 이해하지 못했다. 소외감을 느끼고 친구가 필요하다는 걸 인정하는 데 왜 어색함을 느낀다는 거지?

이런 것들이 이 책을 마무리하던 내 머리 속을 질주하던 주제들이었다. 그리고 내 안의 순진한 몽상가는 세상을 위해 일종의 〈친구 벤치〉 같은 것을 만들어, 사람들에게 그냥 같이 앉을 친구

한 명이 필요하다고 말해도 괜찮다는 걸 보여 줬으면, 하고 바랐다.

그리고 코로나바이러스가 찾아왔다.

* * *

세계가 빠른 속도로 고립을 강요하며, 우리는 아마도 인류 역사상 가장 심각했을 외로운 기간을 보내기 시작했다. 전 세계가 외로움을 함께 헤쳐 나갔고, 절실하게 그걸 알게 되었고, 그에 대해 기꺼이 얘기했는데, 왜냐하면 그것이 실제로 이야깃거리의 전부였기 때문이다. 〈왜 우리는 어울려 놀지 않지?〉라는 철학적인 질문 대신, 우리는 다들 〈우리는 언제 어울려 놀 수 있지?〉라는 구체적인 질문을 마주했다.

사회 과학은 우리가 무언가를 함께 헤쳐 나가고 있을 때, 가장 강력한 유대감을 형성한다고 말한다. 서로가 필요하다고 느끼는 마법을 경험할 기회들이 우리에게 주어지기 때문이다. 현대의 성인들에게 그런 기회들은 좀처럼 주어지지 않는다. 우리가 공동의 선에 대한 헌신을 보여 줘야 하는 경우는 드물다. 그러나 그런 공헌을 하려는 욕구는 우리 안에 있고, 아예 내장되어 있다. 〈친사회적 행동들〉*이라고 알려진 일을 할 경우 그 보답으로 몸 안에 좋은 느낌의 호르몬이 방출되는 건 그래서다.

그러나 현대의 세상에도 집단으로 거기에 이를 수 있는 검증

---

* 남을 돕거나 협동하는 것처럼 사회를 이롭게 하는 폭넓은 행동들.

된 방법이 있다. 하나의 기회, 우리가 갖고 있는 가장 강력한 사회적 접착제를 만들어 내며, 다른 무엇과도 다른 욕망을 풀어놓게 되는 기회. 물론 나는 그런 일이 일어나는 걸 결코 보지 않기를 맹렬히 바랐다.

집단적 재난은 모든 면에서 끔찍하다. 한 가지만 빼고. 그 재난들은 우리에게 집으로 돌아갈 것을, 우리가 진화하느라 수백만 년이 걸린 부족적 동물들로 돌아갈 것을 강요한다. 정말로 모든 게 엉망진창일 때, 우리에게는 공동체, 부족의 기본적 정의를 충족할 기회가 주어진다. 그것은 서로를 지켜 주는 것이다.

그러나 표준 재난 전술책*이 사람들에게 한데 모일 것을 요구하는 것과 달리, 이번 위기는 우리에게 서로 멀어질 것을 요구했다. 적어도 물리적으로. 세상의 대부분이 격리에 들어가면서 두 가지 건강상의 위기가 동시에 찾아왔다. 바이러스, 그리고 우리가 그 바이러스의 확산을 멈추려고 싸우느라 모두에게 강요한 고립에서 태어난 외로움. 인류 역사상 그처럼 많은 사람들이 그토록 외로웠던 적은 이전에는 없었다.

그러나 그 컴컴한 허공으로부터 뚜렷한 경향이 나타났다. 사람들은 곧바로 그들의 부족적 관계들 주위로 모이기 시작했다. 갑자기, 나는 내가 늘 회원이었던 모든 모임들의 멤버들과 단체 문자의 사슬 안에 있다는 걸 깨달았다. 고교 시절 친구들. 대학 친구들. 저널리즘 스쿨의 동기들. 남동생과 사촌들. 헬스장 친

---

* 재난 대응 매뉴얼을 스포츠 전술을 담은 책에 비유한 것.

구들. 10년 전에 함께 바 트리비아를 했던 무리들. 「서바이버」
로 가상의 리그를 했던 친구들.

　내 폰은 8초마다 거칠게 진동했다. 주로 엄청난 성기를 지닌
벌거벗은 남자*가 포함된 밈의 최근 버전이 딸려 왔지만, 적어
도 연락을 유지하는 단순한 기능으로 작용했다. 만일에 대비한.

　그리고 단체 화상 채팅들이 있었다. 그 기술들은 오랫동안 사
랑받지 못한 채 빈둥거리고 있었고, 가상 회의로 고통받는 장거
리 근로자의 재앙이었다. 그런데 하룻밤 사이에, 불확실한 나날
을 마치고 함께 느긋하게 쉬는 곳, 가상의 캠프파이어가 되어
버렸다.

　젠장, 나조차 실제로 전화를 걸기 시작했다. 여전히 그 전화
라는 게 싫었지만.

　흥미롭게도, 이 중 어느 것 하나 〈소셜 미디어〉의 범주에는
들지 않을 것이다. 그러나 모든 이들이 〈부족적 미디어〉라고 표
현하면 최선일 〈연결 플랫폼들〉로 돌아섰다. 유기적으로 본능
적으로, 팀들이 모이고 있었다.

　〈재난들이 하는 것처럼 보이는 일은 ─ 때로는 몇 분 만에 ─
1만 년간의 사회적 진화에서 시계를 거꾸로 되돌리는 것이다〉
라고 시배스천 영거가 그의 놀라운 책 『트라이브, 각자도생을
거부하라』에다 썼다. 〈집단 생존의 바깥에는 생존이 없고, 그것
은 사람들이 몹시 그리워하는 사회적 유대를 만들어 낸다.〉

---

　* 2020년 〈베리 우드Barry Wood〉라는 가명으로 선풍적인 밈의 주인공이 되었던
남성.

나는 현대의 우리가 겪고 있는 대부분의 불안과 화, 단절의 기원을 우리에게 맞춰져 있던 부족적 삶을 포기한 데서 찾을 수 있다는, 점점 인기를 얻어가는 믿음에 동조하게 되었다. 그리고 우리는 가장 이상한 방식들로 — 물리적인 고립 상태에서, 디지털로 — 그 어느 때보다도 뚜렷하게 되돌아가려는 욕구를 보여주고 있었다.

격리가 서서히 해제되고 일상생활도 보통의 감각을 조금씩 되찾자 우리는 새로운 첫 〈수요일 밤〉을 열었다. 나는 이번에는 멤버 전부를 모으려 하지 않았다. 가장 최근에 사귄 베스트 프렌드 세 명으로 제한했다.

베스트 프렌드는 사람이 아니다. 그것은 단계다. 민디 케일링*이 언젠가 티브이 쇼에서 이 얘기를 했을 때, 나는 듣자마자 전율이 일었다. 내가 따랐던 베스트 프렌드에 대한 이상한 규칙들로부터 즉시 해방되는 기분이었기 때문이다.

나는 내 사촌과 동생에서부터 시작해, 오랜 세월 베스트 프렌드들을 사귀어 왔다. 뒤이어 다양한 급우들과 팀 동료들이 나타났지만, 나는 언제나 〈베스트 프렌드〉란 오로지 동시에 한두 사람만이 유지할 수 있는 자리라고, 안 그러면 그 가치를 잃는다고 여겼다. 나는 그 자리를 가장 긴 시간 동안 내 고교 친구인 마크와 로리에게 수여했고, 그건 베스트 프렌드가 되려면 그 정도 점수는 넘어야 한다는 공동의 이정표였다.

* 미국의 배우, 코미디언, 드라마 제작자.

그러나 베스트 프렌드는 하나의 단계로, 한두 명에게 속한 대좌라기보다는 많은 이들이 올라갈 수 있는 연단으로 생각하는 편이 훨씬 낫다. 일단 이 생각을 받아들이면, 내 오랜 친구들을 배신하고 있다는 느낌 없이 새로운 관계들을 즐길 수 있게 된다. 마크와 로리는 여전히 내 베스트 프렌드이다. 내 동생과 사촌도 그렇고. 그 사이에 나타났던 모든 이들도 그렇다. 뒤에 올 모든 이도 그렇다.

격리 기간 동안 나는 나에게 세 명의 새로운 베스트 프렌드인 케빈, 존, 앤드루가 생겼다는 걸 깨닫고 — 혹은 뭐랄까, 그들을 받아들인다는 결정을 받아들이고 — 행복해했다. 나는 그 셋과 거의 매일 연락했다. 심지어 수요일 밤 모임 전체가 코로나19로 계속 쉬는 동안에도 그랬다.

그들은 내가 실험을 시작했을 때 가장 활발히 교제했던 세 명이었다. 그러나 당시에는 우리 중 누구 하나 서로를 베스트 프렌드라고 했었을까 의문인데, 심지어 그 타이틀을 유지하고 있던 친구들보다 더 많은 시간을 어울려 놀았는데도 그랬다. 그러나 팬데믹이 덮치고, 우리가 집단 방어를 하고 있다는 걸 깨달았을 때, 나는 어느 예전 타이틀 보유자들보다도 이들과 더 많이 연락했다. 날씨가 풀리고 제한들이 천천히 해제되며, 우리가 첫 사회적 거리 두기 야외 모임을 할 수 있다는 게 확실해지자, 셋 중 누구도 멤버들 전체를 다시 모으자고 제안하지 않았다. 대신, 우리는 우리끼리 계획들을 세웠다. 케빈은 우리에게 비수기에 배 하나를 사줄 만큼 친절했고, 그래서 우리는 그걸 우리의 할 일로 만들었다.

〈홀수 수요일〉이 어떻게 되는지 나는 확실히 모르겠다. 여전히 나는 그 모든 멤버들을 좋아하고, 우리가 이곳저곳에서 언제까지나 모임을 열 수 있기를 정말로 바란다. 그러나 솔직히 말하면, 남학생 사교 클럽은 사실상 출범한 적이 없다. 그건 일종의 불발탄이었다.

내 장대한 아이이어는 실패였다.

내게 남은 거라고는 수요일 밤마다 함께 어울려 노는 세 명의 베스트 프렌드였다.

나는 어찌나 한심한 인간인지.

「새터데이 나이트 라이브」를 제작한 론 마이클스Lorne Michaels는 이렇게 말하는 걸 좋아한다. 자신의 쇼는 준비가 되어 시작되는 게 아니라고. 11시 30분이어서 시작하는 것이라고. 내가 이 여행을, 최소한 이 책에서만큼은 마무리 지으려 애쓰고 있다는 걸 깨닫는 것은 이런 느낌이다. 사이먼 앤 슈스터*의 좋은 분들께서 내가 그렇게 할 거라고 약속하는 계약서에 서명을 하게 했기 때문이다. 문제는 내가 아직 우정 이야기의 한가운데에 있다는 것이고, 나는 내 장례식장에서 머릿수를 세게 될 때까지 이 상태일 것이다.

이 여행의 시작점에 있던 나는 근본적으로 지금의 나와는 다르다. 다른 사람이 이런 얘기 하는 걸 들으면 오그라들지만, 나

* 이 책 원서를 출판한 미국 출판사.

는 정말이지 좋은 상태에 있다. 나의 친구들은 내 삶에서 우선순위이고, 나는 그들이 그렇게 영원히 우선순위일 거라 믿는다. 더 좋은 것은 나 또한 그들의 삶에서 우선순위인 느낌이 든다는 것이다. 내가 손을 들고 약간 한심한 인간이라는 걸 인정했을 때, 나는 나 자신과 내 여러 친구들에게 그동안 붙박여 있던 관계들을 느슨하게 해줄 적당량의 윤활유를 준 셈이었다. 그것은 온갖 거창하고 중요한 방식으로도 일어났지만, 무수히 많은 작은 방식들로도 일어났다. 어느 주말, 내 친구 윌이 로드아일랜드주 프로비던스에서 운전을 해 올라오고, 내 친구 스콧은 메인주 포틀랜드에서 내려와 우리는 다시 우리의 「서바이버」 가상 리그를 하며 주말을 보냈다. 또 다른 주말에는 로리와 우리의 친구들인 패트릭, 조와 함께 매사추세츠주 로웰에 갔다. 우리가 10대 문학 소년들이었을 때 넷이 함께 가보았던 잭 케루악의 무덤을 재방문하기 위해서였다.

나는 또한 사우시 출신으로 티미라는 이름의 어린 시절 친구 한 명 — 특유의 사투리와 태도를 지닌 이 전형적인 보스턴 토박이 한 명 — 과 다시 연락이 닿았는데, 우리의 관계는 티미가 교통사고를 당해 외상성 뇌 손상으로 고생한 이후에 훨씬 더 큰 의미로 다가왔다. 또 나는 하필이면 기차에서 새 베스트 프렌드를 사귀기도 했다. 조디라는 이름의 그 친구는 나를 화살 사냥꾼과 작살 낚시 어부로 만들려고 애썼지만 실패했다. 나는 정말이지 여전히 아무것도 못 맞추지만, 위장복을 입고 있으면 정말 환상적으로 어울린다.

목록은 계속 이어지고 있고, 나는 그것이 앞으로도 계속 이어지도록 확실히 해두는 데 전념하고 있다.

이 모험을 시작할 때, 나는 UCLA 외로움 측정표에 내 점수를 등록해 두었고, 그때부터 내 계획은 11시 30분*이 되면 그 테스트를 다시 해보는 것이었다. 그러나 나는 그 측정을 다시 해보지 않고 있다.

내 관계들은 더 좋아졌다. 그리고 더 좋은 건 언제나 더 좋은 것이다. 나는 그거면 충분하다.

문제의 문자가 온 건 새벽 2시 직전이었지만, 나는 다음 날 아침까지 그걸 보지 못했다. 나는 이내 혼돈에 빠져들었다.

로리와 마지막 대화한 지는 몇 주 정도 되었고, 나는 녀석이 잘 지내는 것처럼 보인다고 생각했다. 새로운 여자 친구와 1년 넘게 연애하고 있었고, 둘은 잘 맞는 옷처럼 보였다. 여자 친구는 근사한 사람인 데다 함께 어울려 놀면 재미있었다. 로리는 어느 순간 내게 이런 말을 해 어이없는 웃음을 강요하기도 했었다. 「나는 인간관계가 이렇게 쉬울 수 있는지 몰랐지.」

그러나 젠장…… 내가 그의 문자를 다시 읽었을 때, 나는 내가 그와 마지막으로 대화를 나눈 게 언제인지 사실은 몰랐다는 걸 인정해야 했다. 아마 몇 주가 아니라 한 달이었던 것 같았다. 어쩌면 그 이상. 우리는 정말 이 덫에 또다시 걸려든 걸까? 나는 걱정이 되었다.

* 론 마이클이 말한 「새터데이 나이트 라이브」 시작 시간. 즉, 마감 시간.

263

〈이봐, 친구.〉 그는 이런 문자를 남겼다. 〈늦은 시간이고, 너는 분명 《오, 로리》라 생각하겠지, 하지만 사실…… 네가 정말 보고 싶다. 우리, 계획이나 일 같은 것 없이 좀 볼까? 바로 지금이라면 정말이지 내가 베스트 프렌드가 될 수 있을지도……. 아니면 내일, 아니면 언제든 너 될 때.〉

나는 문자를 확인하자마자 답장했다. 〈로리, 일어나면 전화해!〉

한 시간을 기다리다 전화해 보았다. 그리고 또 전화를 걸었다. 그리고 세 번째 전화를 했다. 정말이지 진지하게 도움이라도 요청해야 하나 생각했다.

마침내, 로리가 새벽 문자를 보낸 지 약 여덟 시간 만에 드디어 답을 보내 왔다.

〈2시까지 회의야. 끝나고 전화할게.〉

망할 놈의 로리.

마침내 통화가 되었을 때 그는 이렇게 말했다. 서세이와의 법적 분쟁 때문에 아주 우울해 죽겠다고. 집과 사업, 그 밖에 두 사람이 공유했던 모든 것을 나누려다 보니 그들은 1년 이상을 끌어 오고 있었다. 변호사들은 그의 은행 계좌를 바닥내고 있었고, 분쟁은 그로부터 삶을 쫙쫙 빨아들이고 있었다. 그는 어서 모든 게 끝나 비로소 좀 움직일 수 있게 되기를 바랐다.

물론, 나는 더 안 좋은 일이 있던 게 아니라 기뻤다. 다만, 녀석이 내게 그 안 좋은 일을 떠올리게 해 화가 났었다는 건 고백해야겠다. 아내에게 이 얘기를 하며 문자를 보여 주자, 고개를 저으며 내게 묘한 표정을 지어 보였다. 내가 완전히 오해한 거라고 했다.

「두 사람 모두에게 엄청난 발전이네. 예전 같으면 안 일어났을 일이잖아. 로리가 아무리 기분이 울적했다 해도 한밤중에 당신한테 손 내밀려 하지는 않았을 거야.」

아내는 저쪽으로 걸어갔고, 나는 눈을 씻고 다시 한번 문자를 읽어 보았다. 그때 아내가 다른 방에서 나를 다시 불렀다.

「왠지 내 느낌에, 바로 거기가 당신 책의 끝부분인 것 같아.」

감사의 말

책을 쓰는 일은 혼자서 하는 행위가 아니다. 이 일에는 친구들이 필요하고, 나는 시작 단계부터 내 편에 훌륭한 사람들을 둘 수 있어 운이 좋았다. 『보스턴 글로브』의 프랜시스 스톨스는 내가 이 모험을 시작하게 했고, 브라이언 맥그로리, 젠 피터, 스티브 웜슨, 네스터 라모스는 이 프로젝트가 끝에 이르도록 도와준 놀라운 조력자들이었다. 스리 아츠3Arts의 리처드 어베이트는 이 이야기에 맞는 완벽한 편집자를 연결해 주려 마법을 부렸고, 사이먼 앤 슈스터의 조피 페러리애들러는 캐롤린 켈리와 함께 이 협업 프로젝트를 내가 상상할 수 있었던 것보다 훨씬 가치 있는 것으로 만들어 주었다.

나는 훌륭한 부모를 두었다는 점에서 정말 운 좋게 태어났는데, 빌리와 레이철 두 분은 어릴 적부터 내 안에 이야기에 대한 사랑을 주입해 주셨다. 로절리아 할머니는 언제나 내게 격려를 퍼부어 주셨고.

그리고 나의 베스트 프렌드들이 있다. 우리가 인생이라 부르는 이 길고 희한한 여행을 신나는 롤러코스터로 만들어 준 사람들. 잭, 토미, 마이클, 제이미, 티미, 로리, 마크, 미셸, 크리스틴, 마이크, 존, 스티브, 브리트니, 캐서린, 캐시, 캐슬린, 새러, 조, 패트릭, 닉, 댄, 매트, 롭, 패럴, 라울, 스콧, 척, 멜리사, 에이미, 이크발, 대런, 빅터, 에밀리, 앤지, 에이프릴, 카터, 애린, 앤드루, 짐, 팀, 톰, 셰일라, 존, 케빈, 질, 크리스, 카라, 휘트니, 제이미, 다이앤, 브라이언, 조지, 조니, 오데사, 조던, 슈리드비, 잭, 카일, 팻, 지젤, 라이언, 린지, 게리, 에릭, 제이, 제이슨, 스투바, 윌, 아킬라, 트레이시, 마틴, 디너, 마리아, 베스, 제시카, 아람, 앤드루, 젠, 조쉬, 에릭, 샘, 앰버, 리베카, 조디, 채드, 헤더, 로빈, 브룩, 케이시, 엘리런, 존티, 테리사, 애슐리, 그리고 네이선도. 모두 만난 지 너무 오래됐어요. 우리는 좀 어울려 놀 필요가 있다고요.

그리고 가장 중요한, 나의 사랑스러운 아내, 로리, 그리고 우리 사랑하는 아들들, 찰리와 제이크, 이들은 하루하루를 언제나 최고의 날로 만들어 준다. 당신들은 내 가족 이상이야. 당신들은 나의 친구들이야.

옮긴이의 말
약간의 의심과 자기 고백

이 책 도입부, 저자가 이 〈우정 프로젝트〉를 제안받는 코믹한 장면이 나에게도 펼쳐졌던 것 같다. 비슷하게 40대로(솔직히 말하면 중반으로) 가정이 있고, 일에 치여 살던 와중에 이 책의 번역을 맡게 된 것이다.

다만 내 경우에는 〈당신한테 딱 맞을 이야기〉라든가 〈재미있을 거예요〉 같은 편집부의 감언이설은 없었다. 책을 보낼 테니 천천히 보고 연락 달라는 친절한 메일이 있었을 뿐이다. 그러나 책을 받아 들자 알아서 머리를 빠르게 굴리게 되었다. 그래, 책은 재미있어 보이는데, 중년 남성? 우정? 왜 하필이면 나한테…… 과연 나한테 맞는 이야기일까?

나한테 어울리는지 여부로 번역할 책을 고르는 것은 아니지만, 왠지 망설여졌다. 단, 저자처럼 〈친구가 없는 한심한 40대로 낙인찍힐까 봐〉 그런 건 아니었다. 책 소개에서 슬쩍 본 몇몇 단어가 만들어 낸 이미지 때문이었다.

〈중년 남성의 우정〉은 확실히 여성들의 우정, 소년들의 우정, 노인과 아이, 국경을 넘은 우정과는 달랐다. 공감과 연대, 희망보다는 뭐랄까, 술 약속이 떠올랐다. 〈우리끼리 한번 뭉쳐야지〉 하는 마초적인 분위기가 떠올랐다. 왜 그럴까? 아마 그간 남성 중심 사회에서 남성들의 모임이 보여 준 부정적인 이미지들 때문인 것 같았다.

다행히도 이 책은 내가 생각한 그런 단순한 내용(〈중년 남성이여, 다시 단결하자〉)이 아니었다. 내가 생각한 내용을 다루고 있긴 했다. 하지만 그저 그런 중년 남성의 이야기를 넘어, 2020년대의 현대인들이 유대감을 빠르게 잃어버린 원인과 문제점을 다양한 자료와 체험으로 추적하고 있었다. 중년 남성은 그 추적의 임무를 맡고 있을 뿐이었다. 왜? 이 유대감에 가장 서툰 계층이기 때문에. 만일 유대감의 전문가가 맡았다면 이 취재기는 심각한 다큐가 되었겠지만, 다행히 가장 서툰 존재가 맡아 훌륭한 코미디가 되었다.

이 슬랩스틱 코미디 같은 취재기는 무엇보다 재미있다. 진지함과 무모함이 섞여 있고, 예리한 분석과 헛발질이 공존한다. 그 우스운 모험담 안에서 〈중년 남성의 우정〉이라는 다소 우중충한 주제는 뭔가 희망적인, 회생 가능한 것으로 바뀐다. 그리고 내 안의 뜨끔한 무언가를 돌아보게 한다.

그래서 나는 이 책의 번역을 맡기로 했고, 옮기면서 많은 것을 돌아보게 되었다. 지금부터는 자기 고백 시간이다. 책에 대한 공감을 표현하는 데에는 이만한 게 없는 데다, 이거야말로 우정의 회복에 필수적인 〈약점 드러내기〉의 실천이기 때문이다. 다음은 내가 번역하는 동안 자주 떠올린 몇 가지 개인적인 경험이다.

1. 밴드

나는 번역 외에 음악 일을 하고 있는데, 20대 중반에서 30대 초반까지는 밴드를 했다. 즉 일찍 직장 생활을 시작한 성인들에 비하면 친구들과 어울려 지낸 기간이 더 길었던 편이다. 그런 나도 지금은 당시의 멤버들과 몇 달에 한 번, 1년에 한 번 연락하고 (연락을 받고) 있다. 나만 그런 게 아니라 다들 그런 것 같다(그렇다고 믿고 있다).

삶의 변화를 선명히 느낀 순간이 있었다. 혼자 지방에 공연을 하러 갔는데 제공받은 숙소가 너무 넓었다. 오래전 지역 페스티벌에 초대되어 멤버들과 그들의 친구들까지 모여 밤을 새우던 왁자지껄한 숙소들이 떠오를 수밖에 없었다. 그때 느낀 정서를 나는 〈숙소가 아깝다〉로 정리했지만, 사실 외로움의 다른 표현이었는지도 모르겠다. 저자가 전국 각지의 독자들에게 받았던 그 공감의 메일들에 담겨 있던 정서 말이다.

2. 초대

간혹 공연에 초대를 받을 때, 같이 올 사람이 있느냐고 질문을 받곤 한다. 몇 년 전까지는 생각해 보고 연락하겠다고 했지만 요즘은 혼자 간다고 곧바로 대답한다. 선택은 보통 두 가지이다. 온 가족이 가거나 혼자 가거나.

나는 초대받지도 않은 자리에 혹시나 싶어 우르르 몰려갔던 20대 시절을 떠올렸다. 그런데 이제는 자리가 있다는데도 포기해야 하다니(넓은 숙소의 다른 버전이다). 물론 이럴 때 「같이 공연 보러 갈래?」 하고 주위에 연락을 할 수도 있었을 텐데, 왜 그러지 않았는지 이 책을 옮기며 알게 되었다.

다들 바쁜데 부담 주기 싫어 그런다 생각했는데, 그게 약한 모습을 드러내지 않으려는 태도와 연결된다는 것을 알게 되었다. 같이 공연 보러 가고 싶다는 속마음을 솔직히 꺼내지 않는 데 익숙한 것이다.

3. 아빠 모임

아이의 초등학교 학부모들 중 아빠 네다섯 명과의 모임인데, 1회에서 멈추어 있다. 그 1회도 자발적인 게 아니었다. 엄마들끼리 이미 친해진 지 한참 뒤에 엄마들의 권유로 얼떨결에 모인 것이었다.

정말이지 이 책에 등장하는 〈풀숲에 숨어 있다 어정쩡하게 걸어 나오는 친구들〉처럼 긴장하고 나갔다. 막상 만나니 훈훈하고 재미있었는데, 도착 전까지는 온통 〈만나서 무슨 말을 해야 하지?〉 생각뿐이었다. 우린 전형적인 방식에 따라 빠르게 술잔을 들었고, 걱정한 것 치고는 너무 편하게 많은 수다를 떨었다.

그러나 한두 달 뒤 메시지 창에서 두 번째 모임 일정을 잡는

데 실패한 뒤로 그 모임은 1년이 넘도록 〈언제 한번 봐야 하는데〉만 반복하고 있다. 이런 것을 이 책에서는 〈공을 차긴 하지만절대 골은 넣지 않는〉다고 표현하고 있다.

4. 잃어버린 연락처

옮긴이의 말에서 자기 고백을 너무 많이 하나 싶지만, 한 가지만 더 하겠다. 나에게도 항상 가장 친한 친구로 꼽는 (그러나거의 만나지는 않는) 10대 시절, 20대 초반의 친구들이 있다. 그러니까 연락처만 몇십 년 넘게 품고 있던 것과 다름없다.

지난겨울 어느 섬으로 가족여행을 갔던 나는 휴대폰을 바다에 빠뜨리고 말았다. 그 안에 있던 것들이 몇 달 동안 꾸역꾸역생각났는데, 어느 날 밤 그 10대와 20대 시절 친구들의 연락처도 사라졌다는 것을 문득 깨달았다. 나는 이제 가장 친한 친구를 만나려면 수소문해야 할 판이다.

이 모든 경험에 공통적으로 〈먼저 연락하지 않는 나〉가 숨어있다는 것을 알게 되었다. 학교나 밴드처럼 모이기 좋은 형식이있을 때에는 내게 그런 면이 있는 줄을 몰랐다. 그러나 그 형식이 사라지자 연락을 몇 달, 1년, 10년씩 미루는 자신을 보게 되었다. 다 만나 보고 싶으면서도 말이다.

책을 옮기며 많은 반성을 했지만, 과연 내가 열정주의자 빌리베이커처럼 깜짝 모임이나 여행을 주선할 수 있을까 싶었다. 그러나 마치 희망의 새싹처럼 한 가지가 떠올랐다. 제주도에 카페를 연 밴드 멤버가 있는데, 이 책이 나오면 한 권 들고 찾아가 보면 딱 좋을 것 같았다. 일단 연락을 해두었다.

나는 각자의 방식으로 의향을 보여 주었던 빌리의 이웃들처럼 조금씩 관계의 문을 두드려 볼 생각이다. 큰 이벤트가 필요한 것은 아니다. 책에 나오듯, 〈인생의 90퍼센트는 그냥 모습을 드러내는 거〉로 충분하니까.

옮긴이 **김목인** 싱어송라이터, 작가, 번역가로 다채롭게 활동하고 있다. 옮긴 책으로 『다르마 행려』, 『울부짖음: Howl』, 『지상에서 우리는 잠시 매혹적이다』, 『스위스의 고양이 사다리』, 『시시한 말·끝나지 않는 혁명의 스케치』, 『폴링 업』 등이 있고, 지은 책으로 『직업으로서의 음악가』, 『음악가 김목인의 걸어 다니는 수첩』, 『미공개 실내악』, 『영감의 말들』, 『마르셀 아코디언 클럽』 등이 있다. 음반 〈음악가 자신의 노래〉, 〈한 다발의 시선〉, 〈콜라보 씨의 일일〉, 〈저장된 풍경〉을 발표했다.

마흔 살, 그 많던 친구들은 어디로 사라졌을까

발행일 2024년 4월 25일 초판 1쇄

지은이 **빌리 베이커**
옮긴이 **김목인**
발행인 **홍예빈·홍유진**
발행처 **주식회사 열린책들**

경기도 파주시 문발로 253 파주출판도시
전화 031-955-4000 팩스 031-955-4004
홈페이지 www.openbooks.co.kr 이메일 humanity@openbooks.co.kr